迷宮と宇宙

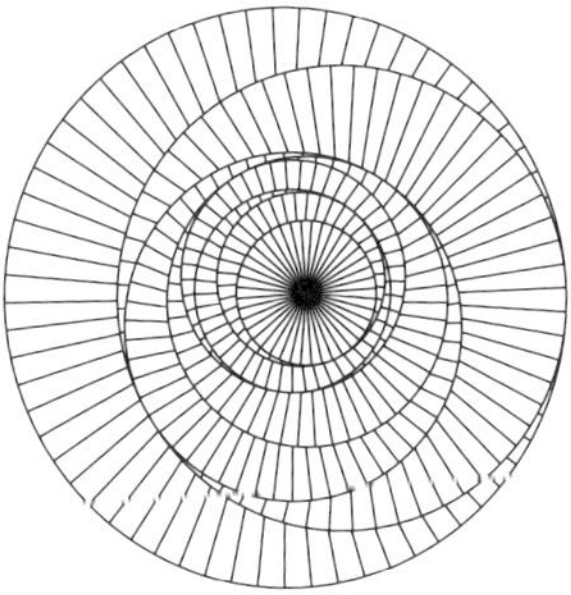

安藤礼二

羽鳥書店

The Labyrinth and the Cosmos:
Modern Japanese Literary Criticism
Reiji Ando
Hatori Press, Inc., 2019
ISBN 978-4-904702-80-2

迷宮と宇宙　目次

II　胎児の夢

Ⅰ　迷宮と宇宙

二つの『死者の書』——平田篤胤とエドガー・アラン・ポー

1　翻訳者の使命

晩年の折口信夫は「詩語としての日本語」（一九五〇年）という、自らの詩的言語論を総決算するような論考を書き上げた。おそらくその論考を読んだ誰もが、まずはそこに掲げられたエピグラフに戸惑い、さらには結論部分にいたって急展開するその論旨に驚きの声を上げるはずだ。折口は、小林秀雄によって訳されたアルチュール・ランボーの「酔いどれ船」（小林のつけたタイトルは「酩酊船」）の一節を引用することから論考をはじめているからである。

さてわれらこの日より星を注《スヽ》ぎて乳汁《チヽ》色《イロ》の
海原の詩《ウタ》に浴しつゝ緑なす瑠璃を啖《クラ》ひ行けば

こゝ吃水線は恍惚として蒼ぐもり
折から水死人のたゞ一人《ヒトリ》想ひに沈み降り行く

見よその蒼色《アヲグモリ》忽然として色を染め
金紅色《キンコウショク》の日の下にわれを忘れし揺蕩《タユタヒ》は
酒精《アルコル》よりもなほ強く汝《ナレ》が立琴《リイル》も歌ひえぬ
愛執の苦《ニガ》き赤痣を醸すなり

折口はまず「この援用文は、幸福な美しい引例として、短い私の論文の最初にかゝげるのである」とはじめながら、すぐに「この幸福な引証すら、不幸な一面を以て触れて来るといふことは、自余の数千百篇の泰西詩が、われ〳〵にかういふ風にしか受け取られてゐないのだといふことを示す、最もふさはしい証拠になつてくれてゐる」と続け、いったんは「翻訳」による詩の理解には否定的ともいえる見解を提示する。「小林秀雄さんの飜訳技術がこれ程に発揮せられてゐながら、それでゐて、原詩の、幻想と現実とが併行し、語《ことば》の翳と暈との相かさなり靡きあふ趣きが、言下に心深く沁み入つて行くと言ふわけにはいかない」と（以下、折口の著作からの引用は原則として中央公論社の新版『折口信夫全集』より）。

この後も「翻訳」という営為についてはきわめて両義的、両価的（アンビヴァレント）な言及を続け、民俗学と国文学という二つの学問分野にわたって古代学という独自の手法を確立した折口らしく、「古語」を現代の詩に取り入れることで日本の詩の言葉が活性化されるという主題に論考全体が集約されていくかと思われる。だがそこでもまた「私らの場合はむしろ外国語に持つ感覚に似たものを、古語に感じてその連接せられた文章の上に、生命を托してゐるのである」という逡巡が記され、結論部分では急転直下、「言語の異郷趣味を狙つた点に於て、古語も外国語も一つであつた」と述べられ、古語の肯定と同時に「翻訳」によって詩の未来語を開拓していくという行為にあらためて焦点が絞られる。折口が最終的に下した結論はこういうものだった。

> われ〳〵は外国詩を理会するための飜訳は別として、今の場合日本の詩の新しい発想法を発見するために、新しい文体を築く手段として、さうした完全な飜訳文の多くを得て、それらの模型によつて、多くの詩を作り、その結果新しい詩を築いて行くと言ふ事を考へてゐるのである。

「飜訳せられた外国詩の多く」こそが「日本の詩のおもむくべき方向を示して」いる。だから「外国詩の内容を内容とするに至つて、外国詩の様式を様式とし、自ら孕まれる内容こそ思ふべきものなのである」（これが文字通り「詩語としての日本語」を閉じる最後の一行である）。外なる言葉、外国語によって内容と形式が刷新され、そこに内なる言葉、日本語によってこれから書かれるべき「新しい未来詩」が出現するのである。折口にとって翻訳とは古語と未来語、すなわち古代と未来を一つにつなげる営為としてあるものだった。古代に取り憑かれ、いくぶんかは常軌を逸した直観的な詩人＝学者といったステレオタイプの折口像からすると、他者の言語を翻訳することで、そこに外国語でも日本語でもない言葉の第三の領域とでもいうべき表現の地平を切り開き、「私」でも「あなた」でもない未知なる言語を躍り出させる、という「詩語としての日本語」の主張は一見すると奇異に思われるかもしれない。しかし、折口が自らの学の核心と主張するマレビトという概念もまた「私」でも「あなた」でもない、自己と他者の間、共同体の外から出現する中間的な存在であった。天と地の中間に生息する者だけが口にすることができる、諸言語のあわいに紡がれる聖なる言葉、「純粋言語」。

おそらく折口の思考、折口の古代学と詩的言語論は首尾一貫した構造をもっている。

そして折口のそのような主張は、「翻訳」こそ「諸言語の互いに補完しあう志向の総体によってのみ到達可能となる」純粋言語を見出すための重要な手段になるのだとした、折口と同時代を生きたもう一人の異邦の思想家を、折口のすぐ脇に召喚するであろう。「翻訳者の課題」（一九二一年）を書き上げたヴァルター・ベンヤミンである（以下、ベンヤミンの著作からの引用は野村修編訳の岩波文庫版『暴力批判論』所収の諸論考より）。折口は一八八七年に生まれ、ベンヤミンは一八九二年に生まれた。十九世紀の終わりに生を享け二十世紀のはじめに自らの学の体系を断片として書き残した点、生涯を一種の故郷喪失者として生き抜いた点、つねに「聖なる書物」の解釈学を志していた点などにおいて、折口とベンヤミンは非常によく似た存在なのである。

折口もベンヤミンも「翻訳」こそ個別言語にとらわれない純粋言語を、未来の言語を生み出すと主張した。「高次な生」とベンヤミンは言う。「翻訳において原作の生は、つねに新しく、最終的でもっとも包括的な展開を遂げるのである」と。この「最終的でもっとも包括的な展開を遂」げた高次の言語こそ、純粋言語として定位されるものなのだ。翻訳は個別言語のなかに純粋言語の種子を孕み、それを成熟させる行為となる。だから翻訳者の課題とは「翻訳言語のなかに原作のこだまを呼びさまそうとする志向を、その言語への志向と重ねるところにある」。しかし定義上、その行為には完結がないし、ある部分では暴力を誘発しさえする。なぜなら「翻訳は、それ自体よりも高次の言語を予示していることによって、それ自体の内容にぴったりと合うことがなく、暴力的で異質的なところを残すから」である。親和と敵対、愛と憎しみ、平和と闘争とを区別することができないようなコミュニケーションの場。そこに純粋言語が探究され、現代のバベルの塔が築かれる。ベンヤミンによるその困難な試みの素描——。

あらゆる言語とその構築物には依然として、伝達可能なもののほかに、伝達不可能なものが内在している。それが置かれている関連に応じて、象徴するもの、あるいは象徴されるものとなる何かが。象徴するものはもっぱら、諸言語の数限りない構築物のなかに、だが象徴されるものは、諸言語自体の生成のなかに位置している。そして諸言語の生成のなかで自己を表出しようと、いや作り出そうとしているものこそ、あの純粋言語そのものの核にほかならない。

純粋言語は「翻訳」という諸言語が生成する瞬間を切り取る行為のなかに顕現する。しかも、折口とベンヤミンが言う「翻訳」によって見出される純粋言語とは、ただ未来の方向に展開されるだけのものではないのだ。純粋言語を見出す行為は、なによりも過去の歴史を解釈し直すことと直結するのである。それは直線的に進む時間とは異なったもう一つ別の時間を発見することでもあった。「死後の生」を生き「神の記憶」を甦らせること、ベンヤミンはそう記している。さらには「翻訳者の課題」を締めくくる最後の一行――「聖書の行間翻訳こそ、すべての翻訳の原像ないし理想にほかならない」。折口もまた『古事記』や『日本書紀』、さらには『万葉集』といった古代の「聖なる書物」に痕跡が残された「神の記憶」を解釈し続け、そこから自らの表現を発見していった表現者だった。まだ無名の存在だった二十代の折口が成し遂げた最大の仕事が『万葉集』の翻訳であること、あの膨大に残された『万葉集』の個人全訳である口訳『万葉集』であることを決して忘れてはならない。折口は「聖なる書物」の翻訳者として自らのキャリアをスタートさせたのだ。

過去と未来に同時に開かれている「聖なる書物」を解釈し、翻訳する者。それは過去と未来という二つの時間の中間を生きる者である。個別の諸言語と純粋言語の間をつなぐ者。それは天と地の間、神と人間の間を生きる天使のような存在である。ベンヤミンは「翻訳者の課題」という論考を、自らが企画し、構想した新たな雑誌に掲載するために書いた。その雑誌は「新しい天使」と名付けられていた。ベンヤミンが、結局実現することができなかったその幻の雑誌のために書いた予告文の末尾、そこに純粋言語を語り出す天使たちの姿が一瞬だけ現れる。あらゆるものの中間に出現する、もろくもはかない存在として。もろさ、はかなさこそが天使たちの語る純粋言語の条件なのだ。

この雑誌はそのはかなさを最初から自覚している。というのも、真のアクチュアリティーを手にいれようとする以上、はかなさは当然の、正当な報いなのだから。じじつ、それればかりか、タルムードの伝えるところによるならば、天使は――毎瞬に新しく無数のむれをなして――創出され、神のまえで讃歌をうたいおえると、存在をやめて、無のなかへ溶けこんでゆく。そのようなアクチュアリティーこそが唯一の真実なものなのであり、この雑誌がそれをおびていることを、その名が意味してほしいと思う。

マレビトと天使、詩の未来語と純粋言語。折口信夫とヴァルター・ベンヤミンは互いに鏡像のような、また分身のような存在としてある。それは偶然なのだろうか。
おそらくそれは偶然であると同時に時代の必然でもあったのである。

2　二つの『死者の書』

折口信夫もヴァルター・ベンヤミンも「翻訳」を重要な創作の手段とするとともに、自身もまたきわめて意識的な「翻訳者」だった。そして彼ら二人がそれぞれの仕事を進めるにあたって最も依拠したものもまた、「翻訳」がはじめて可能にした文学の表現運動だった。象徴主義と総称される文学運動……。折口もベンヤミンも、文学の象徴主義を共通のバックグラウンドとしてもっていたのである。ベンヤミンにとって諸言語と純粋言語の関係は、象徴するものと象徴されるものが自在にその位置を変換し合う関係としてあった。なによりも「翻訳者の課題」という論考は、そのなかに引用されているフランス象徴主義の詩法を大成したステファヌ・マラルメの言葉――「諸言語はいくつも存在するという点で不完全であり、至上の言語はない。思考することは、小道具を用いず、ささやくこともせずに、沈黙のうちで不滅の言葉を書くことだが、地上の諸言語の多様性は、さもなければ一挙に見いだされるはずの言葉、具体的に真理自体である言葉が、ひとの口をついて出ることを妨げている」（ベンヤミンの引用にもとづく）――に自分なりの応答をするために書かれた。そうまとめてしまうことも可能な論考なのである。そしてベンヤミンにとって、フランス象徴主義の嚆矢となったシャルル・ボードレールは自らの思索の最大の源泉としてあった。

折口の「詩語としての日本語」が一つの重要なテーマとしたものもまた、象徴主義の詩がいかに日本語に翻訳されてきたかという歴史的な展望を整理することであった。折口はこう述べている

――「われ〳〵の考へた正しい詩形の時代は、意表外の姿をもつて現れた。それが日本に於ける象徴詩の出現と言ふことになつたのである。その後四十年以上を経てゐるけれど、矢張り日本の詩壇は、依然として象徴詩の時代である」。ここに描き出されている象徴詩の推移とは実に折口自身の言語研究の深まりそのもののことなのである。「詩語としての日本語」が書かれるちょうど四十年前（一九一〇年）、國學院大学国文学科に提出された折口の卒業論文『言語情調論』は、そのすべてを費して、単なる意味の伝達を果たすに過ぎない「間接性」の言語ではなく意味の発生そのものに結びついた「直接性」の言語、「象徴言語」のアウトラインをなんとかして提示しようと試みた悪戦苦闘の記録だったからである。

事物の差異、つまり事物の「意味」を明確に区切るという性格に特化された間接性の言語がもつ「差別的」な特質に対して、直接性の言語がもつ特質とは、次のような連続する一連の過程だった。「包括的→仮絶対→曖昧→無意義→暗示的→象徴的」。折口は言う、意味の伝達ではなく、意味の発生に力点が置かれた直接性の言語は絶対的な表現に到ろうとする、と。絶対的な表現とは、一つの

音のなかに無限に異なったニュアンスをもった複数的かつ多層的な意味を包括し、その結果として、曖昧模糊としながらもさまざまな暗示に富んだ音楽的な言語となる。その言葉は人間の感情や感覚に媒介物を経ないでダイレクトに訴えかける。折口はそのような言語を「象徴言語」と名付けた。言語というよりはイマージュそのものである。それは象徴主義の文学運動と密接な関係をもちながら生み落とされた概念だった。折口自身の言葉を聞こう。

感情を直接伝達し、そこに「情調」を引き起こすことを第一の要件とした言葉。そのような言葉を、表現言語として意識していた人はそれほど多くはない。そのなかでなによりも意識的だったのは一群の文学者たちだった——。

ともかくも明瞭に意識して居るものは尠いが、漠然とこの考を有して居る人もあつて、文学の上に象徴主義が称へられるやうになつた。ボゥドレィルの神秘の門を開くべき唯一の鍵は色・音・匂であるというたのはともかくも、言語の描写性以外に気分をあらはす音覚情調のあることの漠然たる意識に到達して居るやうである。この象徴主義または情調芸術に対して印象主義のある如く、緊縮した印象の報告なる聯想言語に対して、意味よりもむしろ感情傾向を語る象徴言語の必要もある訣である。

折口がこう記しているのは、象徴言語に自分なりの定義を与える直前の箇所である。そこにボードレールの名前が出てくることは決して偶然ではないはずだ。

そう、つまり折口もベンヤミンも、ボードレールにはじまりマラルメによって大成された象徴主義の文学を「翻訳」を通して受け継いだ直系の子孫だったのである。そして折口やベンヤミンに「翻訳」という方法を授けたボードレールもマラルメもまた、自分たちとは異なった言葉で作品を作り続けた、たった一人の作家が残した仕事を「翻訳」することで象徴主義の骨格を形づくり、それを完成した。さらにそこに、生年はマラルメよりも下るが、文学的な活動期間がちょうどボードレールとマラルメの間に位置する、折口が「詩語としての日本語」のエピグラフに掲げたアルチュール・ランボーを付け加えてもよい。ランボーはボードレールやマラルメのように直接「翻訳」を通して自らの詩学を確立し、作品を残した訳ではない。しかしフランス語を根底から破壊しかねない驚異の詩的言語の実験集成『イリュミナシオン』を、ランボーは一体どこで書いていたのか。フランス人であるランボーにとって、さまざまな他者の言葉で書かれた書物が収蔵された情報の集積地、大英博物館の図書室である。あらゆる神話、あらゆる物語、そしてあらゆる言語が交錯するなかでランボーは『イリュミナシオン』を書き上げたのだ。

ボードレール、ランボー、マラルメ。象徴主義の文学運動を成り立たせた作家たちはみな他者の言葉のなかで、「翻訳」を通じて、自分たちの詩の言葉を確立していった。その起源には一体誰がいたのか。ボードレールがその散文作品を、マラルメがその韻文作品をフランス語に翻訳し、同時に自らの作品にその精神を受肉させた新大陸に生まれた一人の作家、エドガー・アラン・ポーである。ではポーは一体何を書き残したのか。アメリカにおける『死者の書』(An American Book of the Dead)なのである。ポー研究の第一人者でブラウン大学名誉教授であるバートン・L・セント＝アーマンド(Barton Levi St. Armand)はポー晩年の代表作であり、大正期に活躍したさまざまな日本人作家たちを熱烈な「翻訳」(翻案)の渦に巻き込んだ「アルンハイムの地所」(一八四七年)を評して、そう形容した(二〇〇九年九月十九日に慶應義塾大学三田キャンパスで開催された第二回日本ポー学会における特別講演より。これは講演のタイトルでもあった——"An American Book of the Dead": "The Domain of Arnheim" as Posthumous Voyage)。

死と再生、つまり死とは新たな生を得るために誰もが通り抜けなければならない試練であるという観念に取り憑かれていたポーは、後に彼が『ユリイカ』(一八四八年)を捧げることになるアレクサンダー・フォン・フンボルトの援助を受けてピラミッドなど古代エジプトの墓のなかに残されていた祈禱文を集大成し、一八四二年、エジプト人の『死者の書』(*The Book of the Dead*)として世界にはじめて翻訳・紹介したドイツのエジプト学者レプシウス(Karl Richard Lepsius)の仕事を興味深く見守っていた可能性がきわめて高い。「アルンハイムの地所」と相互に密接な関係をもっていたと思われる『ユリイカ』でも、宇宙の謎を解くことがエジプトの象形文字を読解してゆく過程と重ね合わされている。さらにポー自身の感慨をケプラーの言葉として紹介している次の一節――「わが著作が今日読まれようと、後世になって読まれようと、わたしの意に介するところではない。神みずからが一人の観察者を六千年にわたって待ちたもうたのだ。わたしが読者を百年待てないわけがない。わたしは勝利したのだ。わたしはエジプト人たちの黄金の謎をかすめ取ったのだ。わたしはこの聖なる狂喜に身をゆだねるとする」（以下、『ユリイカ』からの引用は二〇〇八年に刊行された岩波文庫版の八木敏雄訳より行い、原文にある傍点やゴシックなどでの強調は煩雑となるので省略した）。

さらに、この地上に実現された人工楽園アルンハイム、作品終末部分に位置する、「人間と神の中間を彷徨《ほうこう》する天使のなせる業《わざ》」によって神と人間、自然と人工の中間的なものとして形をなしたその地所に近づいていく行程の描写は、太陽神とともに空を翔びゆく小舟に乗って、太陽が沈むところに存在する死者たちの国・冥府に向かうエジプト人たちの『死者の書』に残された死者たちの魂のイメージをそのままトレースしたものになっている。ポーは述べる。アルンハイムを訪れるためには、川に沿ってゆく、あたかも冥府に向かう舟に乗るように。朝早く旅立った人がアルンハイムに近づくのは夕刻、しかも今まさに太陽が没しようとしている刻限である。そこで旅人は舟を乗り換える――（以下、ポーの諸作からの引用は創元推理文庫版『ポオ小説全集』から行い、必要に応じて原文を付す。「アルンハイムの地所」は松村達雄訳）。

しかし、ここで旅人は今まで乗ってきた舟から下りて、象牙《ぞうげ》づくりの軽やかな丸木舟（a light canoe of ivory）に乗りかえる。この丸木舟は、外側も内側も、あざやかな真紅で、アラビア風模様（arabesque）が描いてある。この舟は舳《へさき》も艫《とも》もいずれも先端がとがって、水面から高く突き出ている（arise high above the water）ので、全体の形は不規則な三日月形（an irregular crescent）に見える。そして、美しく誇らかに浮かぶ白鳥のように、この小湾の水面に浮かんでいた。

船頭も誰もおらず、旅人だけがただ一人そのなかに取り残されたこの小さな舟は、ゆっくりと静かに、今まさに沈みかけている太陽の方へと向かってゆく。やがてその目前には巨大な門（gate）、もしくは磨き上げられた黄金の扉（door）とでも言うべきものが出現する――「速度をやや早めながら、静かに舟を進めてゆくうち、幾度となく小さく曲がってから、旅人は、巨大な門というか、それとも磨上げた黄金の扉ともいうべきものに、どうやらその進路がさえぎられていることに気づく。その扉は、丹精こめた彫りものをほどこし、稲妻模様で飾られてあって、今やあわただしく落ちてゆく夕日の光をまともに反射して、輝かしさは、まわり一帯の森を焔に包むかと思うばかりである」。

アラベスク模様を全体に施された三日月型の象牙のカヌーはまさに太陽の門、黄金の扉をくぐり抜け「楽園」（Paradise）に入るのだ。この「楽園」とは、ポー作品の最大の注釈者マボットが明らかにしたようにミルトンを参照にした失われた原初のエデンであるとともに、死者たちの魂が太陽の舟に乗って参集する冥府、エジプトの『死者の書』の翻訳（翻案）を通じてアメリカに甦った「死者たちの国」でもあったのだ。太陽の門、黄金の扉の向こうには、咲き乱れる花々と東洋の樹木（Eastern trees――「妖精の島」にも「詩の原理」にも登場するポーが固執したイメージである）が繁茂し、そのなかから「半ばゴシック風、半ばサラセン風の一群の建物」が立ち現れる。イスラームの寺院やゴシックの聖堂にも見えるその建築群は、あたかも奇跡のように、落日の真紅の光に染まりながら「中空」（in mid air）に架かっている。神と人間、生者と死者の間に一瞬だけ存在する天使たちによって築かれた、天と地の間に浮遊する光の宮殿。それがアルンハイムだった（以上にまとめた「アルンハイムの地所」と『死者の書』の関係は、ヤント＝アーマンドによる講演の他、それ以前にいち早く『死者の書』やグノーシス神学とポーの宇宙論が関連することを示唆した小澤奈美恵による「アルンハイムの庭から永遠回帰の宇宙へ――E・A・ポー論」〔『立正大学教養部紀要』第二十三号、一九八九年〕も参照にしながら、かなり私見も交えて記していることをお断りしておきたい）。

つまり「アルンハイムの地所」に心惹かれ、「金色《こんじき》の死」を書いた谷崎潤一郎、「パノラマ島奇譚」を書いた江戸川乱歩、「弥勒」を書いた稲垣足穂（さらには三島由紀夫や寺山修司）などはすべて、意識的かつ無意識的に『死者の書』を反復していたことになる。そのサイクルが一つの完結を迎えるのは、ポーに起源をもつ象徴主義の詩法をこの極東の地において独自に消化吸収した折口信夫が、「アルンハイムの地所」が発表（一八四七年）されてからちょうど百年後、やはり自らのアルンハイム（楽園）に込められた謎を解き明かす自己解説「山越しの阿弥陀像の画因」を付して日本における『死者の書』（A Japanese Book of the Dead）に十全な形を与えたときであろう。一九四七年、折口信夫は角川書店より、もともと本編とは独立して書かれたこの「山越しの阿弥陀像の画因」を巻末解説として、生涯で唯一完成することができた小説『死者の書』の再版にして決定版を刊行する。極東において象徴主義とは『死者の書』にはじまり、『死者の書』に終わるのである——さらには、おそらくベンヤミンを介してその流れと並行するヨーロッパにおける『死者の書』（A European Book of the Dead）の系譜を書き上げることも可能になるであろう。象徴主義の文学運動の末尾に位置づけられるイエイツの『ケルトの薄明』、ジョイスの『フィネガンズ・ウェイク』（このタイトルは「フィネガンの通夜」という意味をもつ）、レーモン・ルーセルを介してブルトンやアルトー等々へと……。

折口は実際に、詳細な解説が付され日本語としてはじめて全訳が刊行されたエジプトの『死者の書』を読み込み、そこに紹介されたイシスによるオシリスの復活という物語を変奏し、自らの『死者の書』を書き上げた。エジプトの『死者の書』からの影響は内容のみならずその書物としての意匠にまで及んでいる。そこから取られた一つの図案——霊魂の肉体からの離脱とその復活——を折口は、自らの『死者の書』のカバーに刷り込むのである（詳細は拙著『光の曼陀羅　日本文学論』（二〇〇八年、講談社、現在は講談社文芸文庫）を参照していただきたい）。「ゐぢぶともどきの本」と折口は「山越しの阿弥陀像の画因」に記している。さらに折口がその解説に説く、自らの『死者の書』を貫徹しているとする生と死が交わる「日想観」が成就する瞬間の描写を、やはり落日のなか「死者たちの国」の扉が開かれるポーの「アルンハイムの地所」末尾の描写と比較したとき、太平洋の両岸でこの近代という時代に形が整えられた文学とは一体何であったのか、了解されるであろう。めくるめく落日に導かれ、その彼方に存在する浄土（「楽園」）に到りつくために海のなかに滅してゆく人々。そこには「詩語としての日本語」のエピグラフに引かれたランボーの「酔いどれ船」に描かれた「水死人」のイメージが交響しているのかもしれない。海と空の間、生と死の間を彼方へと流れてゆく「水死人」……。

　しかも尚、四天王寺には、古くは、日想観往生と謂はれる風習があつて、多くの篤信者の魂が、西方の波にあくがれて海深く沈んで行つたのであつた。熊野では、これと同じ事を、普陀落渡海と言うた。観音の浄土に往生する意味であつて、淼々たる海波を漕ぎゝつて到り著く、と信じてゐたのがあはれである。一族と別れて、南海に身を潜めた平維盛が最期も、此渡海の道であつたといふ。

日想観もやはり、其と同じ、必極楽東門に達するものと信じて、謂はゞ法悦からした入水死《ジュスキシ》である。そこまで信仰におひつめられたと言ふよりも寧、自ら霊《タマ》のよるべをつきとめて、そこに立ち到つたのだと言ふ外はない。

しかしまだ問題はすべて解決したわけではない。なぜ、太平洋の彼方の国に生まれたポーによって書かれたアメリカの『死者の書』が、この国の文学者にこれほど受け入れられたのか。そしてまたなぜ、折口信夫が日本の『死者の書』を書かなければならなかったのか。おそらくそこにはもう一人論じなければならない重要な人物が存在しているのだ。折口信夫や柳田國男が自分たちの営為を、その人物が確立した学問を新たに反復したものであると宣言するほどの影響力をもった破天荒な表現者が……。まさにポーと同時代の日本において「死者たちの国」を発見した人物——平田篤胤である。

平田篤胤（一七七六—一八四三）とエドガー・アラン・ポー（一八〇九—四九）はほぼ同じ時期に、失意のなかでこの世を去った。まず二人には十九世紀の前半に自らの哲学および表現を確立したという時代的な共通点が存在する。それはヨーロッパという旧体制（「旧大陸」）からいかに新大陸を独立させ、そこにどうやって自分たちの新たな表現と思想を宿らせるかというアメリカの問題と、同じように「旧大陸」からの圧迫（それは篤胤の時代からはじまったのだ——篤胤はロシア語を自習している）を受けるなかでどうやって自分たちの表現と思想を鍛え直し、それを独白のものにしていくかという日本の問題がパラレルであったことを示すものなのかもしれない。「死者たちの国」は現状に対する根底的な批判と来るべき新社会のモデルを提供する。実際に平田篤胤の神学は明治維新を遂行する大きな力となっていった。

しかしそれだけではない。篤胤とポーはお互いがお互いの分身であるかのように非常によく似た複数のテーマを、しかもそれらを一つの体系に総合するかたちで、それぞれ後世に残しているのだ。少なくとも明治から大正、昭和にかけての列島の文学の世界で、篤胤とポーという二人の遺産を「翻訳」することで、すなわちこの二人が見出したそれぞれの世界が交わる点で、多くの文学者が自らの代表作となる作品を書き上げていった。それは根拠のない憶測ではなく作品群自体が示す事実である。また、その新しい文学の動向と密接に関係した民俗学という学問分野の創設自体も、篤胤という先人が存在していなければ、おそらく現在とはずいぶん異なったものになったはずである。

たとえば柳田國男は篤胤による「死者たちの国」（幽冥界）の発見についてこう述べている（引用は、ちくま文庫版『柳田國男全集』より）――「少しく偏狭な説かも知れぬが僕は平田一派の神道学者、それから徳川末期の神学者、これ等の人の事業の中でいちばん大きいのはむしろ幽冥の事を研究した点にあるだろう」と。さらには、「この世の中には現世と幽冥、すなわちうつし世とかくり世というものが成立している。かくり世からはうつし世を見たり聞いたりしているけれども、うつし世からくり世を見ることはできない」とも。後者の引用は、篤胤が「死者たちの国」の概念から発展させた驚異の宇宙論である『霊《たま》の真柱《みはしら》』（一八一二年）のなかで説いている顕世（うつしよ）と幽冥（かくりよ）の関係をそのままパラフレーズしたものである。しかもこのとき柳田はまだ『石神問答』をまとめ上げ、『遠野物語』を刊行していない。柳田が「死者たちの国」（幽冥）に言及した「幽冥談」を発表したのは明治三十八年（一九〇五）九月のことであった。

つまり柳田は早くから篤胤の説いた「死者たちの国」に並々ならぬ関心を抱き、そこから民俗学という新しい学問を立ち上げたのだ。後に柳田が自らの営為を総称する術語として、本居宣長と平田篤胤によって確立された「国学」を引き継ぎ、それを発展させたという意味で「新国学」という名称を使うのは偶然ではない。その柳田の大きな影響下で独自の学問を形成した折口信夫もまた民俗学の先駆者としての篤胤に熱いオマージュ、「平田国学の伝統」（一九四三年）を捧げている——「われ〳〵の前に一番大きく見えて来る国学者は誰だと申しますと、なんと申しましても平田篤胤先生です」と。そして現在においてもまた、平田篤胤を中心として歴史概念の大きな変革が求められている。

平田篤胤は、先行する世代の三人の同時代人、本居宣長（一七三〇—一八〇一）、平賀源内（一七二八—八〇）、上田秋成（一七三四—一八〇九）の営為を自らの新たな学の土台とした。私にはそう思われる。すなわち、宣長による『古事記』という古代神話の発見とその再構築、源内による世界を博物学的にとらえる視点、秋成による霊への畏怖の怪異譚としての再構成、である。このなかでも特に宣長に促された『古事記』の読解は、篤胤の問題を古代と未来の両方へと投げかける。篤胤は師の宣長の説に逆らってまで、『古事記』のなかに幽冥界の問題を読み込んで行った。公的な歴史書である『日本書紀』に対して私的な――つまり正規の歴史書のなかにそれが存在したという記載をもたない――歴史書である『古事記』の称揚。それは『日本書紀』に描かれた「生」の側面、アマテラスを中心にした伊勢神道に対して、『古事記』に描かれた「死」の側面、オオクニヌシ（さらにはその祖であるスサノオ）を中心とした出雲神道を、同等かそれ以上のものとして提示することである。

まずこのことが「日本」自体の読み替えを迫る。『古事記』（七一二年――しかしこれが正確な成立年度であるのかどうか確かめるすべはない）と『日本書紀』（七二〇年）という二つの対照的な神話＝歴史書が成立した八世紀とは、大宝律令の制定（七〇一年）にはじまり、平安遷都（七九四年）に終わる。日本に「歴史」のみならず政治・経済・思想の秩序が過不足なく整った百年であった。つまり正真正銘「日本」が確立した時代だった。篤胤が行ったのは、この起源の百年をこれまでとは異なったもう一つ別のまなざし、つまり「死者」のまなざしから据え直すということであった。それゆえこの「日本」の起源に対する読み直しは、「日本」の現在を揺り動かすことになった。明治のはじめに勃発した「祭神論争」によって、現世的な秩序に否を突きつける可能性をもったスサノオとオオクニヌシが支配する「死者たちの国」出雲の神道は否定されたのである。伊勢を中心とした「国家神道」の枠組みから拒絶された出雲の神道は教派神道（出雲大社教）となり、神道ではなく「新興宗教」として取り扱われたのだ。死者たちのまなざしを失った「国家神道」は、その結果として、歯止めの効かない暴走をはじめることになった……。

問題をもう一度、われわれの時代と直接地続きの時代である「近代」に戻そう。篤胤の存在はもはや「近世」の後半も「近代」であることを再確認させてくれる。その篤胤は、宣長の神話学、源内の博物学、秋成の怪異譚という諸要素を、この現実の世界とは根本から秩序の異なった他界への憧憬に結晶化し、「死者たちの国」（幽冥界）をあらためて見出した。しかしこの「死者たちの国」は現実世界とまったく別個に存在しているわけではなく、二つの世界は一つに重なり合って存在している。二つの世界を行き来することができる特別の存在がおり、「死者たちの国」は現実世界に自らが実在する証拠を「暗合」（神代文字）として残している。神話の再構築、博物学の再編成、怪異譚の再構成。篤胤はそれらを「死者たちの国」（幽冥界）の再発見としてまとめ上げ、さらに独自の宇宙論（『霊の真柱』）として提出した。篤胤の思想を成り立たせているこれらの諸要素はすべて、ポーが残した代表作に合致する。

篤胤もポーも、「死者たちの国」への憧憬に科学的な根拠を与え、それを宇宙論として結実させたのである。『霊の真柱』（一八一二年）と『ユリイカ』（一八四八年）である。太平洋の両岸に生まれた二つの宇宙論によって現実のみならず想像の世界にも大きな変革が生起し、もはや誰もそこから引き返すことはできなくなったのである。

3　迷宮から宇宙へ

『霊の真柱』と『ユリイカ』は非常によく似ている。お互いの鏡に映った像のように。両者はともに伝統的な「神」の理解が崩壊してしまった時代に、あえて「神」によって創成された宇宙を科学的に追求していこうとした反時代的な試みである。そのために、篤胤もポーも、キリスト教的な宇宙認識論に共感しつつ（篤胤はキリスト教神学を熟知していた）、そこに根底的な批判を加えた。神はもはや「物質」を通してしか認識できないものなのだ。さらにその神＝物質は、なによりも生と死のあわいにはじめて啓示されるものなのだ、と。

篤胤もポーも宇宙論を書き上げる前提として、「死者たちの国」の発見があった。ポーの作品に繰り返し現れる固定観念として、死から甦ってくる少女たちの物語がある。しかしポーけ結果的に少女たちが登場しない「アルンハイムの地所」においてはじめて、明確にその「死者たちの国」への入り口を示すことに成功した。そこには少女たちが描かれていないのではなく、少女たちは転生しているのだ。少女たちは個別の存在を超えて、天と地の中間に据えられた理想の庭園、死を経ることによって新たな存在を産出する根源的な「子宮」、発生をつかさどる文学機械として、転生しているのだ。アルンハイムとは自然のなかに迷宮のように穿たれ、隠されている産出のメカニズム、表現の子宮なのである。迷宮として存在する子宮から宇宙が産出される。それは神であり獣でもある天使たちが住まう中間的な空間、中間的な時間のことでもある。この地点、生と死という分割を超越した天使たちの時間と空間が交錯する場所から、『ユリイカ』がはじまることになったのである。

篤胤にとって「死者たちの国」(幽冥界)は、師である宣長に示された『古事記』の出雲神話のなかに存在していた。篤胤もまた、「死者たちの国」を宣長のように地の底の穢れた世界とするのではなく、ポーのように生と死の「中間」、天と地の「中間」に生成される、神にして獣のような存在、すなわち天使のような生命体――人間――が生滅を繰り返す世界として捉え直した。篤胤はこう定義する。「また此《この》国土は、天の澄明《すみあきらか》なると、底の国の重く濁れるとが分《わか》り去《さ》りて、中間《なか》に残在《のこれ》る物の凝《こ》り成《な》れるなれば、澄《す》める物の萌《も》え上《あが》れるなごりと、濁《にご》れる物の下に凝《こ》れるそのなごりとが、相混《あいまじ》りて成れるなる故、天の善《よ》きと根の国の悪《あし》きとを相兼《あいか》ぬべき謂《いわれ》の灼然《いちじるき》なり」(以下、『霊の真柱』からの引用は、子安宣邦校注の岩波文庫版[一九九八年]より)。

澄み切って明るい天と重く澱む地。その中間的な領域から、善でも悪でもない中間的な存在が生まれ出てくる。人は地からは身体を構成する四大元素を受け取り、天からは精神(霊)を構成する魂を受け取る。篤胤はキリスト教によって神道を否定し、神道によってキリスト教を否定する。その結果として、そこには神道的であるとともにキリスト教的でもある特異な神が顕現することになった。その神の姿と、神がこの宇宙を創造する際になした業《わざ》を理解するために、篤胤は宣長による『古事記』の文献学的な読解の限界を超えて、自ら進んで日本ばかりでなくアジアや世界の諸神話を断片に切り分け、一つに接合し直し（文字通り神話の「コラージュ」である）、それを真実の歴史（「古史」）としてあらためて提示したのである。その中心には世界を生み出す根源的な三位一体の神が存在していた。その神は三であるとともに一であり、つまり多であるとともに一であり、この世界のありとあらゆるものを自らの内から産出する。のちに平田派の国学者たち、さらには折口信夫によって整理されることになる産霊《ムスビ》の神である。

人間の魂は、否、この世界に生まれるすべての生命に宿る魂は、森羅万象すべてに霊魂を賦与する世界に内在する根源神である「産霊」（神にしてその作用）から授けられる——「まづ人の生れ出づることは、父母の賜物なれども、その成《な》り出《い》づる元因《もと》は、神の産霊《むすび》の、奇《くす》しく妙《たえ》なる御霊《みたま》により て、風と火と水と土、四種《よくさ》の物をむすび成《な》し賜ひ、それに心魂《たましい》を幸《さちわ》ひ賦《くま》りて、生まれしめ賜ふ」。人間は天と地の中間に、精神と身体の二重構造体として生命を享ける。死は、身体を構成する四大元素の結び目を解くのであり、精神（霊）は目に見えなくはなるが、決して滅びるわけではない。人間は中間的な世界に生き、精神と身体の二重構造をもつがゆえ、この中間的な世界もまた必然的に二重性を帯びることになる。目に見える物質の世界（現世＝うつし世）と目に見えない霊の世界

（幽冥＝かくり世）である。

ポーにとっても篤胤にとっても世界は二重性を帯び、「中間」の状態として生成される。宇宙とは物質であり、同時にそのすべてを貫く神の作用なのだ。ポーは神の心臓の鼓動のたびごとに宇宙は生成と消滅を繰り返すといい、篤胤は神のあらゆるものを結び合わせる作用によって宇宙は生成と消滅を繰り返すという。両者とも、きわめて一神教的な世界であるとともに疑いもなく汎神論的な世界でもある。世界への内在と世界からの超越に区別がつけられない状況こそが、この宇宙の真実なのである。おそらくそれは「近代」という時代の真実でもあった。

宇宙の起源としてただ一つ置かれた神＝物質。その有様をこの目で見るためには、人間もまた生と死が混然一体となるような境地、つまり限りなく「死者」に近づいてゆくような境地に立ち至らなければならない。ポーは「アルンハイムの地所」のおぼろげな原型であり、それとともに『ユリイカ』の直接の原型ともなっている「催眠術の啓示」（一八四四年）においてその情景を描き尽す（以下、引用は小泉一郎訳より）。

顕在的な意識の状態では充分に活動することのできない人間の潜在的な能力も、意識がシャットアウトされてしまった状況では、十全に開花するのではないか。だとすれば、通常の人間ではいまだに知覚することができない世界の秘密の一端も、たとえば意識的に死に近づいた状態になり、潜在的な無意識の力が解放された状態になれば、知ることができるのではないか。そう考えた瀕死の

「迷宮と宇宙」のための見取り図

アメリカからフランスへ

エドガー・アラン・ポー（1809-1849）
「タマレーン」および「アル・アーラーフ」
「アーサー・ゴードン・ピムの冒険」
「アッシャー家の崩壊」
「黄金虫」
「アルンハイムの地所」
「ユリイカ」

シャルル・ボードレール（1821-1867）
ポーの散文の翻訳
ステファヌ・マラルメ（1842-1898）
ポーの詩の翻訳

レーモン・ルーセル（1877-1933）
「アフリカの印象」および「ロクス・ソルス」

谷崎潤一郎（1886-1965）
「金色の死」（→乱歩）
「魔術師」
「ハッサン・カンの妖術」（→足穂）
「金と銀」
「天鵞絨の夢」

アンドレ・ブルトン（1896-1966）
「ナジャ」および「狂気の愛」
アントナン・アルトー（1896-1948）
「演劇とその分身」および「ヘリオガバルス」

近世から近代へ

平田篤胤（1776-1843）
「他界」への憧憬
「古史」の再構築
「稲生物怪録」の編纂
「神代文字」の解読
「幽冥界」の確立
「霊の真柱」の宇宙論

泉鏡花（1873-1939）
「草迷宮」
柳田國男（1875-1962）
「遠野物語」
折口信夫（1887-1953）
「死者の書」

江戸川乱歩（1894-1965）
「パノラマ島奇譚」
稲垣足穂（1900-1977）
「弥勒」

三島由紀夫（1925-1970）
「豊饒の海」4部作
寺山修司（1935-1983）
「田園に死す」

患者ヴァンカークは旧知の医師に催眠術をかけてもらい、まさに死を迎えるときの自分との会話を記録にとってもらうことを依頼する。ヴァンカークは自らを実験台として、生と死が一体となるところ、意識と無意識が一体となるところに顕れるこの世界の真実を知ろうとしたのだ。すべてのはじまりがどこにあるのかという質問に答えて、ヴァンカークはこう述べる。「一切の始まりは神なのだ」と。さらに神は物質なのか霊なのかという議論に際して――。

神は霊ではない。なぜなら神は存在するからだ。神はまた、君が理解するような物質でもない。物質には、さまざまの段階があって、それについて人間は皆目《かいもく》知るところがないのだ。粗悪な物質は精度の高い物質を推し進め、精度の高い物質は粗悪な物質に滲透する。たとえば、大気は電気の原理を推し進め、電気の原理は大気に滲透する。物質のもつこのようなさまざまな段階は、稀薄さと精度を増し加えてゆき、ついに無分子の――分子をもたない――不可分の物質に到達する。そしてここまで来たとき、推進と滲透の法則は修正される。究極的な、或いは無分子の物質は、一切のものに滲透するばかりでなく、一切のものを推進する。かくしてそれは、それ自身の内部の一切のものでもあるのだ。この物質が神だ。人間が「思想」という言葉で具体的に表現しようとしているものは、運動しているときのこの物質をさすのだ。

ここに『ユリイカ』で説かれる宇宙の構造がほとんどすべて書き記されている。『ユリイカ』でもまた、この宇宙は神が無から創造した「単純さの極致にある物質」から発生するのである。神はその物質に浸透し、拡散し、その拡散のきわまりから今度は逆にその物質に収縮してくる。この根源的な物質は神の意志であり、拡散と収縮の「引力」と「斥力《せきりょく》」（その二つの力が同時に宇宙の身体と精神の役割を担う）として存在する神の力でもある。意志にして力、精神にして身体として存在する物質。それはまさしく「催眠術の啓示」に言う、それ以上分割することのできない「不可分の物質」（粒子）なのだ。「物質が究極的な単純さの状態にあるとき、それがいかなるものであらねばならぬかを想像してみたい」、ポーは『ユリイカ』ではその究極の物質（粒子）の性質をこう説明している。

［前略——以下、引用内の［］は引用者による注記をあらわす］その粒子は「形態も間隙《かんげき》もない」粒子——つまり、あらゆる点においてまさしく粒子であって粒子以外の何ものでもありえない粒子を——つまり絶対的にユニークで、分割しようにも分割できず、さりながら、それをみずからの意志によって創造したもうた神なら、当然ながら、そのおなじ意志をほんのわずか働かすだけで分割することが可能な基本粒子を想定するのである。

それゆえ、この全一性こそが、もっぱら原初に創造された物質の属性であるとわたしはみなす。しかし、わたしが提示したいことは、この全一性こそが、すくなくとも物質的宇宙の構造、現在の諸現象、および明らかに不可避なその消滅を充分に説明するに足る原理であるということにほかならない。

世界のすべてをその内に孕んだ原初の「全一性」をあらわす究極の物質。

平田篤胤もまた宇宙の創成をそのような原初の物質に、根源的な三位一体の神が働きかけることから自らの宇宙論をはじめている。古《いにしえ》、いまだに天地が分れない頃、そこにはただ空虚が広がっていた。その大いなる空虚のなかに、三柱のそれぞれ独自の個性を保ちながら一体であるような神が成る。さらに、その空虚＝三位一体の神のなかに一つの「物」が発生する――「古の伝に曰く、こゝに大虚空《おおそら》の中《なか》に一《ひとつ》の物生《ものな》りて、其状貌《そのかたち》言ひ難く、根係《ねかか》るところ無きが如くして、海月《くらげ》なす漂蕩《ただよ》へる」。この「一の物」、根源的な物質が神からの働きを受けて「天《てん》・地《ち》・泉《よみ》」に分かれていく。天は太陽となり、地は地球となり、泉は月となる。人間は太陽と月の中間に発生した地球に、太陽と月の二重の性質を兼ね備えた存在として生まれてくる。原初の物質、「一《ひとつ》の物《もの》」は神の産霊という働きを受けて、森羅万象あらゆるものに神の性質（産霊）を浸透させ、拡散させてゆく。これが篤胤＝ポーの宇宙論の基盤である。

「催眠術の啓示」によれば、このように宇宙を認識できたとき、人間の身体と精神の組織も大きく変わる。人間の精神＝身体は、根源的な物質のように、あらゆる組織を「一」に解体し、またあらゆる組織を萌芽の状態、つまり「全」として自らの内に含んだ「究極の未組織の生」、まさに有機体に徹底的に反抗する「器官なき身体」のようなものに変貌を遂げる。それを経験するのは「死」の瞬間なのである——「未発達の肉体と完成された肉体と、二つの肉体があるんだ——これは毛虫と蝶という二つの状態に対応する。われわれが「死」と呼ぶのは、苦痛に満ちた変態を意味しているにすぎない。われわれの現在の化肉《けにく》の状態は、進行中の、予備的な、束の間のものなのだ。われわれの未来は、完成された、究極的な、不滅のものだ。究極の生こそ満たされた意図なのだ」。「死」を介した未組織の生、「器官なき身体」への生成。ここから迷宮と宇宙の文学史がはじまるのだ。

［附記］本章の骨格がなったのは、本文中にも記したが、ポー生誕二百年を記念して慶應義塾大学三田キャンパスで開催された日本ポー学会に参加したことがきっかけである（二〇〇九年九月十九日および二十日）。私自身、二十日に行われたシンポジウムのパネラーをつとめたが、この機会を与えてくださった日本ポー学会会長である巽孝之氏、また当日、多くの有益かつ刺激的なコメントを寄せてくれた方々に感謝したい。

輪舞するオブジェ――泉鏡花『草迷宮』をめぐって

1　「稲生物怪録」と『遠野物語』

「僕はこれからの人生でなにか愚行を演ずるかもしれない。そして日本じゅうの人がばかにして、もの笑いの種にするかもしれない」、しかしそれでも、「日本じゅうが笑った場合に、たった一人わかってくれる人」がいる……。自決直前（一九七〇年五月）の三島由紀夫が澁澤龍彥と行った対話の一節である。「死」を直視していた最晩年の三島が、わざわざ澁澤を相手に指名して残した対話の中の主人公、この日本で「たった一人」だけ自分の愚行を分かってくれるような人物、三島が「宇宙と男性との間の関連性の問題」を突き詰め「男性の秘密を知っているただ一人の作家」とさえ称揚した人物――それが稲垣足穂である（中公文庫版『三島由紀夫おぼえがき』所収「タルホの世界」より、以下、三島と澁澤の対談は同書から引用）。

稲垣足穂……エドガー・アラン・ポーと平田篤胤からはじまる文学史の一つの結節点となる作家である。ポーが表現として定着させようとした、繰り返し冥界から甦ってくる少女たちと、篤胤がその痕跡を残すことに執着した冥界と何度も自由に往来することができた少年たちを、自らの作品世界に見事に転生させた表現者でもあった。自然と人工、人間と機械の間に区別をつけることができないような、つまり「アルンハイムの地所」のような天と地をつなぐ中間的かつ一元的な表現の場「キタ・マキニカリス」を作品世界に実現することを夢見ていた足穂は、日本におけるポーの分身を意図していた江戸川乱歩にその世界の「秘密」を打ち明ける。

「キタとは生命、マキニカリスはマシーン、機械、からくりつまり宇宙博覧会の機械館だというほどの意味です」。この、機械(人工)のなかに生命(自然)が還流する「来るべき文明」は「美少女の理念の上に築かれなければならぬ」と、かつては考えていた。しかしA感覚一元論を確立した足穂にとって、宇宙にひらかれ口唇から肛門までを垂直に貫く一本のチューブによって、理念《イデー》としての美少女と美少年は等しい存在、等しい「もの」となったのだ。「少年少女は同じもの。キタ・マキニカリスの理想は、少年少女の結合の上に生れる新文明、コバルト色の虚無主義です」。ポーの少女と篤胤の少年がここで一つにつながる。中間的な無可有郷(ユートピア)には、天使のように性を乗り越えた中性的な存在が戯れている。

乱歩もまた足穂と世界の「秘密」を共有する同志であった。足穂のヴィジョンに応えるように、乱歩は自らの同性愛観をこう語り出す。「同性愛とは例外者のやることのように考えられているが、Ｉ〔稲垣足穂〕君の御説のように中性的なものに惹かれる心だよ。中性を理想とする……男と女に分化してしまえば具体的になるが、もっと抽象的な、両性未分化にある人間への憧れ、とでも云うかね」。足穂もまた乱歩の発言に共振するかのような応答を残す。「中性と云えば男を〔と？〕女をつきまぜ、そのどッちでもないというふうに受取られますが、原型へのノスタルジー、将来性への先駆だという点から云えば、むしろ超性です」と（以上、足穂と乱歩の対話は、河出書房新社版『江戸川乱歩　日本探偵小説事典』所収「E氏との一夕」より）。

性という分割を超えた少年＝少女が、永遠となった――つまり生と死という区分さえも無化してしまう――時間と空間の交点、永劫回帰する「夏休み」（足穂が「彼等（they）」で使った表現）に遊ぶ「宇宙博覧会の機械館」……。足穂は死を目前に控えた三島に、そのような理想的な物語を提供したのだ。平田篤胤が、さらには篤胤の没後にはその門人たちが心血注いで集成した、もう一つ別の世界、「幽冥界」と触れ合った一人の少年が経験したひと夏の出来事を……。研究と創作にまたがり、現在でもさまざまな概説書やアンソロジー、さらには「絵巻」が相次いで刊行されている「稲生物怪録《いのうもののけろく》」（「物怪」を「ぶつかい」と訓むヴァリアントも多い）である（アンソロジーとしては東雅夫編『稲生モノノケ大全　陰之巻』〔毎日新聞社、二〇〇三年〕によって、絵巻類としては杉本好伸編『稲生物怪録絵巻集成』〔国書刊行会、二〇〇四年〕によって、その全貌をうかがうことができる）。

「懐しの七月」（一九五六年）、「山ン本五郎左衛門只今退散仕る」（一九六八年）、「稲生家＝化物コンクール」（一九七二年）と、足穂は「稲生物怪録」に執着し、繰り返し「稲生物怪録」に立ち戻り、その物語を換骨奪胎というよりはほとんどそのまま現代語訳――つまり剽窃――した作品を書き続けていった（足穂による「稲生物怪録」の三つのヴァリアントをすべて収録した、人間と歴史社版『稲生家＝化物コンクール』より）。足穂と「稲生物怪録」との出会いを、「懐しの七月」巻末に付された足穂自身の言葉から再現してみれば、こうなる。

このめずらしい化物噺を見付けたのは、もう三十年以上の昔になる。僕の父が、明石の女子師範学校の先生の許から借りてくれたのだったが、それは写本だったのでよく読めなかった。其の後ラジオで解説があったらしいが、これは聴き逃した。十年ほど前に、早稲田の宿屋住いをしていた時、部屋の隅にお客が残して行ったらしい巌谷小波の童話集があって、これをあけてみたら「平太郎化物日記」というのがあった。お化博士の井上円了もこの記録を妖怪講義に取上げているらしいが、それも未だ読む機会がない。今回やっと見付けたテキストでは、終りに「羽州秋田藩平田内蔵助校正」とあって、備後地方の方言、たとえば大手（練塀）花香（茶の煮花）やかまし（面倒臭い）など註が付いていた。

足穂がここに記している「羽州秋田藩平田内蔵助校正」とあるテキストこそ、当時としては最も完備された「稲生物怪録」のテキスト、篤胤とその没後の門人たちが手に入れられる限りのヴァリアントを校合し、整理し、事件が起こった備後の三次《みよし》（現・広島県）の現地調査さえ行って、出版を目標に清書され（「上木用」と明記されている）、『平田篤胤全集』にも収録されたものだった（平田篤胤と門人たちが参照したヴァリアントおよびその完成までの過程、篤胤の幽冥界研究との関わりについては荒俣宏による『平田篤胤が解く稲生物怪録』［角川書店、二〇〇三年］が詳しい）。

それでは「稲生物怪録」には一体どのような事件が記されていたのか。

事件の最大公約数的なあらましを記せばこうなる。「江戸中期の寛延二年（一七四九）、備後の三次に住む十六歳の少年稲生平太郎のもとに、魔王が現れ、七月の一ヵ月にわたって驚かしにかかるものの、少年は耐え通した」（杉本編『稲生物怪録絵巻集成』「解説」より）。この魔王の名前が、七月の最後の日に平太郎の前に登場する山本（山ッ本）五郎左衛門であり、平太郎が連日経験する「怪異」の様相を、一人称もしくは三人称で詳細に記したものが、「稲生物怪録」と総称される無数のテキスト群およびイメージ群（絵巻や挿絵など）を形作っていったのだ。

「稲生物怪録」のなかに記された怪異のなかには、部屋中が水浸しになったり、頭上に突如出現した老婆の巨顔から突き出された舌に全身を舐めまわされたり、これもまた頭上に突如出現した蜂の巣からしたたり落ちる蜜を全身に浴びたり、青白く粘っこい死体を踏んだことによって部屋全体にその粘りが広がったりという思春期特有の少年が経験する「夢精《ウエツトドリーム》」（荒俣宏の表現）に由来する感覚的、生理学的なものの他に、行灯の炎が燃え上がり、畳が乱舞し、さまざまな器物が飛び交い、家全体が振動し鳴り響くといった心霊学的見地からは典型的と思われる種々のポルターガイスト現象などが取り上げられている。ポーが想像力で描き切った「アッシャー家の崩壊」のように、怪異に取り憑かれた現実の「家」に引き起こる超常現象は、クライマックスに向けてさらにエスカレートしてゆく。

次から次へと虚無僧が部屋に上がってくるかと思えば、昔馴染みの者の頭が二つに割れそのなかから猿のような赤子が三人飛び出し、一人の大童子になる。長い黒髪を足とした女の逆さ首がいくつも跳びはね、車留めの石は無数の眼と無数の足をもった蟹のような化物になり、葛籠《つづら》は巨大な蝦蟇《がま》へと変身し、柿の種はさまざまな虫になって逃げ去る。迷い込んできた大きな一羽の蝶は粉々に砕け散り、そこから数千の小さな蝶が飛び立つ。さらには草創期の実験映画に表現されたような超現実的なイメージをともなった怪異も記録されている。おぼろな月に二重写しになるように無数のくるくるまわる輪違《わちがい》が出現し、その輪のなかに存在する目や鼻や口が笑ったり睨んだりする。電光のごとく伸び縮みする曲尺《かねじやく》のような手が次々と現れ出るかと思えば、口を開けたり閉じたりする網の目のごとく並んだ菱形をした顔が無数に出現する。

「稲生物怪録」には、おそらくこれまでさまざまな人々が体験した「怪異」、人間という種がもつことを許された「幻想」のほとんどすべての変異〔ヴァリエーション〕が書き尽くされている。それだけではなく、平太郎は怪異が生まれ出てくるところ、幻想が発生してくるところを科学的に探究しようとさえするのだ。人を化かす狸や狐に原因を探り、それらを捕らえようとし、祟りをなす生霊や死霊の正体を究め、それらを鎮めようとする。それ故、平田篤胤とその門人たちは三次に起こった一連の出来事に幽冥界への真の入り口が開いていると確信し、決して二次的な創作をまじえることなく、目前の「事実」として、その記録をできるだけ正確に後世に残そうとしたのである。

まさに民俗学という学問の起源がここにある。篤胤にとって、「稲生物怪録」という貴重な証言を残してくれた稲生平太郎は、幼い頃に神隠しに遭い、山人〔天狗〕に連れ去られ、彼らが住む世界である神仙界の貴重な情報をもたらしてくれた仙童寅吉と並んで、幽冥界への回路を開いてくれる特権的な存在だった。足穂もそのことは正確に把握していた。「懐しの七月」の巻末に記された足穂自身の言葉――「平田篤胤先生がこの話に熱心しているのが判る。彼は天狗に取られて滞留八年、無事に帰ってきたという十六歳の童子を摑まえて、いろいろ質問して paederasty〔同性愛〕の有無まで遠廻しに探って、『仙界異聞』〔正確には『仙境異聞』〕を書いているが、平太郎ケースへの関心にもそれに似たものがあり、結局彼は少年達の後見、即ち日本の産土神の守護を強調したいらしい」。

平太郎と寅吉。晩年の三島由紀夫にとっても、この二人の少年が自らの創作の守護神となった。

仙童寅吉を通して死後の霊魂の行方と霊界における産土神《うぶすながみ》への変貌を探った霊学家である友清歓真《ともきよよしさね》の『霊学筌蹄《せんてい》』に説かれた鎮魂帰神法をもとに「英霊の聲」をまとめ上げ、小説を原理的に問う連載「小説とは何か」をスタートさせ、最後の小説となる『豊饒の海』四部作に取りかかろうとしたまさにその時（一九六八年）、三島のもとに、足穂の「山ン本五郎左衛門只今退散仕る」を介して稲生平太郎が訪れたのだ。しかも足穂は、幽冥界（死の世界）と現実界（生の世界）という二つの世界の狭間、その中間地帯に「稲生物怪録」を据え直し、見えない世界に君臨する魔王と見える世界を生きる少年との邂逅を「動くオブジェとしてのお化けの一群」（「稲生家＝化物コンクール」の冒頭に付された言葉）を通して描き、最後に置かれた両者の別れを「愛の経験」として位置づけ直したのである（この一節、「愛の経験」は三つのヴァリアントのいずれにも共通する）。

「七月ノ終リノ日」、「星ノ光ノ様ナモノガヤガテ螢ガ乱レ飛ブ様ニ見エテ物哀《モノノアワ》レヲ唆《ソソ》ッタ……アノ心細サガ、今デハ何カ悲シイ澄ンダ気持ニ変ッテイル」。「山ン本五郎左衛門ノ顔ヲ僕ハ生涯忘レルコトハナイデアロウ。殊ニ「只今退散仕ル」ノ尻上リノ一言ハ、何時々々迄モ忘レハシナイ。［山ン本を呼び戻す］槌ヲ打ツ心算ハナイガ、僕ノ心ノ奥ニハ次ノ様ニ呼ビ掛ケタイ気持ガアル。山ン本サン、気ガ向イタラ又オ出デ！」――光となり、情動そのものとなった輪舞するオブジェによって発動される「愛」、その「愛」に貫かれた「キタ・マキニカリス」が今ここに実現しているのである。

見える世界と見えない世界はオブジェを媒介として通じ合い、そこから「愛」が生じ、その「愛」は消滅によって永遠となる。三島は澁澤にこう告げる。「山ン本五郎左衛門只今退散仕る」はそのラストで、原作を完全にひっくり返してしまっているのだと。「稲垣さん独得の、少年の持っている宇宙感覚と、一種の豪傑少年ですけれども、豪傑少年に対する、あやしき天狗的人物の愛着とに、話をすりかえちゃっているんです」。「小説とは何か」ではさらにこう踏み込む――「稲垣氏はこの荒唐無稽な化物咄《ばけものばなし》の中に、ちゃんとリアリズムも盛り込めば、告白も成就しているのみならず、読者をして、作中人物への感情移入から、一転して、主題に覚醒せしめ、しかも読者自らを、山《さ》ン本《もと》という、「物語の完成者であり破壊者であるところの不可知の存在」に化身せしめ、以て読者の魂を天外へ拉し去ることに成功している」と。

世界の外には「オブジェ」を通してしか、その消滅を通してしか、到達することができない。足穂が考えていたオブジェという概念は、象徴主義の文学運動を内側から乗り越えてかたちとなった、一九二〇年代に隆盛したアヴァンギャルド芸術、特にシュルレアリスムにその起源をもっている。目的をもたない単なる「もの」(objet)であり、同時に主観に抗う「客観」(objet)でもあるもの。つまり自己としてではなく、他者として存在する「もの」(以上の見解は『ユリイカ』臨時増刊号「総特集　稲垣足穂」[二〇〇六年]に掲載された寺村摩耶子の論文「タルホの鞄」に基づいている)。足穂はそうしたオブジェが、不可視の世界と可視の世界をつなぐのだと考えた。そして三島は、足穂のいうオブジェこそが文学の言葉、「言語」そのものであるとしたのだ（以下の引用も「小説とは何か」より）。

「山《さ》ン本《もと》五郎左衛門只今退散仕る」は、決して寓話ではない。平太郎は単なる平太郎であり、化物は単なる化物である。それは別に深遠な当てこすりや高級な政治的寓喩とは関係がない。人は描かれたとおりのものをありのままに信じることができ、小説の中の物象を何の幻想もなしに物象と認めることができる。実はこれこそ言語芸術の、他に卓越した特徴なのであるが、小説は不幸なことに、この特徴を自ら忘れる方向へ向っている。

言語芸術においてこそ、われわれは、夢と現実、幻想と事実との、言語による完全な等質性に直面しうるのである。

「稲生物怪録」であらわにされた怪異との遭遇、その謎の民俗学的な解明、さらには足穂の「山ン本五郎左衛門只今退散仕る」によってあらためて解釈し直された「夢と現実、幻想と事実」という、二つの世界をつなぐ「オブジェ」として存在する言語というヴィジョンが、三島を柳田國男の『遠野物語』に導いていくのはきわめて自然な流れであった。柳田もまた篤胤の提出した幽冥界という概念に甚大な関心を寄せ、現実界と他界との「境」に物語の発生を見出そうとしていたからだ。事実、「小説とは何か」の連載において「山ン本五郎左衛門只今退散仕る」を論じたあとしばらくして、「あ、ここに小説があった」と三嘆これ久しうした細部をもつ『遠野物語』を三島はあらためて発見し直し、それを自らの小説原論の核として論じはじめるのである。それは、三島にとって『豊饒の海』を完成し、破壊するためにはどうしても経なければならない過程であった。

三島にとって「稲生物怪録」と『遠野物語』は、内容においても手法においても、ぴったりと一つに重なり合うものだった。見える世界と見えない世界、生者たちの世界と死者たちの世界をオブジェとしての言語が一つにつなぎ合わせる。三島は言う。「日常性と怪異との疑いようのない接点」に焦点を絞った一行が「小説」を可能にし、「人の心に永久に忘れがたい印象を残すのである」。そのような特権的な一行をもった例として、三島は『遠野物語』の一挿話を取り上げる。葬儀の夜、死者が甦ってくる、「二二」と番号を付された出来事——。

佐々木氏の曾祖母《そうそぼ》年よりて死去せし時、棺に取り納め親族の者集《あつま》り来てその夜は一同座敷にて寝たり。死者の娘にて乱心のため離縁せられたる婦人もまたその中にありき。喪の間は火の気を絶やすことを忌むが所の風なれば、祖母と母との二人のみは、大なる囲炉裡の両側に坐り、母人は旁《かたわら》に炭籠《すみかご》を置き、折々炭を継ぎてありしに、ふと裏口の方より足音して来る者あるを見れば、亡くなりし老女なり。平生腰かがみて衣物《きもの》の裾の引きずるを、三角に取り上げて前に縫い附けてありしが、まざまざとその通りにて、縞目《しまめ》にも見覚えあり。あなやと思う間もなく、二人の女の坐れる炉の脇を通り行くとて、裾にて炭取《すみとり》にさわりしに、丸き炭取なればくるくるとまわりたり。母人は気丈《きじょう》の人なれば振り返りあとを見送りたれば、親縁の人々の打ち臥したる座敷の方へ近より行くと思うほどに、かの狂女のけたたましき声にて、おばあさんが来たと叫びたり。その余の人々はこの声に睡《ねむ》りを覚《さま》しただ打ち驚くばかりなりしといえり。

『遠野物語』の挿話のなかに書き記された一行、「裾にて炭取にさわりしに、丸き炭取なればくるくるとまわりたり」。三島はここに「日常性と怪異との疑いようのない接点」が、つまり「小説」があると言う。この一行が出現する以前までは、日常性と怪異、現実世界と超現実世界は相異なったまま並行するだけだった。しかし、この一行が現れた瞬間、「われわれの現実そのものが完全に震撼され」、物語は第二の段階、まったく新たな表現の次元に突入する――「亡霊の出現の段階では、現実と超現実は併存している。しかし炭取の廻転によって、超現実が現実を犯し、幻覚と考える可能性は根絶され、ここに認識世界は逆転して、幽霊のほうが「現実」になってしまったからである」。廻転するオブジェによって超現実が現実世界に侵入してくるのだ。「くるくる」と廻る炭取を「転位の蝶番《ちょうつがい》」として、現実と超現実は通底し、あらゆる区分は消滅する。

三島は足穂の「山ン本五郎左衛門只今退散仕る」を論じた結論部分、「言語芸術においてこそ、われわれは、夢と現実、幻想と事実との、言語による完全な等質性に直面しうるのである」を引き継ぐかたちで、さらにこう述べている。この「転位の蝶番」となるオブジェこそが「言葉」なのだ、と。

炭取りはいわば現実の転位の蝶番《ちょうつがい》のようなもので、この蝶番がなければ、われわれはせいぜい「現実と超現実の併存状態」までしか到達することができない。それから先へもう一歩進むには、(この一歩こそ本質的なものであるが)、どうしても炭取が廻らなければならないのである。しかもこの効果が、一にかかって「言葉」に在る、とは、愕《おどろ》くべきことである。舞台の小道具の炭取では、たとえその仕掛がいかに巧妙に仕組まれようとも、この小話における炭取のような確乎たる日常性を持つことができない。短い抒述の裡にも浸透している日常性が、このつまらない什器《じゅうき》の廻転を真に意味あらしめ、しかも「遠野物語」においては、「言葉」以外のいかなる資料も使われていないのだ。

生と死、現実と超現実は一つに融合する。廻転する炭取、言葉というオブジェを媒介として。それでは炭取を本当に廻しているのは一体誰なのか?

2　ランプの廻転

三島由紀夫にとって、言葉というオブジェを媒介として生と死、可視と不可視という二つの世界が一つにつながり合い、江戸末期に形をなした「稲生物怪録」と明治末期に形をなした『遠野物語』が一つに重なり合う。しかし、「転位の蝶番」となるオブジェが登場するのは、この二つの作品だけなのか。「稲生物怪録」と『遠野物語』の間には両者をつなぐ鍵となるような、もう一つ別の作品が存在しているのではないのか。三島は意識的に、もしくは無意識的に、その作品を隠蔽してしまったのではないのか。

泉鏡花の『草迷宮』という作品を……。

「稲生物怪録」と『遠野物語』は、なによりも泉鏡花の『草迷宮』によってはじめて相互に通底し合い、日本における「死者の書」の系譜を形作る。読書界にはじめてそう示唆した人物こそ、三島によって足穂を話中の主人公とした対話の相手に選ばれ、その直前には、同じく三島によって、足穂の諸作品が収められたのと同じ文学全集の別の巻の付録として、鏡花を主題とした対談の相手に指名された澁澤龍彥だった。足穂が使う「オブジェ」という概念もまた、澁澤龍彥――もしくは瀧口修造――を通して足穂にもたらされたものだったと推定される。

澁澤龍彦は自ら「博物誌ふうのエッセーから短篇小説ふうのフィクションに移行してゆく、過渡的な」作品集（「文庫版あとがき」より）と位置づける『思考の紋章学』（一九七七年）の冒頭に収められた「ランプの廻転」において、三島が「小説とは何か」で論じている『遠野物語』の問題の一節について、きわめて両義的ともいえる「異議」を差し挟んでいる。「日常の器物の不思議な廻転にこそ、小説を小説たらしめる本質があると主張した三島の文学観に、深い共感をおぼえるのである」と記しながらも、澁澤は三島が超現実と現実の相互浸透という点で『遠野物語』を特権化し過ぎることに抗っている。そこには三島の「論理の短絡」が、「二つの現実の混同があるような気がする」のだと。

二つの現実——「一つは佐々木氏の曾祖母の死んだ日の遠野郷の現実と、もう一つは柳田の筆が描き出した物語の現実である」。言葉というオブジェを使って構築される文学作品を考察するためには、世界の現実（リアル）と物語の現実（リアル）という単純な二項対立には還元できないような、より複雑かつ重層的な表現の現実（リアル）を考慮する必要があるのではないか、ということである。いくぶん奥歯に物が挟まったような言い方になっているのには訳があると思われる。自分と鏡花について、足穂について対話を交わしながら、なぜ三島は鏡花を跳び越えて、足穂が「山ン本五郎左衛門只今退散仕る」として再構成した「稲生物怪録」と柳田國男の『遠野物語』を短絡してしまうのであろうか。澁澤が不可解に思ったのはその点であろう。

澁澤は続ける。鏡花の『草迷宮』もまた「稲生物怪録」を一つの起源としており（その事実を澁澤以前に、鏡花との直接の対話を通して指摘したのは折口信夫であるが、折口の記述にはいくつか不正確な部分がある）——「『草迷宮』における化けもの屋敷の叙述には、ポルターガイストめいた小妖怪の執念深い跳梁から、最後に人品卑しからぬ大魔人の出現するクライマックスにいたるまで、稲垣足穂が短篇『山ン本五郎左衛門只今退散仕る』を書くための粉本とした、平田篤胤の聞書『稲生物怪録』に出てくる化けもの屋敷の描写のディテールにぴったり符合する部分が幾つかあり、明らかに鏡花はこれを参考にして書いたと思われる」——、しかも『草迷宮』においても超現実と現実の交点で、オブジェが廻転するのである。稲生平太郎が現代に転生した分身にして、『草迷宮』に登場する二人の主人公のうちの一人、「迷宮」の中心で眠り惚けてしまう退嬰的なテーセウスたる葉越明に襲いかかる怪異の一つとして。

「ランプの廻転」について葉越明は、能動的なもう一人の自分、自らの「アルテル・エゴ」（澁澤龍彦による形容）たる小次郎法師に向かってその有様をこう語る。

その立廻《たちまわ》りですもの。灯《あかり》が危《あぶな》いから傍《わき》へ退《の》いて、私はその毎《たび》に洋燈《ランプ》を圧《おさ》え圧えしたんですがね。

坐ってる人が、真個《ほんと》に転覆《ひつくりかえ》るほど、根太《ねだ》から揺れるのでない証拠には、私が気を着けています洋燈《ランプ》は、躍《おど》りはためくその畳の上でも、静《じつ》として、些《ちつ》とも動きはせんのです。
しかしまた洋燈《ランプ》ばかりが、笠《かさ》から始めて、ぐるぐると廻った事がありました。やがて貴僧《あなた》、風車《かざぐるま》のように舞う、その癖《くせ》、場所は変らないので、あれあれという内に火が真丸《まんまる》になる、と見ている内、白くなって、それに蒼味《あおみ》がさして、茫《ぼう》として、熟《じつ》と据《すわ》る、その厭《いや》な光ったら。

炭取が、そしてランプが廻転し、超現実が現実を犯す。もちろん平田派一門が集大成した「稲生物怪録」では、オブジェは乱舞するだけで廻転はしない。つまり『草迷宮』（一九〇八年）と『遠野物語』（一九一〇年）の段階ではじめて、オブジェはその廻転によってさまざまな表現を産出する生きた機械、「キタ・マキニカリス」そのものとなったのである。鏡花世界におけるオブジェとしてある言葉、表現を産出する機械としてある言葉の有様を、渡部直己は言葉の糸を紡ぎ出し、作品としての織物を織り上げる自動機械、つまり文字通り「織物」を意味する「テクスト」の「杼機」として見事に描き出している（『泉鏡花論　幻影の杼機』河出書房新社、一九九六年――のちに谷崎潤一郎論、中上健次論とともに『言葉と奇蹟　泉鏡花・谷崎潤一郎・中上健次』作品社、二〇一三年として集大成される）。

何らかの規範を持たぬテクストはない。どのようなものであれ、ことばの織物として維持されるその場には、ある種純粋に機械的な性格が内包される常に加えて、ぼくらのまえにするひろがりは、その規範、既成の易きに就くよりはこれを退け、退け去ることによってほとんど無際限な知覚の場に変じようとしている。ここでは、ことばからことばへ、頁から頁へのあゆみを律するその規範自身でさえ不断の葛藤を逃れえないのだ。杼機はことばを織り、ことばはまた杼機を生む。

泉鏡花という「杼機」は、「〈水〉と〈火〉と〈草花〉が繰返し絡み合う」複雑な文様が織り込まれた作品を産出し続けているのだ——渡部があえて書物では取り上げていない『草迷宮』の本質を最も過不足なく表現する一節であろう。しかし、おそらくそのようなヴィジョンは、三島由紀夫もまた、間違いなく把握していた。

三島は、泉鏡花の最晩年の作品「縷紅新草《るこうしんそう》」——この作品もまた言葉による〈水〉と〈火〉と〈草花〉の発生と消滅しか描かれていない——についてこう記している。「縷紅新草」は、「昼間の空にうかんだ灯籠のやうに、清澄で、艶やかで、細緻で、いささかも土の汚れをつけず、しかもまだ灯されない、何かそれ自体無意味にちかいやうな果敢《はか》なさの詩である」(『作家論』所収「尾崎紅葉・泉鏡花」より。中央公論社、一九七〇年)。さらに同様なことを澁澤龍彦に向けて、足穂を論じる以前に、こうも語っていたのだ——「どんなリアリズムも、どんな心理主義も完全に足下に踏みにじっている。言葉だけが浮遊して、その言葉が空中楼閣を作っているんだけれども、その空中楼閣が完全に透明で、すばらしい作品、天使的作品！」、「あんな無意味な美しい透明な詩」は今まで読んだことがない、と（『三島由紀夫おぼえがき』所収「鏡花の魅力」）。

　オブジェは廻転し、「キタ・マキニカリス」として、「幻影の杼機」として、絶えず表現を産み出し続けている。「稲生物怪録」は『草迷宮』として新たな次元に甦り、『遠野物語』へと波及する。物語の現実（リアル）は、世界の現実（リアル）と対立し融合するばかりでなく、それ自身で複雑に入り組み、幾重にも重なり合った、表現における無限の迷宮を形作っている。三島の「小説とは何か」に対して澁澤が付け加えたかったのは、そのようなことではなかっただろうか。

　そして問題はもう一度最初に戻る。それでは『遠野物語』において、炭取を廻転させているのは一体誰なのか？　その答えはこうなるはずだ――泉鏡花に憧れ（実際に鏡花との手紙のやり取りも残されている）、「鏡石《きょうせき》」を自らの筆名とした『遠野物語』の真の語り手、佐々木喜善であると。

　確認するまでもないことであるが、『遠野物語』は柳田國男が単独で書き上げたものではない。柳田自身その序文に明記しているように、『遠野物語』とは、複数の声、複数の手が交響することによって織り上げられた奇蹟的な作品（「テクスト」）なのである。文学という「杼機」は、作家という概念を容易に超え出て機能する。それは一と多、自己と他者の間に区別をもうけることなく動きまわる生きた「機械」なのだ。『遠野物語』の序文にはこうある――「この話はすべて遠野《とおの》の人佐々木鏡石君より聞きたり。昨《さく》明治四十二年の二月頃より始めて夜分折々訪ね来たりこの話をせられしを筆記せしなり。鏡石君は話上手にはあらざれども誠実なる人なり。自分もまた一字一句をも加減せず感じたるままを書きたり」。

より正確に記せば、この「時」とは明治四十一（一九〇八）年十一月四日のことであり、その「場」にはもう一人、喜善を柳田に引き合わせ、喜善の話を「聞きたるまま」、「もう一つの遠野物語」と称することも可能な、無数の「怪談」の断片を書き残した小説家・水野葉舟が同席していた。この「時」、喜善は数え二十三歳、葉舟は二十六歳、柳田は三十四歳だった。そしてこの時点で、すでに喜善は同じ年の一月に刊行されていた『草迷宮』を充分に読み込んでいた可能性が高い（以下、『遠野物語』の成立過程に関しては石井正己『遠野物語の誕生』［ちくま学芸文庫、二〇〇五年］を、水野葉舟の作品に関しては横山茂雄編『遠野物語の周辺』［国書刊行会、二〇〇一年］を、『草迷宮』と『遠野物語』の間に喜善が介在した可能性を最も早くまた最も十全に論じたものとして岩本由輝『もう一つの遠野物語』［追補版、刀水書房、一九九四年］を参照し、引用する）。

三島が称揚し、澁澤が疑義を呈した『遠野物語』の挿話について、おそらく同じ話を柳田と同席した際に喜善から聞いた水野葉舟は、その内容を即物的にこう書き残している（『遠野物語』刊行以前の一九〇九年六月に「怪談（Ⅱ）」の一部として発表）。

これも、人の死んだ時の事。或る家の隠居が死んだ、その通夜の晩の事である。

一同のものは、もう疲れて、棺のある次の間で寝ていた。その家の嫁さんと、年よりとが炉の切ってある室で、寝もせずに炉に炭をついていた。そして夜が更けて行く。と、すっと音がして人が入って来た。気が付いて振り返って見ると、亡って今現に棺の中に入っている人が、歩いて来る。死ぬまでの着物を着て、屈んだ腰をして、ずっとその室に入って来ると、嫁さんの傍を知らぬ顔をして通って行った。その時に、着物の裾が触って、わきに置てあった炭とりがクルっと廻った。

そして、そのままズッと奥の室に入って行った。すると奥で寝ていた人達が一時にウーンと魘《うな》された。

葉舟が喜善の語りを再現したものと、柳田の手によって「感じたるまま」書き上げられた『遠野物語』の本文を比較してみれば、物語の現実（リアル）がいかに複雑で繊細な過程を経て結晶化されてゆくのか一目瞭然となるだろう。「狂女」など存在していなかったのだ。さらには炭取を廻転させた人物が柳田ではなく喜善であることもまた、このヴァリアントによって明瞭になる。

それでは喜善は、鏡花の『草迷宮』を意識的に剽窃したのか。おそらくそうではあるまい。喜善があらかじめ自らの内にもっていた資質が、鏡花の資質と共振し、やはり同じような傾向をもっていた柳田のもとに、無意識のメッセージとして届けられてしまったのであろう。明治の末年、個という区分を超えて共同の表現を紡ぎ続ける文学機械が表現の新たな水準へと到達したのである。そこではオブジェとして機能する文学の言葉を通じて、超現実が現実に侵入し、表現者の外と内、現実と幻想の間に区別がつけられなくなってしまったのだ。

葉舟は、そのような表現者の典型としてある喜善の姿を、小説「北国の人」（一九〇八年一月――『草迷宮』とまったく同じ刊行年月である）に描き出している。

〔前略〕時々は珍らしく荻原〔佐々木喜善〕の文学論が出る。……荻原のは明かにそれを指すものは無いが、生存と言う事に向って、強い恐れを持っている、一種の霊魂教の信者だ。そして絶間なしに空想から妄想の中をさまよっている。……かと思うと、夢の中にでも見るような、とりとまりの無い、美しい色彩のある感情にあこがれている。……こう言う風の一種の神秘主義だ。烈しい、透明な信仰にはなっていないが、しかし、何処か心に根の張った感情で、何時も議論さえすれば、そこに落ちてしまう。……それが、聞いていると、何と無く薄暗い冷めたい空の下から、うつらうつらと南国の深碧の空にあこがれて、その花の色、緑葉の香に、心が引き寄せられているようでありながら、しかも、目には肌の氷のような、声の細い胸を射透すような、女怪の住んでいる、灰色の空、赭《あかつち》のくすんだ色をして、すっかり落葉してしまう森、すべて鈍色をして、上からおしつけようとしているものばかりが見える北国《ほっこく》に生れてその冷めたい空気を吸って育った人だ。……荻原は何処まで行っても空想の人だ。

幻影と妄想に生きた「空想の人」たち、鏡花や喜善や葉舟や柳田は、自分たちが構築した作品、『草迷宮』や『遠野物語』で一体何を描こうとしたのか。

澁澤龍彦は「ランプの廻転」で端的にこう述べている。彼らが目指したのは、直線的に進む「時間」を廃棄することなのだ、と。それでは直線的な時間が廃棄されてしまったあと、そこには一体何が残るのか。そこには、決して直線を描かずつねに円環を描いて回帰してくる純粋な時間、過去と未来に永劫回帰するもう一つの「時間」が立ち現れるのだ。『草迷宮』とは、オブジェとしての機能を果たす言の葉（「草」）によって織り上げられた、幾重にも重なり合う時間の「迷宮」を形作っているのだ。その迷宮の中心にたどり着いた時、人は不純物を洗い落とした「時間」そのものと出会う。ポーと篤胤からはじまる文学史は、そこで第一の画期を迎える。

3　重層する時間の迷宮

『草迷宮』の主題が、現実の世界とは異なったもう一つ別の「世界」、およびそこを流れる現実の時間とは異なったもう一つ別の「時間」を表現として定着させることにあるのは、鏡花自身が、

「稲生物怪録」の最後に登場する大魔王・山本五郎左衛門を模して『草迷宮』のクライマックスに登場させる「秋谷悪左衛門《あくざえもん》」——到る処に存在する、もう一つ別の秩序である「悪」に属する者——に次のように語らせていることからも明らかであろう。

かくてもなお、我らがこの宇宙の間に罷在《まかりあ》るを怪《あやし》まるるか。うむ、疑いに瞶《みは》られたな。瞶《みひら》いたその瞳《ひとみ》も、直《ただ》ちに瞬《またた》く。

凡《およ》そ天下に、夜《よ》を一目《ひとめ》も寝ぬはあっても、瞬《またたき》をせぬ人間は決してあるまい。悪左衛門をはじめ夥間一統《なかまいっとう》、即ちその人間の瞬く間《ま》を世界とする——瞬くという一秒時《いちびょうじ》には、日輪《にちりん》の光によって、御身《おんみ》らが顔容《かおかたち》、衣服の一切《すべて》、睫毛《まつげ》までも写し取らせて、御身《おんみ》らその生命《いのち》の終る後《のち》、幾百年にも活《い》けるが如く伝えらるる長き時間のあるを知るか。石と樹《き》と相打《あいう》って、火をほとばしらすも瞬く間《ま》、またその消ゆるも瞬く間、銃丸《じゅうがん》の人を貫くも瞬く間だ。

総《すべ》て一度唯一人《ひとたびただいちにん》の瞬きする間《ま》に、水も流れ、風も吹く、木の葉も青し、日も赤い。天下に何一つ消え失するものは無《の》うして、唯《ただ》その瞬間、その瞬く者にのみ消え失すると知らば、我らが世にあることを怪《あやし》むまい。

等分に時を刻む「時間」と、瞬間が永遠となるような「時間」。鏡花は、その一つの時間の交点に自らの「迷宮」を構築しようとする。鏡花はその際、世界のあらゆる場所、あらゆる時代に見出される「迷宮」の神話を熟知していたと思われる。迷宮の中心には半ばは神、半ばは獣である神聖なる怪物が潜んでいる。英雄は怪物を倒すために迷宮の奥に導かれ、怪物と対峙し、怪物を自らの内に取り込み、新たな存在として復活する。迷宮の奥に開かれる、二つの世界が闘い変身する場所を、鏡花は端的に「魔界」と記す。それは純粋な時間が孕まれる場所なのだ。

その「魔」の領域、すなわち悪左衛門たち一統が遍在する「悪」の領域とは、天と地の間、死者たちの国と生者たちの国の間に開かれる中間的な場所だった。そこにたどり着いた者は皆、生と死のあわい、神と獣の「中間」を生き抜き、時間の生滅それ自体を自らの身に経験しなければならなかった。だからこそ、その「迷宮」を過不足なく描くために、鏡花は、相反する二つの時間をそれぞれ体現する二人のよく似た存在、「同一世《おなじよ》の孤児《みなしご》」たる小次郎法師と葉越明という二人を物語の主人公として導入しなければならなかったのだ。

「魔界」によって交わり、「魔界」を顕在化させる二つの「時間」――一つは直線的に進み、もう一つは円環を描き回帰する。『草迷宮』という物語はつねに、その二つの時間が交わるところで展開してゆく。二つの時間は、それぞれがお互いの「分身」であるかのような二人、現在の直線的な時間を生きる小次郎法師と、過去と未来に回帰する永遠の時間を生きる葉越明によって担われている。鏡花の書き方は厳密である。昼から黄昏、そして夜へ……小次郎法師は迷宮のなかに不可逆的な時間を持ち込む。

実際の物語は小次郎法師が体験した、たった一日の出来事として語られている（このような物語構造を最初に明確に提示したのは小林輝治の「『草迷宮』の構造　毬唄幻視譚」『鏡花研究』第五号、一九八〇年」であり、それを承け『草迷宮』を成り立たせる物語の三つの軸が集約されるのが小次郎法師という〈場〉であると説いたのが高桑法子の「『草迷宮』論　鏡花的想像力の特質をめぐって」『日本文学』第三十二号、一九八三年」である。本章は両者の論考にその多くを負っている）。

しかし同時にまた、小次郎法師が迷宮の奥に進むたびに、そこには無数の過去の記憶がよみがえってくる。時間は直進し、そのたびごとに時間は過去と未来に分岐する。そして迷宮の中心には、胎児のように眠りほうけるもう一人の自分、回帰し反復する時間を体現する「アルテル・エゴ」たる葉越明が存在していた。小次郎法師と葉越明が出会った時、オブジェは廻転し、物語は新たな次元に突入する。さらに「時」がきわまった真夜中、「芳《かんば》しい清らかな乳を含みながら、生れない前《さき》に腹の中で、美しい母の胸を見るような」眠りの世界、時間の内側に閉じ込められた葉越明と、時間の外側、現実世界に眼を見開いた小次郎法師の前に秋谷悪左衛門が登場し、迷宮の真の主、「鬼神力」と「観音力」を兼ね備えた天使にして怪物、鏡花のオブセッションたる「永遠の女性」にその場を譲り渡す。

迷宮に孕まれる不壊の時間を象徴する「永遠の女性」は、二人の孤児をここまで導いてきたアリアドネの糸、純粋な時間を体現する手毬をつき、手毬唄の秘密を語る。その時すでに女は「一」であるとともに数を超え、重合する「多」そのものとなっている。つまり、一つの時間に無限の度合いをもった無数の時間が重なり合っているのだ。「まあ、私ばかり極《きまり》が悪い、皆さんも来ておつきでないか」の声とともに、「蚊帳《かや》をはらはら取巻いたは、桔梗《ききょう》刈萱《かるかや》、美しや、萩女郎花《はぎおみなえし》、優《やさ》しや、鈴虫、松虫の――声々」。庭園に咲く草花や、そこに集う虫たちが、一人の「永遠の女性」の無数の分身となる。そして……。「壁も襖《ふすま》も、もみじした、座敷はさながら手毬の錦《にしき》――落ちた木の葉も、ぱらぱらと、行燈《あんどう》を繞《めぐ》って操《あやつ》る紅《くれない》。中を縢《かが》って雪の散るのは、幾つとも知れぬ女の手と手」。

この「幾つとも知れぬ女の手と手」によってつかれる手毬のそれぞれが、かけがえのない時間そのものの象徴なのだ。無数の廻転するオブジェたる言の葉、つまり「草」によって織り上げられた、重層する時間の「迷宮」。この草の迷宮において時間は無数に分岐し、一つに回帰する。そして反復されるたびごとに無限の差異を、表現として生み出してゆく。物語の発端となった「子産石《こうみいし》」をはじめ、物語のあらゆる場所に出現する「小さな円形オブジェ」(種村季弘の言葉)は、すべて時間をあらわしていたのだ――「子産石《こうみいし》をこぼれる石は、以来《いらい》手毬の糸が染まって、五彩燦爛《ごさいさんらん》として迸《ほとばし》る」。

無数の小さなオブジェを通じて、〈草花〉と〈水〉(海に流れ込む川)そして〈火〉(無数の手毬の「紅」)が一つに織り合わされる。これら小さな石たちは、生死のあわいを生きる時間の胎児、迷宮への導き手となったずいきの仮面をかぶった「狐とも狸《たぬき》とも、姑獲鳥《うぶめ》、とも異体《いたい》の知れない」存在へと転生を遂げる。時間の迷宮は、「アルンハイムの地所」のような新たな存在を産出する表現の子宮となる。そして、物語の最後、鏡花は悪左衛門の一声、「通るぞう」とともに、すべての時間を、すべての輪舞するオブジェを、一瞬にして物語の「外」、『豊饒の海』のラストシーンに描かれたような物語の「空」に消滅させてしまう……。

鏡花は表現の迷宮であり子宮でもあるこの作品を、文字通り「草」を育てることで形にしていった。『草迷宮』をはじめとする傑作群を書き上げた失意の逗子隠棲時代、鏡花が熱中していたのは園芸だった（鏡花と「草」さらには「園芸」の関わりについては、三品理絵による二つの論考、「〈草叢〉のつくり出すもの　『草迷宮』試論」［『国文学研究ノート』第二十九号、一九九五年」および「鏡花文学における自然と意匠の背景　『草迷宮』の同時代的文脈をめぐって」［『神戸大学文学部紀要』二〇〇一年」を参照した）。

そこで鏡花は、身近な草花がもつ不可思議な生態に驚嘆し、その美しさをあらためて発見していった。そして、それらの草花を自らの手で組織し直し、理想の小宇宙として提示しようとしたのだ。さまざまな草花で彩られた庭園には、無限に分岐し多様に展開してゆく生命の種子が、その可能性のすべてが、潜在状態のまま孕まれている。それが『草迷宮』という作品の原型である。

鏡花のそうした作業はあたかもポーが「アルンハイムの地所」に描いたユートピアを構築するた

めの「造園術」を現実に応用し、作品として実践することでもあったであろう（以下、ポーからの引用は、松村達雄訳）。

造園家を詩人だとするような定義はまだこれまでに見られなかった。しかし、庭造りこそは真の詩神に最大の機会を授けるものだと、わが友には思えたのであった。ここにこそ、さまざまな新奇の美を無限に結合させるために、想像力を最もみごとに発揮すべき領域がある。結合に加わる各要素は、およそこの地上に見いだしうるかぎりの、はるかに他にまさってみごとなものばかりである。草木のさまざまな形、さまざまな色どりには、形象美に対する自然の最も直接的でたくましい努力が見られる、と彼は考えた。

言葉の職人である鏡花もまた、ポーのいう「新奇の美を無限に結合する」造園術を自らの表現の手段として、極東の言説空間に打ち立てられたもう一つの「アルンハイムの地所」たる『草迷宮』を作り上げていったのである。そのユートピアは篤胤の「稲生物怪録」をストレートに再話するのではなく、それぞれの怪異を草花によって飾り、ノスタルジアに満ちた伝承や古典（西鶴の『好色一代女』）、さらにはエクゾティシズム溢れる外国語文献（バイロンの『カイン』）さえも果敢に取り込んだものだった。現在では鏡花も、篤胤のように、足穂のように、「稲生物怪録」のいくつかのヴァリアントを参照して、東西の書物のアーカイヴが一つに融合した読書空間に自分なりの総合を打ち立てたのではないかと考えられている（この点、そして安直に、篤胤の「稲生物怪録」と鏡花の『草迷宮』をつなげてしまう危険性については田中貴子に「泉鏡花『草迷宮』と『稲生物怪録』」〔鎌田東二編『シリーズ思想の身体　霊の巻』所収、春秋社、二〇〇七年〕という問題提起がある）。

鏡花は自らの書物のユートピアを一つの球体、手毬のなかに閉じ込め、一瞬のうちに消滅させた。澁澤龍彥は自身の「死」と寄り添うかたちで完結した遺作『高丘親王航海記』を小さな丸いオブジェではじめ、小さな丸いオブジェで終わらせている。過去へのノスタルジアと未来へのエクゾティシズムを、やはり一つの球体のなかに閉じ込め、「死」と引き換えに永遠としたのだ。鏡花からはじまったオブジェの輪舞は、まだ続いているのである。

〔附記〕泉鏡花、柳田國男、三島由紀夫の作品に関しては文中で記したもの以外は、読みやすさと入手しやすさを考慮して以下の書物を参照・引用した――泉鏡花『草迷宮』（岩波文庫、一九八五年）、東雅夫編「文豪怪談傑作選」（ちくま文庫）より『柳田國男集　幽冥談』（二〇〇七年）、『三島由紀夫集　雛の宿』（二〇〇七年）。また同シリーズの『折口信夫集　神の嫁』（二〇〇九年）には、さまざまな問題を孕みながらも興味深い二編の鏡花論が収録されている。

人魚の嘆き――谷崎潤一郎の「母」

1　イデアの変容

稲垣足穂は、自身が愛してやまない谷崎潤一郎の作品世界の特徴をこう語っている。

「なお余り注意する人がないので、一言したいが、谷崎潤一郎における月光及び水面の取扱い方は独自である」（「随筆キタ・マキニカリス」）。「月光及び水面」の作家として谷崎潤一郎を考えることと。それは非常に独創的な読解であると思う。そして足穂は、当時、著者である谷崎の意向もあり一般の読者の前から姿を消し、忘れ去られていた一群の作品をあらためて取り上げ、称揚する。月が射し込む水面の美しさを描いたものとしては「西湖の月」や「人魚の嘆き」があり、さらに「天鵞絨の夢」は、澄んだ月夜に「空の果へ縹渺」と誘われるかのように昇天していったさまざまな仙人たちに想いを馳せさせる。そのなかでも、「母を恋ふる記」は「私が最も好きな」作品である、と。足穂の時代には全集においてさえ容易には読むことのできなかった、これらの谷崎の大正期の主要な諸作品も、現在では千葉俊二の編集により、各巻に詳細な解説を付した全十六巻の中公文庫版『潤一郎ラビリンス』としてまとめられている（以下、本章における谷崎作品からの引用も、基本的に中公文庫版より行った）。

足穂は続ける。「ひとたび月光が与えられると、谷崎潤一郎の世界は、頓に生気を増して、普通の都雅をも夢幻をも乗り超えた「宇宙的郷愁」に絡み合うかのようである」。「母を恋ふる記」はそのような谷崎の作品世界を代表するものであり、「そのまま「永遠の女性」を仲介物とした霊の国への思慕」となっている……。月と水、そして「母」を媒介とした懐郷（ノスタルジイ）と異国趣味（エキゾチシズム）が一つに結びついた別世界への憧憬。足穂がこのエッセイで取り上げている作品群はすべて大正中期のある一時期に集中的に書かれ、発表された。おそらくその後に書かれる膨大な谷崎作品の原型となり、谷崎作品がもつことになるテーマ論的な基本構造のほとんどすべてを提出したものとなっている。

これらの作品群に、「人魚の嘆き」と同じ月に発表され、後に一冊の書物を構成することになる「魔術師」と、谷崎の実際の母の死の直後に形となり、足穂が繰り返しその主要な登場人物を自身の作品に利用することになる「ハッサン・カンの妖術」を加えれば、リストは完璧になる。

大正六年（一九一七）一月、「人魚の嘆き」と「魔術師」を発表。

同年五月十四日、谷崎の母セキ（関）が心臓麻痺で死去。

同年十一月、「ハッサン・カンの妖術」を発表。

大正七年（一九一八）十月九日から十二月十一日まで、朝鮮半島と満州を経由し、大陸を北から南に縦断する、生涯ではじめての「異国」体験である中国旅行が実現される――この後、大正十五年（一九二六）一月六日から二月十九日まで上海に滞在した都合二回に及ぶ中国旅行を除いて、谷崎は二度と「異国」を訪れることはない。（以上、谷崎の「異国」体験については、西原大輔の『谷崎潤一郎とオリエンタリズム　大正日本の中国幻想』〔中央公論新社、二〇〇三年〕を参照している。）

大正八年（一九一九）一月から二月にかけて「母を恋ふる記」を、六月に「西湖の月」を、十一月から十二月にかけて「天鵞絨の夢」を発表。


大正六年から八年にかけての三年間。谷崎にとってこの時期は、エドガー・アラン・ポーの「アルンハイムの地所」に代表される人工と自然が一体となったユートピア世界の受容（大正三年の「金色の死」執筆に端を発する）と、その起源を平田篤胤の「稲生物怪録」にまで辿っていくことが可能な、泉鏡花の『草迷宮』に代表される不可視の領域（他界）と可視の領域（現実界）が交錯する怪異の夢幻的世界の受容、つまり「迷宮と宇宙」が自身のなかで「映画」を通して一つに融合された時でもあった。
やはり大正六年九月に発表された谷崎のエッセイ「活動写真の現在と将来」には、次のような一節が記されている。

写真劇が、いかなる場合にも真実らしいと云う事は、同時に其れが芝居よりもっと写実的な戯曲にも、もっと夢幻的な戯曲にも適して居る事を證拠立てる。写実劇に適する事は説明する迄もないが、例えば全く芝居にする事の出来ないダンテの神曲とか、西遊記とか、ポオの短篇小説の或る物とか、或いは泉鏡花氏の「高野聖」「風流線」の類（此の二つは嘗て新派で演じたけれど、寧ろ原作を傷つけるものであった。）は、きっと面白い写真になると思う。就中《なかんずく》ポオの物語の如きは、写真の方が却って効果が現われはせぬかと感ぜられる。――たとえば「黒猫」「ウィリアム・ウィルソン」「赤き死の仮面」など、――

ポーの作品は映画として表現されたときに、はじめてその本質をあらわにする。
「魔術師」のなかにも記されていた感慨である――「アメリカのポオの作った、恐怖と狂想と神秘との、巧緻な糸で織りなされた奇《あや》しい幾個の物語が、フイルムの上に展開して、眼前に現われて来る凄《すさま》じさを、嘗て想像したことがあるでしょうか。"The Black Cat"〔黒猫〕の戦慄すべき地下室の情況や、"The Pit and the Pendulum"〔陥穽と振子〕の暗憺たる牢獄の有様が、小説よりも更に無気味に、実際よりも更に鮮かに、強く明るく照し出される刹那の気持ちを味わって御覧なさい」。そしてこの場合、谷崎が実現を夢見ていた「映画」とは、「魔術師」という物語の舞台となる時間と空間の差異を無化してしまうような無時間的で無国籍的な「公園」の在り方そのもの、つまり「魔術の王国」たる新たな文学空間の生成を意味していたのであろう。

「魔術師」の公園とは、「「アルンハイムの領地」とか、「ランダアの小屋」とかいうポオの小説に描かれた園藝術」を突き詰め、乗り越えていった果てに現れ出でるものである。だから、「公園と云っても、見渡す限り丘もなく森もなく、人工の極致を悉《つく》した奇怪な形の大廈高楼《たいかこうろう》が、フェアリー、ランドの都のように甍《いらか》を連ね、幾百万粒の燭《ともしび》を点じて、巍々《ぎぎ》として聳えているのでした」……。

其処には日本の金閣寺風の伽藍《がらん》もあれば、サラセニックの高閣もあり、ピサの斜塔を更に傾けた突飛な櫓《やぐら》があるかと思えば、杯形に上へ行く程脹《ふく》らんでいる化物じみた殿堂もあり、家全体を人面に模した建物や、紙屑のように歪《ゆが》んだ屋根や、蛸《たこ》の足のように曲った柱や、波打つもの、渦巻くもの、彎曲するもの、反《そ》り返るもの、千差万別の姿態を弄《ろう》して、或は地に伏し、或は天を摩《ま》しています。

そして、その公園ではすべてが流動し、混淆する。世界最後の審判の日が近づいたことを知らせるために引き起こされる天変地異、「太陽が笑い月が泣き彗星が狂い出して、種々雑多な変化星《へんげぼし》が、縦横無尽に天際《てんさい》を揺曳する」ようなイメージの饗宴、ポー時代にも篤胤の時代にも存在しなかった「映画」によって、「アルンハイム」のユートピアと「稲生物怪録」の怪異はここ、「魔術師」の公園において一つに重なり合うのである。

それでは、そのようなイメージの場で、谷崎は一体何を見出したのか。

プラトンが自著のなかで使った意味での「イデア」である。大正期の谷崎作品をあらためて評価し、「映画」を主題とした「失敗作」を鋭利に分析した千葉俊二は、『谷崎潤一郎 狐とマゾヒズム』(小沢書店、一九九四年)において、そう答えている。実際にこの時期、谷崎は映画制作に取り組んでいる(念願の鏡花作品、「葛飾砂子」の脚色も担当した)。そうした経験をもとに書かれたいくつかの作品を通じて、谷崎がもともと持っていたと推定されるプラトニズムがより明確化されたのである。たとえば「現実を離れた、奇《く》しく怪しい幻の美」を求めるアジアの貴公子(プリンス)と、ヨーロッパの異人を通じて貴公子のもとに届けられた、「魚類の敏捷と、獣類の健康と、女神の嬌態」と「純白な、一点の濁りもない、皓潔無垢な皮膚の色」をもった人魚との叶わぬ恋を描いた自身の作品「人魚の嘆き」をそのまま映画制作の題材として、俗悪な現実世界のもとに再構築したかのような「肉塊」という新たな作品が書かれることになった（初出は一九二三年一月から四月）。

その物語において、「純白の皮膚を持った、金色の髪をちぢらせた、聖母のような気高い青い瞳を持った」荘厳で美しい女の幻に取り憑かれ、映画制作を志した遊民・小野田吉之助の前に、一人の不良少年の紹介によって現れた、東洋と西洋の血が入り混じった「雑種」の女グランドレン。吉之助はその女の「青白い容貌」のうちに「嘗て杭州に遊んだときに西湖の畫舫《がぼう》の中で遇った妓生《きいさん》の容貌」が甦ってくるのを覚え、不良少年をプリンスに、グランドレンを人魚に据えた不可能な愛の物語を、純粋な芸術映画として撮ろうと決心する。吉之助はグランドレンに語りかける。お前は「人間ではないのだ、海の中に生れた人魚だ」、「人間よりもずっと美しい姿を持ち、人間の知らない智慧と魔力を持っている神だか獣だか分らない生き物」なのだ、と。まさにここで、「人魚の嘆き」と「西湖の月」が映画＝小説としてリメイクされているのだ。

結局、「人魚」を主題とした映画はなんとか完成するが、不良少年とグランドレンの裏切りによって吉之助の現実生活は無残に破綻する。その吉之助が抱いていた映画という世界認識の方法について、谷崎はこう記している。


大袈裟にいうと、全体宇宙というものが、此の世の中の凡べての現象が、みなフィルムのようなもので、刹那々々に変化はして行くが、過去は何処かに巻き収められて残っているんじゃないだろうか？　だから此処にいる己たちは直きに跡方もなく消えてしまう影に過ぎないが、本物の方はちゃんと宇宙のフィルムの中に生きているんじゃないだろうか？

映画のなかにこそイデアは息づき、現実はその影に過ぎない。映画は「頭の中で見る代りに、スクリーンの上へ映して見る夢」であり、その映画という「夢の方が実は本物の世界」なのだ……。谷崎による未曾有の映画＝宇宙論の提示である。そこではもはや虚構と現実、虚偽と真実、コピーとオリジナルの間に区別をつけることができない。高貴は卑俗となり、卑俗は高貴となる。その変転するイメージ群のなかで、映画という「永久の夢」（「肉塊」）、より端的に言えば「永遠」（「人魚の嘆き」）は、獣であり神でもある女性の身体に受肉される。大正期の谷崎の作品はそうしたイデアの変容、人魚の変貌として考えることが可能である。その人魚という存在に「母」を重ね合わせることができたとき、谷崎の作品世界は過不足なく完成を迎える。

谷崎は自らの求めるイデアを、さらに、人魚の皮膚がもつ純粋な「白」にまで抽象化してゆく。「肉塊」と同時期（一九二三年一月）に発表された「アヹ・マリア」という作品においてである。その物語のなかで、落ちぶれた初老の劇作家（「戯曲家」）は、かつての恋人であった女優に向かって自身の恋愛遍歴、その隠された起源——「白」の人形から発展していったフェティシュな愛——について、こう書き送っている。

私にはいつも一つの「白」があった……。

若しも私に初恋と云うものがあるのだとしたら、それはやっぱり一番始めの「白」にあるのだ。「白」が或る時は南京鼠になったり、蟻になったり、草双紙の絵姿になったり、鈴吉の足になったり、牛若丸になったり、その牛若丸が又いろ〳〵な人間になったりしたけれども、結局それらは「白」の一時の変形に過ぎない。私は始終それらを透してその後にある「白」を慕った。「白」の内容は絶えず移って行く。嘗てはお前が「白」だった事があり、ニーナもビーブ・ダニエルも「白」だった事があり、今ではワシリーのぷよ〳〵した肉塊が「白」になっている。

谷崎はさらに考察を進める。無窮に「白」を憧れる気持ちの根源には、「女」を見出すことができる。「女」とは「白」であり、その「白」とはあらゆるものを産出する表現の母胎、「母」なのだ、と。「白」すなわち「女」――「彼女は私の肉体の母たるばかりではない。私の生活、私の思想、私の意念、私の持っている凡べてのものゝ母ではないか」。「人魚の嘆き」から「肉塊」へ至る過程で、谷崎は現実の母を喪失する。谷崎はその失った母をイデアの世界に、すべてを産み出す表現の子宮たる「白」として、甦らせたのだ。

現実の潤一郎少年は、現実の母セキに愛されていたわけでも、母セキを愛していたわけでもなかった。現代における谷崎研究の第一人者、細江光はその膨大な谷崎研究の精華である『谷崎潤一郎深層のレトリック』（和泉書院、二〇〇四年）の冒頭に「谷崎潤一郎の母に対するアンビヴァレンツ」という章を据えている。細江は、谷崎とその周囲の人々が残したさまざまな証言を整理することから、谷崎の母セキの肖像を「自己愛的人間」として描き出す。そして潤一郎の実弟・精二が残した「母の病的な神経質」、「ヒステリイ性の母」などの言葉をもとに、こう述べている――「セキには、ナルチシズムや先に挙げた非常な潔癖症以外にも、このような性格的な偏りがあり、《根は善良》でも、子供たちに母に愛されているという安心感を与えることが難しかったのかも知れない」。さらに、セキのなかには、「虚栄心が強い、自己中心的、感情が変わりやすい、芝居気がある、浪費生活をする」等々といった谷崎作品のヒロインたちがもつ性格と類似したものがあったのであろう、と。最新の伝記である『谷崎潤一郎伝　堂々たる人生』（中央公論新社、二〇〇六年）の著者である小谷野敦もまた、その母の死に際して、「特に潤一郎をかわいがらなかったこの実母の死について、谷崎が衝撃を受けたという資料は見当たらない」と記している。

つまり谷崎にとって「母」とは、イデアの世界に、フィクションとして再構築されなければ存在できないものであった。だから谷崎にとって「母」とは、フィクションの構造そのものとなる、そう言い換えることも可能かもしれない。フィクションとしてしか存在することのできない「母」というヴィジョン、その真実は、無数の「白」とともに露呈される。「母を恋ふる記」にも「白」は登場し、「母を恋ふる記」と並んで谷崎の母恋いものの代表作であり、おそらくは大正期の谷崎の作品群に一つの総合をもたらした「吉野葛」（一九三一年）にも、「白」が乱舞している。

「母を恋ふる記」の「白」――母の死後、夢とも現実ともつかない「一種不思議な、幻のような明るさ」のなかに目覚めた私を誘ってゆく「青白いひら〳〵したもの」。その正体不明の「白い物がつい私の足の下から遠い向うの真暗な方にまで無数の燐が燃えるようにぱっと現れては又消えてしまう」（後にこの「白」は古沼のほとりに植えられた半分枯れかかった、無数の「蓮」であると謎解きされる）。

「吉野葛」の「白」（この作品のみ、細江光が注解を担当した新潮文庫版より引用する）――母の生まれ故郷、吉野の国栖村をはじめて訪ねた「母を恋ふる」物語の語り手である津村の前に突如としてひらかれた光景……「なつかしい村の人家が見え出したとき、何より先に彼の眼を惹いたのは、此処《ここ》彼処《かしこ》の軒下に乾してある紙であった。恰《あたか》も漁師町で海苔《のり》を乾すような工合に、長方形の紙が行儀よく板に並べて立てかけてあるのだが、その真っ白な色紙《しきし》を散らしたようなのが、街道の両側や、丘の段々の上などに、高く低く、寒そうな日にきらきらと反射しつつあるのを眺めると、彼は何がなしに涙が浮かんだ。此処が自分の先祖の地だ。自分は今、長いあいだ夢に見ていた母の故郷の土を蹈《ふ》んだ」。

さまざまなイメージが映し出される白いスクリーンのような、また、さまざまな文字が書き込まれてゆく白い紙のような無数の「白」に迎え入れられ、谷崎にとって「故郷としての異郷」（野口武彦による谷崎論の章タイトルでもある）が、「母」としての作品が可能となる。そして問題はまた最初に戻る。千葉俊二によれば、大正期の谷崎の作品の分析や和辻哲郎の発言――「鵠沼の東屋に君が来てゐた時、ぶらつと訪ねて行つたら、部屋に英訳のプラトン全集が置いてあつた」――などによって、大正七年までは確実に遡ることができる谷崎潤一郎のプラトニズムの真の起源は一体どこにあるのか。また、そのプラトニズムの理念は、谷崎の作品世界にどのような構造をもたらしたのか。

そのすべてにではないが、谷崎のプラトニズムの起源の一つについて、確実に解答を見出すことができる特権的な作品が存在している。「西湖の月」や「天鵞絨の夢」など、自らの「異国」体験を重要な契機として成り立った「支那趣味」の作品に先立って、書物からの情報と自身の想像力だけで創り上げられた一連の「印度趣味」の作品を代表する、現実の母の死の直後に形になった「ハッサン・カンの妖術」である。この作品によって谷崎の表現世界に導入されたのは、ネオ・プラトニズムの教説にもとづき、エマニュエル・スウェーデンボルグの神学を換骨奪胎することによって可能となった「神智学」の世界観である。さらに谷崎とスウェーデンボルグの出会いが明らかにされることによって、これもまたスウェーデンボルグの神学にもとづいたオノレ・ド・バルザックの「セラフィタ」を、谷崎が一体いつ読み込んだのかという問題にも解答を与えることができる（大正中期に谷崎がバルザックの諸作品を読み込んでいたことは、多くの証言から確かめられている）。

谷崎はバルザックの「セラフィタ」を読むことで「魔術師」を書き上げることができ、「天鵞絨の夢」の完成を放棄してまで、やはり「セラフィタ」が物語の重要な背景をなすと思われる「鮫人」(一九二〇年)――「鮫人」というタイトルもまた「人魚」を意味する――の執筆に邁進していったのである。大正六年の谷崎は、スウェーデンボルグ的な神智学、さらにはバルザックの「セラフィタ」とともにあった。そこに谷崎独自のイデア論が胚胎され、やがてそのイデアが「母」として読み替えられていったのだ。

2　ハッサン・カンの「魔法」

「ハッサン・カンの妖術」は不可思議な小説である。その物語は、こうはじまる。

今から三四十年前に、ハッサン・カンと云う有名な魔法使いが、印度のカルカッタに住んで居て、土地の人は無論のこと、あの辺を旅行する欧米人の驚異の的になって居た事は、予もかねてから話に聞いて知って居た。しかし、予が彼に就いて稍と詳細な知識を得るに至ったのは、つい近頃で、ジョン・キャメル・オーマン氏の印度教に関する著書の中に、此の魔術者の記事を見出してからである。

この後、オーマンの書物にもとづいて、インドの魔術師ハッサン・カンの「魔法」の詳細が記され、物語全体の概要が述べられる。「予」がこの小説で描きたいのは、「近ごろハッサン・カンの衣《い》鉢《はつ》を伝えた印度人が、わが日本へやって来て、而も東京に住んで居ること、並びに予が其の印度人と懇意になって、親しく幻術を実験したことである」、と。ここに書かれたわずか数行で、この後「ハッサン・カンの妖術」とタイトルが付された作品で展開される物語のすべてが語られてしまっている。

物語の前半では、「予」――小説家の「タニザキ」――と「ハッサン・カンの衣鉢を伝えた」大森山王に暮らす孤独なインド人マティラム・ミスラとの上野図書館での出会いから、互いに親しくなるまでが描かれている。その過程で、「予」はミスラが極度の夢想家であるとともに、インド独立を求める「憂国の志士」であることを、おぼろげながら覚る。物語の後半では、大森山王にあるミスラの屋敷で、ミスラ自身が、「予」がかねてから興味を抱いていたハッサン・カンの弟子筋にあたることを知り、懇願してハッサン・カンの「魔法」をかけてもらい、その魔法の只中で、「一羽の美しい鳩」として転生した死んだばかりの母親と対話を交わすところまでが描かれる。ハッサン・カンの「魔法」とは、「現象の世界を乗り超えて宇宙の神霊と交通し得る」技術、物質の世界を超越した精神の世界、心霊界において「人間が神に合体する為に是非とも必要な」技術を意味していたのだ。

身体を遠く離れ、精神だけが自由に活動できる領域に鳥として転生した母は、「予」に次のような忠告を与える――「わたしはお前のような悪徳の子を生んだ為めに、その罰《ばち》を受けて、未だに佛に成れないのです。私を憐れだと思ったら、どうぞ此れから心を入れかえて、正しい人間になっておくれ。お前が善人になりさえすれば、私は直ぐにも天に昇れます」。この母の忠告に対し、「予」は、「お母さん、私はきっと、あなたを佛にしてあげます」と答え、鳥となった「彼女の柔かい胸の毛を、頰に擦り寄せたきり、いつ迄も其処を動こうとしなかった」という一行で、物語の全体が閉じられることになる。

物語の最後に描かれた母と子の会話のなかには、母の死の直後に書かれただけに、後年の作品では表面から消え去ってしまう母子の間に存在したであろう両義的な緊張感が生々しく刻み込まれている。母は息子のことを「悪徳の子」と痛罵するのだ。息子はそれに応じて、さまざまな意味において現実と虚構を無化する表現の「魔法」を駆使し、母を「佛」にしてやらなければならない。谷崎の作品世界において、イデアとして存在する「母」という物語は、間違いなくこの地点からはじまったのである。それは同時に谷崎におけるプラトニズムの一つの起源でもあった。

細江光による徹底的な調査によれば、「ハッサン・カンの妖術」という作品の前半部分を構成するほとんどのエピソードは、「マティラム・ミスラ」という名も含めて、物語の冒頭で谷崎自身が挙げているジョン・キャメル・オーマン（John Campbell Oman）の印度教に関する著書 *The Mys-*

tics, *Ascetics, and Saints of India* から逐語訳されたものである。谷崎は、たった一冊の書物から、しかも他者の言葉のコラージュから、自身の作品を創り上げたのだ。オーマンの書物け、「ハッサン・カンの妖術」ばかりでなく、それに先立つ谷崎の「印度趣味」の二作品、「玄奘三蔵」および「ラホールより」でも大いに利用されている（「ハッサン・カン、オーマン、芥川」、『谷崎潤一郎　深層のレトリック』所収）。「ハッサン・カンの妖術」の本文にも記されている通り、「私が印度の物語を書くのは、印度に行かれない為め」であり、「せめて空想の力を頼って」、ノスタルジィとエキゾチシズムが一つに混じり合う「異郷」、想像力におけるインドの姿を、白紙の上に文字の群れとして定着しようとしたのである。

さらには「ハッサン・カンの妖術」の後半部分、これまでほとんど正面から論じられたことのない、死を無化してしまうハッサン・カンの「魔法」の詳細もまた、谷崎の独創ではない。谷崎が参照した「魔法」の源泉を明らかにするために、まずはその世界観Cosmology、すなわちハッサン・カンの「宇宙論」の前提を検討してみよう。

ハッサン・カンの説に従うと、宇宙には七つの元素があって、其れが此の現象世界を形作って居ると云うのです。所謂七つの元素とは、第一が燃土質、第二が活力体、第三が星雲的体形、第四が動物的霊魂、第五が地上的睿智《えいち》、第六が神的霊魂、そうして第七が太一生命《たいいっせいめい》とも名づくべきものです。ところが此れ等の七つの元素は、始めから箇々別々に存在して居たものではなく、更に其の上にある涅槃《ニルヴアーナ》に帰してしまいます。つまり世界萬有の根源は涅槃であって、涅槃だけが永遠不滅の、真の実在だと云うことになります。

宇宙は、最下層から最上層に至るまで七つの次元に区切られ、それぞれの次元に対応する七つの元素から成り立っている。しかし、この七つの次元、七つの元素は別個のものではない。それらは、みな一元的な「涅槃」に帰一するのである。それでは万物の根源に唯一存在する「永遠不滅の、真の実在」である「涅槃」から、どうして七つの次元と七つの元素が発生し、多様なるものが生み落とされ、「生滅流転《しょうめつるてん》の世界」が形作られるのか。

それは、宇宙全体を貫く現実化への傾向、「無明」の働きによるのだ……。

無明が涅槃を牽制して始めて太一生命を生み、太一生命が又無明に感染して神的霊魂を生み、それからだん〳〵第五、第四、第三の元素が分派するのです。ですから太一生命は、宇宙の大主観たる涅槃の海に、無明の影がほんのりとかゝった状態なので、まだ認識の主体もなく、対境もない場合を云うのです。

「涅槃」や「無明」という仏教用語にまどわされず、ここで説かれている宇宙論を虚心坦懐に考察してみれば、それが新プラトン主義（ネオ・プラトニズム）を打ち立てたプロティノスによる「流出論」を指し示していることは明白である。プロティノスは、プラトンのいうイデアのイデアたる「善のイデア」を「一者」と読み替え、「一者」から万物が段階的に流出してくる有様を、自身の体験として説いた。その逆の順序を辿って、万物は「一者」に還る、つまり「一者」へと帰一するのだ。人間生命はイデアから産出され、イデアへと還り、イデアと合一する。谷崎がここに記した「太一生命」とはプラトン＝プロティノスの最高のイデア、純粋なイデアを独自の用語に翻訳したものなのである。だとするならば、大正期の他のどの作品にもまして、この「ハッサン・カンの妖術」こそ、谷崎潤一郎のプラトニズムの構造を最もあからさまに示す、ほとんど唯一の作品であると言うこともできるであろう。

そして、このプロティノスの流出論を基盤とし、宇宙の万有と人間の生命を七つの次元、七つの元素に分けて考えるのは、ロシアに生まれた一人の女性、ブラヴァツキー夫人を中心に、一八七五年にニューヨークで結成された神智学協会に特有の教義体系なのである。ブラヴァツキーは、自身が打ち立てた神智学こそ、ユダヤ教以前の太古の神秘的な教えに直接つながり、現在では四分五裂してしまった宗教世界に真の統一をもたらすものであると信じていた。だからこそ、神智学徒は大挙インドへ向かったのである。「ハッサン・カンの妖術」の本文で、ミスラが自身の父について述べているように、「己れの魔法に依って、印度の独立を成就する」ことを目指して……。
ヨーロッパの一神教の起源とアジアの仏教の起源は一つにつながる。その交点から新たな世界秩序が生まれ出てくる。インドで活躍した英語を母語とする神智学者たちも、そこから生まれた新しい教えを、近代仏教を変革するために自身の内に取り入れようとした日本人の翻訳者たちも、そのような理念の実現を確信し、プラトンのイデア論を神秘的合一の方向に純化していったネオ・プラトニズムに固有の語彙をあえてインドの哲学言語に置き換え——「ハッサン・カンの妖術」のなかで「予」が述べている「佛教の阿梨耶識」(アラヤ識)を論じた「馬鳴《めみょう》菩薩《ぼさつ》の唯心論」すなわち『大乗起信論』として——あらためて日本語に翻訳していったのである。

大正六年以前、谷崎が手に取ることが可能だった神智学関係の主要な概説書の邦訳は、おおよそ次の三点に絞られる(吉永進一氏からの教示による)。フィランジ・ダーサ著、大原嘉吉訳『瑞派佛教学』(一八九三年、邦訳刊行——以下同)、H・P・ブラヴァツキー著、E・S・スティーブンスン・宇高兵作訳『霊智学解説』(一九一〇年)、『霊智学初歩』全十八巻(一九一二年、文庫版)。もちろん他に類書もあり、谷崎が英文で神智学関係の書物を読み込んだ可能性も無視できないが、この三点のうちの一冊に残されていた語彙と、ハッサン・カンの「宇宙論」を構成する七元素を説明するために谷崎が選択した語彙の間に、偶然とは思われない一致が見出されるため、谷崎がその書物自体を参照したか、もしくはその書物に説かれた教義に親近感を抱いていた人物から直接、神智学の大系を教授された可能性が高いと思われる。その書物は、原題を*Swedenborg the Buddhist*（仏教者スウェーデンボルグ）という。『瑞派佛教学』のことである。神智学とスウェーデンボルグ神学、さらには仏教の新たな概念が入り混じり、一つに融合したこの書物のなかで、宇宙を構成する七つの次元と七つの元素はこう述べられていた（九九頁より、翻訳の際の誤解により入れ替わってしまった第二と第三の元行——次元にして元素——を補正し、ルビを省略した）。

太一生命に由つて蔽はれたる、人間の六元行をも表はせるものなり。即ち、物質的身体（一）、身体的活動力及び星辰的形象（二、三）、動物的霊魂（四）、人間的霊魂（五）、霊性的霊魂（六）、太一生命（七）等是れなり。

微妙な相違も存在するが、「太一生命」という独自の術語を共有するなど、互いに無関係であるとは思えない。なによりもスウェーデンボルグの名は、「ハッサン・カンの妖術」のなかでもミスラ自身の読書体験を述べた発言として登場する——「私は今でも、毎日午前中は上野の図書館に通って居ます。近頃は政治経済にも飽きてしまったので、此の間ショウペンハウエルとスエデンボルグとを読んで見ました。あゝ云う物も、たまには面白い気がしますね」。先ほどのオーマンの件を考え合わせてみれば、ここで谷崎がハッサン・カンの「宇宙論」の出典を明示したと考えることも充分可能であろう。

明治末期から大正中期にかけてスウェーデンボルグの諸著作を精力的に邦訳し、神智学に対しても甚大なる興味を示した仏教者といえば、真っ先に挙げられるのが鈴木大拙である（大拙夫人ビアトリスは、自宅に支部を作るほどの熱心な神智学徒だった）。谷崎は晩年の著作ではあるが、『幼少時代』（一九五七年）のなかで、自分に「印度趣味」「支那趣味」の扉を開いてくれた小学校時代の漢文学の恩師・稲葉清吉の人となりを説明する際に、大拙の名前を出している――「先生の思想は王陽明派の儒学と、禅学と、それにプラトンやショーペンハウエルの唯心哲学を加味したものであったらしく、近頃で云えば鈴木大拙博士の境地などに近いものがあったのではなかったかと思える」。おそらく、この近辺に谷崎潤一郎の大正期の謎を解く鍵が隠されているはずである。この他にも、インドの神智学者たちと直接交流した今武平を父にもち大正期の谷崎のごく近くにいた今東光、「大正三年頃」から心霊学に入れ込みはじめた長田幹彦などがいるが、今東光の遺作となった回想録『十二階崩壊』（中央公論社、一九七八年）にも、長田幹彦の晩年の回想録『霊界五十年』（大法輪閣、一九五九年）にも、神智学を学ぶ谷崎の姿は出てこない。

ただ大正六年の谷崎が、大いなる興味をもってスウェーデンボルグの思想を読み解いていたということだけは、「ハッサン・カンの妖術」という作品が確実に証明してくれる事実である。それでは、七次元、七元素からなる神智学的な宇宙論に、スウェーデンボルグによる光の神学が組み込まれたとき、そこにはどのような世界が出現するのであろうか。スウェーデンボルグは代表作『天界と地獄』（明治末に鈴木大拙がはじめて邦訳した）において、人間の心の内側に広がる死後の世界を大きく三層に分けている。天界、精霊界（煉獄界）、地獄界である。しかもその三層の世界は相互に断絶したものではなく、連続的な移行のもとで捉えられていた。天界の中心には、光り輝く霊的な太陽として存在する「主」と、「主」から霊的な光を受け取り、その光の度合によってさまざまな存在形態をとる光の天使たちがいる。天界と精霊界と地獄界の差異は、ただこの霊的な光が届く範囲によってのみ規定されているのだ。光が満ちあふれる天上世界、闇に閉ざされた地下世界、光と闇の性質を併せもった中間世界、と。死後の人間の魂は、まず中間世界である精霊界（煉獄界）に到達する。そこから光の領域に昇ってゆけるのか、闇の領域に墜ちてしまうのかは生前の行いによる。

「ハッサン・カンの妖術」ではこの三層の世界に、生命を構成する七つの元素の在り方が結びつけられている。闇に閉ざされた地下の物質的世界には第一から第三までの元素が、光と闇が入り混じり霊魂と物質が入り混じる天と地の中間にひらかれた世界には第四から第六までの元素が、そして純粋に光だけの天上世界には純粋な霊魂となった第七の元素が位置づけられる。人間が生きるのは天と地、光と闇の中間世界であり、それ故人間の魂は第四から第六までの元素が複合されて形成されていることになる。こうした世界の構造を、そのまま仏典の『倶舎《くしゃ》論』「世間品」に描き出された須弥山《しゆみせん》世界に当てはめていったのが、ハッサン・カンの「宇宙論」なのである。

ハッサン・カンの弟子ミスラは述べる。古代インドの伝説において、宇宙は永遠不滅の領域と生滅輪廻の領域に分かたれる。永遠不滅の領域とは蒼天の最上層に位置する涅槃とその下層にある無色界、色界の二世界である。その色界の下から、生滅輪廻の世界がはじまる。生滅輪廻の世界はまずは欲界、さらにその下層に位置する現実界である須弥山世界に分かたれる。太一生命が遍満しているのは無色界、神的霊魂が浮動しているのは色界である。現実界を象徴する須弥山の頂上から色界との境界にまでのびる欲界には、神的霊魂と地上的睿智が入り混じり複合した諸天人や低級の神々が住んでいる。須弥山の頂上から下には、順に地上的睿智、動物的霊魂、星雲的体形、活力体、燃土質をもった生命体が位置づけられる。

ハッサン・カンの「魔法」とは、人間の身体と精神の結びつきをいったん解体し、人間を純粋に霊的な存在として太一生命（すなわちイデア）に合一させ、涅槃までをも含めた須弥山世界の全体をその眼に見させる業なのだ。

最初に先ず、魔法に依って、其の人の心身を分解し、精神を虚空に遊離させてしまいます。［中略――第四から第六までの元素でできた人間精神は、動物的霊魂と地上的睿智と神的霊魂に分かたれる］その時、その人の精神は第六元素の神的霊魂のみとなり、次第に浄化されて、無色界の太一生命に復帰し、遂に昇騰《しようとう》して最上層の涅槃界に這入るのです。［中略――その後、イデアと合一し神の主観と等しくなった霊魂である］涅槃は無明の薫染《くんせん》を受けて、今度は反対に下層世界へ沈澱し始めます。第一に無色界へ降《くだ》り、次ぎには色界へ降り、次ぎには欲界へ降って、抽象的存在がだん〳〵具象的存在に変り、とう〳〵須弥山の頂上へ降って来る迄に、再び其の人の精神が、神的霊魂に依って形作られます。こゝで其の人は、欲界の住者たる天人の形体と、性質とを備えるようになり、遊行自在《ゆぎようじざい》の通力を得て、或いは天空に飛翔し、或いは奈落に潜入し、須弥山の山腹にある悪神の世界から、海底の地獄、餓鬼の世界を洽《あまね》く経廻って、六道《ろくどう》の有様を子細に見ることが出来るのです。

闇の世界から光の世界へ。イデアと合一し神の主観をもった魂は、スウェーデンボルグのいう「主」の分身として天界に住む、光の天使そのものへと変貌を遂げる。天界、精霊界（煉獄界）、地獄界を自由自在に飛翔するこの光の天使となってはじめて「予」は、鳥に転生した亡き母と出会うことが可能になった。

仏教用語で飾り立てられてはいるが、その裏で同時に語られていたスウェーデンボルグ的な天界の風景をここまで描き尽くすことのできた谷崎は、やはりスウェーデンボルグ神学の大きな影響のもとに形作られたフランスの文豪の作品に注目したはずである。逆に、その作品への注目が、谷崎をスウェーデンボルグ神学に導いたのかもしれない……。
言うまでもなく、バルザックの「セラフィタ」である。天界に住む光の天使もまた、人間のように性別をもち、聖なる婚姻を行う。しかしその場合、婚姻をなした二人の天使は、「二人」ではなく「一人」の天使と呼ばれている。スウェーデンボルグが『天界と地獄』に残した天使に関するそのような記述を過剰に解釈し直したバルザックは、一つの身体に二つの性を兼ね備えた両性具有の天使を主人公とした一篇の物語を書き上げる。男性（ウィルフリッド）の目からは可憐で強靭な少女（セラフィタ）に見え、女性（ミンナ）の目からは美しくもたくましい少年（セラフィトゥス）に見える、森羅万象あらゆるものに浸透し変身する、天界の光を体現したスウェーデンボルグの天使――谷崎が「魔術師」のなかに描き出した公園の支配者たる魔術師の肖像は、おそらくこの「セラフィタ」の最後に見出される天使（セラピム）の昇天にまつわる記述をそのまま利用したものである。

就中《なかんずく》、一番私の意外に感じたのは、うら若い男子だとのみ思っていたその魔術師が、男であるやら女であるやら全く区別の付かないことです。女に云わせれば、彼は絶世の美男だと云うでしょう。けれども男に云わせたら、或は曠古《こうこ》の美女だと云うかも知れません。私は彼の骨格、筋肉、動作、音声の凡ての部分に、男性的の高雅と智慧《ちえ》と活潑とが、女性的の柔媚と繊細と陰険との間に、渾然として融合されているのを見ました。

両性具有の魔術師は、人間をさまざまなものへと変身させる「魔法」を駆使する。万物の変容をつかさどるこの「天使」は、「異国」に憧れた大正期の谷崎にふさわしく、人種や民族を軽々と超え出てしまう――「それから彼の外見に関するもう一つの不思議は、彼が一体、何処に生れた如何《どん》な人種であろうかという問題です」。つまり「その男――だか女だかは、決して純粋の白人種でも、蒙古人種でも、黒人種でもないのです」……。この「最も複雑な混血児であると共に、最も完全な人間美の表象である」両性具有の天使である魔術師を導き手として、表現におけるイデア界を経巡るという谷崎の冒険がはじまった。その冒険にひとまずの終止符が打たれるのが、やはり自他共に認めるバルザックの影響のもと、巨大な総合小説の確立を目指して筆が執られた「鮫人」の失敗によってであった。「鮫人」にもまた、より規模を拡大し、より現実に肉薄することが目指された「セラフィタ」応用の痕跡を見出すことができる。中国では少年だった林真珠（リン・チェンチュウ）と日本では少女になった林真珠（ハヤシ・シンジュ）をめぐって。

「魔術師」にはじまり「鮫人」に終わる「セラフィタ」のサイクル。スウェーデンボルグ神学にもとづいた、地上から垂直に屹立する霊的な別世界構築の試みは、その過程で、この「ハッサン・カンの妖術」を媒介として、「母」として存在していた異郷を、あらためて自分自身の故郷として定位する試みに引き継がれていったのである。

3 妣が国へ

自決直前の最晩年、つまり『豊饒の海』四部作を執筆しながら、泉鏡花、谷崎潤一郎、稲垣足穂を論じていった三島由紀夫もまた、スウェーデンボルグ神学と「セラフィタ」に興味を抱いていた作家の一人である。澁澤龍彦が鏡花の世界を評して「地獄でも天国でもない、その中間の澄みきった境地」であると語ったことを受けて、三島はこう述べている。「スウェーデンボルグ流に言うと天使界かな」、さらには「スウェーデンボルグの天使は、両方の性をもっている、バイセックスなんですな。いろんなものを包含しているんですね」とも（前出、『三島由紀夫おぼえがき』所収「鏡花の魅力」より）。

このような三島の発言を考えてみると、『豊饒の海』という巨大な物語が当初意図していたものとは、大正期の谷崎が実現を夢見、結局は挫折せざるを得なかった営為を、意識的かつ無意識的に引き継ぐことではなかったかと思われる。事実、「春の雪」創作ノートの冒頭に残された『豊饒の海』全体に及ぶ、おそらくは最初期の構想によれば、アラヤ識の化身にして、スウェーデンボルグの天使のような少年が天上世界に昇天することで物語の最終巻（第四巻）が閉じられ、『豊饒の海』は完結することになっていた。「本多はすでに老境。［…］つひに七十八歳で死せんとすとき、十八歳の少年現はれ、宛然《さながら》、天使の如く、永遠の青春に輝けり。［…］／この少年のしるしを見て、本多はいたくよろこび、自己の解脱の契機をつかむ。／思へば、この少年、この第一巻よりの少年はアラヤ識の権化《しき》、アラヤ識そのもの、本多の種子《しゆうじ》たるアラヤ識なりし也。／本多死なんとして解脱に入る時、光明の空へ船出せんとする少年の姿、窓ごしに見ゆ。［…］」（『全集』十四巻所収「「春の雪」創作ノート」より）。

ここに描かれた『豊饒の海』のもう一つの結末こそ、谷崎の「魔術師」や「鮫人」さらには「ハッサン・カンの妖術」などで提示された壮大な「宇宙論」として成り立つ小説世界に、一つの完結をもたらすものであっただろう。その三島は、やはり最晩年、谷崎の文学を論じる際に、ただ「金色の死」（一九一四年）のみを取り上げ、「作者自身に特に嫌はれる作品といふものには、或る重要な契機が隠されてゐることが多い」と記す。

細江光はこの言葉を受け、こと谷崎の作品世界において三島の評言がぴたりと当てはまるのは「金色の死」ではなく、「天鵞絨の夢」の方であろうと述べている（『天鵞絨の夢』論」、『谷崎潤一郎——深層のレトリック』所収）。卓見であると思う。「ハッサン・カンの妖術」の後半部に描かれた生と死が一つにつながるスウェーデンボルグ的かつ「セラフィタ」的な文学＝宇宙空間は、「母を恋ふる記」の「一種不思議な、幻のような明るさ」をもった「何か、人間の世を離れた、遥かな〳〵無窮の国を想わせる」夢幻の時空を経て、「西湖の月」をその序章と考えることも可能な「天鷲絨の夢」において、現実の異郷の地に、作者の感覚と想像力を総動員することによってあらためて構築し直されようとしていた。谷崎は結局その試みに挫折する。しかし、「母」を中核に据え、表現のイデア空間を再編成しようとしたこの「天鵞絨の夢」という試みがあったからこそ、「吉野葛」の世界が可能となり、「蘆刈」（一九三二年）や「夢の浮橋」（一九五九年）が書き継がれていったのであろう。

細江は、「天鵞絨の夢」の作中世界の構造を次のように整理している——「上から天上・空中・地上・水中・地下の五つの層から成っており、天上には太陽と月、空中には葛嶺と橄欖閣、水中には玉液池、地下には琅玕洞があるとされている」。物語の舞台となる閉ざされたユートピアである橄欖閣の背後には、天に伸びるその塔と二重写しになるように、葛洪仙人が頂上から昇天したと伝えられる葛嶺山が聳え立っている。塔と聖なる山は一つに重なり合い、その原型には、おそらく「ハッサン・カンの妖術」に描かれた須弥山世界がある。地下に存在する透明な子宮である琅玕洞では「太陽と死の女神」（細江）である女主人と少年が近親相姦的な夢を見続けている。琅玕洞の少年はガラス越しに中空の玉液池を泳ぐ白い肌をもった少女と出会う……。

「天鵞絨の夢」は大正期の谷崎が描こうとした世界の、いわば縮約模型としてある。

それでは谷崎をして「天鵞絨の夢」から「吉野葛」への転身を可能にしたものとは一体何であったのか。おそらく私は折口信夫の『古代研究』、そのなかでも特に「葛の葉」伝説を主題とした

「信太妻の話」と小栗判官を主人公とした「小栗外伝」が収録された「民俗学篇1」を読んだことにあると考えている。これまでもさまざまな論者が、同世代人である谷崎潤一郎（一八八六年生）と折口信夫（一八八七年生）の大正期の作品を比較対照してきた（大岡昇平、野口武彦、渡部直己、宮内淳子等々）。特に谷崎の「吉野葛」と折口の「信太妻の話」は、語彙やイメージの類似が顕著である。

折口の『古代研究』「民俗学篇1」が刊行されたのが昭和四年（一九二九）の四月。谷崎潤一郎が中央公論社社長である嶋中雄作に宛てて、「吉野葛」の原型となる「葛の葉」という作品にはじめて言及しているのが、『古代研究』「民俗学篇1」の刊行直後である昭和四年の九月二十七日という日付をもった書簡である。同年の十一月から十二月にかけての書簡では「葛の葉」執筆の苦労が述べられている。それから丸一年を費やして「葛の葉」は「吉野葛」へと改稿されたのである。さらに「吉野葛」が発表された昭和六年（一九三一）の八月十日付の書簡では、「吉野葛」を収めるべき単行本には、ぜひとも小栗判官のことを書いた百枚前後の「をぐり」を書き下して併録したいとさえ述べている（以上、水上勉・千葉俊二編『増補改訂版　谷崎先生の書簡　ある出版社社長への手紙を読む』中央公論新社、二〇〇八年より）。

「葛の葉」から「吉野葛」を経て「をぐり」へ。それは「信太妻の話」から「小栗外伝」を経て『古代研究』へ、ノスタルジイとエキゾティシズムが結びついた「妣が国」をただひたすら追究していった大正期の折口信夫の営為を反復するものであった。谷崎潤一郎の大正　スウェーデンボルグの著作を翻訳し続けていた鈴木大拙の大正、『古代研究』に収められる諸論考を書き続けていた折口信夫の大正は並行し、相互に交響していたのである。

肉体の叛乱――土方巽と江戸川乱歩

1 「金色の死」から『孤島の鬼』へ

エドガー・アラン・ポーも平田篤胤も、複製技術時代のはじまりを生きた芸術家である。ポーは自身の姿を最初に「写真」に定着した表現者であるし、篤胤とその門人たちもまた平田派の著作を「印刷」技術を駆使して全国に撒布した。篤胤の門人たちによる出版システム、気吹舎《いぶきのや》の活動は、江戸後期から明治初期にかけての出版史を研究する上で格好の資料を提供してくれている（国立歴史民俗博物館による展示図録『明治維新と平田国学』、二〇〇四年より）。折口信夫が平田篤胤を評して語った、「書物を読むことの一つのまにやみたやうな人であると同時に、書物を書くことのまにやみたような人であつた」（「平田国学の伝統」）という一節は、そうした視点から解釈し直されなければならない。もちろん自身の主要な著作を雑誌編集者として、文字通り「雑」な記事の集合体である雑誌に書き継いでいったポーの営為も、また……。

今日ではポーの多くの作品に、源泉――しかも同時代の新聞および雑誌に掲載された記事――があることが判明している。つまりポーも、表現における独創性のもつ意味を根本から変えてしまったのだ。他者の言葉を「編集」して、そこから新たなオリジナリティを生み出すという方向へ。もちろん、ポーの作品の源泉となり、その鏡像でもあった無数の記事を書き散らした書き手たちは、時間の堆積のなかで、無名性のうちに消え去ってしまった。ポーと彼らは同じ媒体に、同じ手段――少なくとも読む側からはまったく差異を感知することができないような無個性の活字の連なり――を用いて自己を表現した。しかしながら、一方は「作者」として後世に残り、一方は跡形もなく消滅した。同一性のなかから差異が生まれ、しかもその差異は同一性と別のものではない。その地点に、現代の言語表現の起源が、間違いなく存在している。

ポーと篤胤が活躍した「時」から、いくつかの重要な「切断」をはさみながらも、現在まで、一続きの「時代」として考えなければならない。篤胤が、そしてポーが、「マニア」（語源通りに「狂」の意味を濃厚にもつ）のように読み、書いたのは近代的な出版印刷システム――そのシステムには当然のことながらイメージの複製も含まれている――が可能にした表現の地平であった。だからこそ、仙童寅吉が体験した他界（「幽冥界」）の光景が明確なイメージとして定着されたのであるし、幽冥界を生み落とした宇宙創生のダイナミズムが一連の「図式」の展開として理解され、「稲生物怪録」

の怪異の世界がそのなかで無数に跋扈する「妖怪」たちの鮮やかなイメージとともに現代にまで伝えられたのだ。また、だからこそ、冒険小説、ミステリー、SF、ホラー等々……ポーが創始者(ただし細部については異論が存在する)となり、大成者(これについては異論は存在しない)となったさまざまなジャンルが、文字として、またイメージとして、現代に至るまで繰り返し反復され続けているのだ。

文字の複製技術が印刷の「板」から「活字」となり、イメージの複製技術が写真から「映画」となり、さらにその両者が情報電算処理システムのなかにともに取り込まれようとしている現在においても、ポーと篤胤が見出した文字の「複製」、イメージの「複製」たちはメディアのなかで反復することを決してやめない。否、その「複製」たちの跳梁はますます激しさを増している。複製技術時代の表現芸術、そこではもはや自己と他者の間に容易に区別を付けることができない。活字となり、イメージとして定着された「もの」たちの間では、絶対的な個性(そのようなものがあるとして……)はもはや成立しない。ポーが取り憑かれた「分身」の主題がそこから生まれる。「私」は「あなた」となり、「あなた」は「私」となる。そして幽冥界は現実界の鏡像となる。無数の鏡に乱反射する、無数のイメージとなった文字、「生ける象形文字」となった「複製」としての肉体しか、そこには存在することが許されないのだ。

鏡像としてある肉体がそこかしこに氾濫し、虚像であり複製としてある肉体が現実に対して、

「真実」に対して、叛乱を起こす。氾濫する肉体が肉体の叛乱へと収斂してゆく。同時代人であるポーと篤胤が構築した文字とイメージからなる大伽藍、迷宮と宇宙が、複製技術時代の「肉体」へと転写されることで、表現の次元が変化したのだ。日本語においてそのような転写をいち早く成し遂げたのが、「映画」の時代を生き、「映画」を偏愛し、「映画」を自らの作品のなかに大胆に取り入れた谷崎潤一郎（一八八六―一九六五）と江戸川乱歩（一八九四―一九六五）であった。この両者の残した小説を原作とする映像作品が、繰り返し何度も制作され続けているのは決して偶然ではないはずだ。

ポーの「アルンハイムの地所」は、「映画」の時代に、日本語という環境において、まずは谷崎の「金色の死」（一九一四年）によって「肉塊」のユートピアへと変貌を遂げ、次いで乱歩の「パノラマ島奇譚」（一九二六―二七年、後に「パノラマ島奇談」）と『孤島の鬼』（一九二九―三〇年）によって一つの異形の完成を迎えたのである。特に乱歩の『孤島の鬼』は、「モルグ街の殺人」の探偵と密室、「盗まれた手紙」の錯誤、「黄金虫」の暗号、「アルンハイムの地所」のユートピアの逆しまの実現といった、乱歩によるポーの読解、さらには自身の読みに基づいてポーを新たに書き直す営為の集大成として位置づけられる作品である。『孤島の鬼』以前の乱歩のまとまった作としては、乱歩自身にさえ嫌悪感を抱かせ、いったんは筆を絶つ決心をさせることになった『一寸法師』しか存在しない（しかし後述するように、おそらく『一寸法師』の原型の一つとなった「踊る一寸法師」もまたポーの「ホップ・フロッグ」の翻案であり、『孤島の鬼』のなかでも「一寸法師」が重要な役割を果たす)。

『孤島の鬼』は、乱歩が理解したポー的世界観の集大成であるとともに、この後、名探偵・明智小五郎を主人公として量産されることになる長篇の名実ともに原型となった。ただし、光の名探偵・明智小五郎に対し、ポーがデュパンに付与した性格をそのまま受け継ぐ『孤島の鬼』における闇の名探偵・諸戸道雄、鋭すぎる分析＝推理能力をもちながら、「性欲倒錯者として、無気味な解剖学者として」登場する陰鬱な夢想家としての探偵像と、乱歩の肉体観に直結する「不具者」製造という犯罪だけは、この後も決して子供向けに書き直されることはなく、反復されることもなかった。

それでは、乱歩の『孤島の鬼』の源泉であり、『孤島の鬼』の前段階をなす「パノラマ島奇譚」の源泉でもあった谷崎の「金色の死」は、「アルンハイムの地所」に一体どのような変容をもたらしたのか。乱歩は繰り返し「金色の死」を読んだ際の深い感動を語り、作中にそのタイトルを記し続けるだろう——乱歩が「金色の死」を含む谷崎作品にはじめて触れたのは、一九一七年、大学を卒業して就いた仕事をすぐに辞め、放浪生活を送っていた二十三歳の時だった。自然と人工の間に、「人間と神の中間を彷徨《ほうこう》する天使のなせる業」(松村達雄訳)である造園術を駆使して築き上げられた、さまざまな要素が混在しつつ調和する理想の庭園アルンハイムは谷崎の手によって奇怪な形に歪められてしまう。ポーが言う「新奇の美の創造」を、谷崎は、「生ける人間を以て」再構成したのだ。

「金色の死」の最終節、金箔にまみれ窒息する主人公・岡村の「死」の直前に描写された、池のように広く深く作られた浴槽、理想宮の悪趣味な浴室をとりまく装飾（引用は講談社文芸文庫版『金色の死　谷崎潤一郎大正期短篇集』、二〇〇五年より）――。

池を取り巻く四方の壁は羅馬時代の壁画や浮彫《レリーフ》で一面に装飾され、楕円形を成した汀の床のところ〴〵には、又しても例のケンタウルが一間置きぐらいに並んで居るのです。而も其の顔は凡べて岡村君の泣いたり笑ったり怒ったりして居る容貌を持ち、背中に跨って鞭撻って居る女神達は、悉く生きた人間ばかりでした。海豚の如く水中に跳躍して居る何十匹の動物を見ると、其等は皆体の下半部へ鎖帷子《くさりかたびら》のような銀製の肉襦袢を着けて、人魚の姿を真似た美女の一群でありました。私達の様子を見るや否や、彼等は一様に両手を高く掲げて歓呼の声を放ち、銀の鱗を光らせながら汀の敷石に飛び上って怪獣の足元に戯れるのです。

「アルンハイムの地所」をちょうど裏返しにしたような悪と欲望の人工楽園、「肉塊」のユートピアがここに出現する。乱歩は「パノラマ島奇譚」のクライマックスで、より直接的に、より大規模に、俗悪なこの「肉塊」のユートピアを極限まで展開させていくだろう。やはり人魚のように装われた美女たちに先導されて、夢のような、「映画の二重焼き付け」のような、さまざまなパノラマを経巡った後にたどり着いた奇怪な花園。そこでは無数に咲き乱れる花々と無数にうごめく裸の女たちの間に区別をつけることができなかった。「人肉の花びら」によって作られた乗物に乗り込んだ一組のカップル、分身として、偽者として生きる夫とそれを疑う妻の二人は、人工楽園パノラマ島の中心部、「巨大なる花の擂鉢《すりばち》の底」に開かれた浴槽に、人花たちとともに雪崩れ込む。

肉塊《にくがい》の滝《たき》つ瀬《せ》は、ますますその数を増し、道々の花は踏みにじられ、蹴《け》散《ち》らされて、満目《まんもく》の花吹雪《ふぶき》となり、その花びらと、湯気と、しぶきとの濛々《もうもう》と入乱れた中に、裸女の肉塊は、肉と肉とをすり合わせて、桶《おけ》の中の芋《いも》のように混乱して、息もたえだえに合唱を続け、人津波《ひとつなみ》は、あるいは右へ、あるいは左へと、打寄せ揉《も》み返す、そのまっただ中に、あらゆる感覚を失った二人の客が、死骸のように漂っているのでした。

谷崎が「金色の死」で見出した肉塊のユートピアを、乱歩は「パノラマ島奇譚」で一つの極にまで展開した。そこから、迷宮と宇宙をめぐる表現を、なによりも舞踏する肉体として思考してゆく文学の系譜がはじまった。おそらくポーの諸著作からの刺激のもと、日本語における文学空間に後戻りのできない第一歩を刻み込んでしまったのは、大正期の谷崎潤一郎である。その影響は広く、深い。だが、大正期の谷崎文学の「謎」を解くためにも、また同時代のヨーロッパ文学のなかから生まれた新たな表現の潮流と比較対照するためにも、後続者である江戸川乱歩からあらためて先行者である谷崎潤一郎の営為を見直しておくことは必要不可欠である。

たとえば、文学研究者であり文芸評論家でもある小谷野敦は、『谷崎潤一郎伝　堂々たる人生』（前出）のなかで、谷崎と乱歩の間に生じた複雑かつ微妙な関係性についてこう述べている。

谷崎は、乱歩に対して不安を覚えていたと思う。「影響の不安」である。ただし、この語を用いたハロルド・ブルームが言うような、後続者が先行者に対して感じる不安ではなく、僅かに年長の先行者が、後続者が自分のモティーフを完成させてしまったことに対する不安である。大正期の谷崎の作品のうち、性欲と恋愛と犯罪をからめたものを読むと、まるで乱歩の下手な模倣のように見える。つまり乱歩は、谷崎が提示したモティーフを、より完成された形にしたのである。大正十二年の「二銭銅貨」、十四年の「心理試験」「赤い部屋」「屋根裏の散歩者」「人間椅子」等々、今なお大正期の谷崎作品より遥かにコンスタントに読まれつづけている乱歩作品は、まったく、そのような作品群で、おそらく当時谷崎は、恐怖を覚えつつ乱歩の作品に接したに違いない。

この「影響の不安」は、「金色の死」と「パノラマ島奇譚」の関係にもあてはまると小谷野は論を進める。「作者自身に嫌はれ、どの全集にも収録されず」、それ故また谷崎の全作品に「逆照明」を投げかける光源にもなるとして、自決直前の三島由紀夫が選び出し、谷崎文学の本質を語るために、文学全集（「新潮日本文学」シリーズ6『谷崎潤一郎集』）の「解説」に許された枚数のほとんどを使って論じた「金色の死」。その物語を谷崎は最初から嫌い、封印していたわけではなかった。「パノラマ島奇譚」が刊行された、その直後から、谷崎は「金色の死」を自身の全集や著作集に収録しなくなるのだ。「谷崎の中にあった、ある独自のモティーフ」を乱歩が無意識的かつ徹底的に簒奪してしまったからである（ただし、この一節は谷崎の「残虐記」中絶について書かれたもの）。卓見であると思う。

ポーが種子を蒔き、谷崎が歪んだかたちに育み、乱歩がそれを奪って開花させた肉体の文学。しかしここで言う肉体とは、自己のものであるとともに他者のものでもあるような、また、イメージであるとともに言語でもあるような、それ自体において現実と虚構を交錯させるものだった。そのような肉体を論じるためには、乱歩とほとんど同時期に生まれた二人の表現者があらためて召喚されなければならないだろう。『シュルレアリスム宣言』という表現原論をまとめ、その実践である『ナジャ』と『狂気の愛』を書いたアンドレ・ブルトン（一八九六―一九六六）と、『演劇とその分身』という表現原論をまとめ、その実践である『ヘリオガバルス　または戴冠せるアナーキスト』と『タラウマラ』を書いたアントナン・アルトー（一八九六―一九四八）である。

乱歩とブルトンおよびアルトーの間。「映画」もまたそこに生まれた。一八九五年十二月、リュミエール兄弟によるシネマトグラフの上映会……。彼ら三人は文字通り「映画」とともに生まれ、「映画」とともに生き、「映画」によって新たな肉体を思考した最初の人間たちとなったのだ（「映画」の起源については他にも複数の説がある）。アルトーは「映画」の登場人物となり（彼自身、映画俳優でもあった）、いわばそのイメージを反復するかのような生涯を送り（カール・テホ・ドライヤーがアルトーが出演した『裁かるゝジャンヌ』に定着したような狂気を……）、ブルトンは「映画」のようにイメージが反復し（『ナジャ』は言葉だけでなく文中に挿入された何枚もの「写真」が物語を構成する重要な要素となる）、あらゆるジャンルが混交してしまう不可思議な妖精物語を書き続けた（『ナジャ』『通底器』『狂気の愛』そして『秘法17』……ブルトンが残した散文作品は詩であり物語であると同時に、事実の記録でもあった）。彼らの表現によって、都市と野生が一つに接合されてしまう。都市の直中に生活しながら、人跡未踏の地に、現実の旅によって、また想像の旅によって、はじめて到達できるような表現の「至高点」（『狂気の愛』より）が探し求められ、その表現の「至高点」では、イメージであり言語でもあるような「記号」が産出し続けられることになった。

そして最後にもう一人、彼ら三人の営為を、意識的あるいは無意識的に「舞踏する肉体」として総合したのが、その卓越した肉体を「映画」の特権的な対象として選ばれ、さまざまな光景のなかに写し撮られた舞踏家・土方巽（一九二八—八六）であった。土方は、ブルトンが見出した「オブジェ」（単なる「もの」であるとともに、自己の外に客観として自立してあるもの）のように自らの肉体を扱い、その肉体をもってヘリオガバルスの生涯を生き、乱歩の「パノラマ島奇譚」と『孤島の鬼』を骨格とした映画『江戸川乱歩全集　恐怖奇形人間』（一九六九年）において孤島のなかに構築されたもう一つ別の宇宙の創造主、迷宮の王を演じた。「パノラマ島奇譚」と『孤島の鬼』からはじまる肉体の探求は、土方が生前に刊行した二冊の書物、舞踏原論である『犬の静脈に嫉妬することから』（湯川書房、一九七六年）とその過激な実践である『病める舞姫』（白水社、一九八三年）でひとまずは閉じられる。そしてそこから、宇宙という「外」に開かれた内的な迷宮、さまざまな記号を生み出し、記号同士を共振させ、結び合わせる「生ける象形文字」にして虫の知覚をもった未曾有の身体が立ち上がってくるはずである。『病める舞姫』は『ナジャ』のような、『タラウマラ』のような書物だった。それは、「私」の記憶のなかに棲む「少年の私」と、「私」の分身である「私の少年」が対話を交わしつつ進行してゆく物語だった。

2　「生ける象形文字」としてある肉体

アンドレ・ブルトンとアントナン・アルトーによって都市と野生は一つにつながる。江戸川乱歩の「パノラマ島奇譚」と『孤島の鬼』が位置づけられるのもそのような場所であるし、土方巽がへリオガバルスから「舞姫」を抽出するのも、そのような場所からだった。ブルトンは都市空間のなかに「記号」の発生を捉える。二十世紀前半にパリという近代都市が触媒となり生み出されてきた特異な芸術運動であるシュルレアリスム。その運動が成り立つための前提には、十九世紀末に、写真、音響、電信、さらには映画などの諸メディアの相継ぐ発明によって、表現が大きく様変わりしたことがあげられる。近代的な都市がかたちづくられ、それとともにメディアによって外側から捉えられることによって、従来とは異なったかたちの「人間」のイメージが生み落とされることになったのである。

ブルトンたちシュルレアリストが目指したもの。その本質には、内的な世界（夢）と外的な世界（現実）をともに止揚して、そこにもう一つ別の世界（超現実）――「もう一つ別の世界」は乱歩が好んだ言葉でもあった――を開くという熱烈な希求があった。「私は、夢と現実という、外見はいかにもあいいれない二つの状態が、一種の絶対的現実、いってよければ一種の超現実のなかへと、いつか将来、解消されてゆくことを信じている」（巖谷國士訳、岩波文庫版『シュルレアリスム宣言』より）。先に述べたように、シュルレアリスム運動の理論的な指導者となったアンドレ・ブルトンは、奇しくも映画が発明されたのとほとんど同じ時期に生を享けている。そしてブルトンがここで高らかに宣言している内的な世界、夢の世界の探求も、実は近代都市の発達が牽引した近代諸メディアの開発と発明がなければ、十全に果たされることはなかったのである。

たとえばブルトンにも大きな影響を与えた精神分析の祖フロイト。フロイトが夢の解釈を通じて無意識の構造を抽出することができたのは、なによりもヒステリー患者である女性たちが鮮やかに示した、硬直した身体のおかげであった。フロイトは目の前に見えているもの（ある刺激によって反復される硬直した身体）の原因を探ることによって、その病の原因となった、見えないもの（無意識）の領域にまで到達することができたのである。そしてヒステリー患者の女性たちの症状は写真術が発展するにつれて、より劇的になっていった。身体はメディアによって変貌したのだ。「写真」に写し出されてしまう不可思議な光暈《ハレーション》を指す「アウラ」という言葉もそこから生まれた。フロイトが『夢解釈』を書き上げるのはそのような衝撃を受けた後のことである。そしてフロイトが明らかにしたものとは、映写機によってフィルムのイメージが何度も再生される映画と同じように、無意識の働きによって幼年期の幻想的な光景が何度も繰り返される、イメージ再生のメカニズムであった。無意識は「機械」のように組織されていたのだ。

ブルトンはそのような無意識が発動される内的な世界と外的な世界――それは近代の都市生活そのものである――を、両者をともに止揚する高次の現実によって一つにつなぎ合わせようとしたのである。その試みの最上の成果がブルトンの代表作『ナジャ』（一九二八年）として結実した。『ナジャ』では、都市という無意識を体現した一人の妖精のような少女ナジャによってブルトン自身の無意識世界も大きく開かれ、そこから従来とは異なった表現が生まれ出てくる様子が描き尽くされている。それはなによりも蜘蛛の糸を震わせるような繊細な刺激、都市空間に予兆的に現れる「記号」（信号）のかたちをとった。蜘蛛の主体としてある都市生活者の肖像（以下の引用は巖谷國士訳より）——。

問題になっているのは、おそらく検証不可能な固有の価値をそなえていながら、それでも絶対に予期できない、荒々しいまでに偶発的な性格によって、またそこからよびおこされる一種あやしげな観念の連合によって、いわば蜘蛛《くも》の糸から蜘蛛の巣へとあなたをみちびく、つまり、もしも物かげや周辺に蜘蛛がいなければ世にもまばゆく世にも優美になるはずのものへとあなたをみちびく、といったやりかたで——しかも純粋な確認行為に属している場合にさえ、そのつど、どこから見ても信号の外観を呈するような事実である。それがどんな信号であるか正確にはいえないのだが、そのおかげで私は完全に孤立しているときにも、本当と思えないような共謀関係を自分のなかに発見し、自分ひとりで舵《かじ》をとっていると思うたびに、それも錯覚だと確信することになる。

夢幻状態のなか「記号」（信号）に導かれて都市をさまよい、そこで自分が自分でなくなってしまうような体験をすること、都市の無意識と一体化してしまうこと。おそらくそれは、生来の放浪者でもあった江戸川乱歩が体験し、表現として残したこととも等しい。

シュルレアリスムとは、そのような都市に浮遊する「記号」を独自の表現にまで高めていった芸術運動に他ならない。この記号の論理を、さらに空間的な極限にまで追い求めていった人物が、ブルトンと同じ年に生まれ、生涯、宿命的な例外状態を生き抜きながら、ある時はブルトンの最大のライバルとなり、ある時は密接な友ともなったアントナン・アルトーである。アルトーはパリに侵入してきた異邦の「記号」に激しく心奪われた。やはり近代都市が可能にした「植民地展における バリ島の演劇」。そこでは「もはや言葉ではなく、記号を基盤とした新しい物理的な言語が生まれ出てくる」ようだった。さらにその舞台の上では、すべてのものが「記号」に変貌を遂げようとしていた。俳優の身体もまた……「俳優たちは幾何学的な衣裳をつけて、生きている象形文字のよう」だった。

アルトーは、このような「記号」のみから成り立つ真の演劇を求めて、「適切な象形文字からあふれ出す魔術的文化」が栄え、「石も生命を持つ世界」であるメキシコに向けて旅立っていったのである(以上、安堂信也訳『演劇とその分身』白水社、一九九六年より)。そしてそのメキシコで、アルトーは神秘的な「走り続ける人々」、タラウマラ族と出会った。彼ら、タラウマラ族こそ、自然の「記号」とともに生き、その「記号」の直中で、死そのものに直面する儀式を執り行う人々であった。アルトーのこの「タラウマラの国への旅」が現実のことであったのか、または精神を病んだ者の妄想であったのか、それを問題にすることにあまり積極的な意味はないであろう。アルトーは、ブルトンが都市に見出した「記号」を、当時の人類学的かつ考古学的な知識の限界まで、ただひたすら追求していったのである。しかも独創的な散文詩ともいえる形式を保ちながら。そのことによって近代都市をめぐるシュルレアリスム的な「記号」の探求に、限りない豊かさが付け加わった。アルトーがタラウマラの地で見た光景（以下、引用は宇野邦一訳、『アルトー後期集成I』所収。河出書房新社、二〇〇七年より）――。

タラウマラの国は、記号と形態と自然の姿に満ちているが、これらはまったく偶然から生まれたものではないように思われる。ここでいたるところに感じられる神々は、あたかもこれらの数奇な署名を通じて、彼らの権能を示したかったかのようだ。この署名においてあらゆる面で追跡されているのは人間の形象なのである。〔中略〕一つの国全体が石の上に人間の哲学に並行する一哲学を展開するとき、最初の人間たちは記号の言語を用いていたということをわれわれが知り、この言語が岩石の上に拡げられているのに目を見張るとき、確かに、これが単なる気まぐれであり、この気まぐれが何も意味していないとはもはや思えない。

アルトーは「記号」を極限の土地にまで求め彷徨した。そのような場所では、自然は「人間として思考しようと欲し」、さらには人間を進化させたのと同じように「岩々を進化」させたのである。ブルトンやアルトーの同世代人である江戸川乱歩は想像力によって「記号」が、「生ける象形文字」が産出されてくる極限の場所を、抽象的かつ具体的に描き出した。他から隔絶され、孤立した「無人の島」として。現実の直中に「今一つの世界」、現実と虚構が二重になって広がる光学的な見世物であるパノラマ館を、より多面的な、想像上の建築物として組織し直したのである——「私の小説『パノラマ島奇談』は、そういう不思議な二重世界を、無人の孤島の上に創り出そうとしたものであった。島そのものをダイヤモンドのように多面体にカットして、そのおのおのの面に一つずつ独立の別世界を創造することを考えた。だから、それは二重世界どころか、多重の世界であった。カットの面の数だけの多重世界であった」(光文社文庫版全集所収『パノラマ島奇談』わが小説」より)。

何重にも重なり合うイメージの宮殿。乱歩は、「パノラマ島奇譚」と同時期に書き上げられた「鏡地獄」(一九二六年)のなかで、そのようなイメージの宮殿を生きる身体を描ききるであろう。レンズに取り憑かれ、「鏡の部屋」に閉じ籠もる一人の青年。重合し、乱反射するレンズ=鏡によって青年の身体は分断され、それぞれの部分が断末魔のダンスを踊る。一つの身体は無数に分裂し、あらためて一つに重なり合い、異形のイメージとして結晶化する——。

ある時は部屋全体が凹面鏡、凸面鏡、波型鏡、筒型鏡の洪水です。その中央で踊り狂う彼の姿は、或いは巨大に、或いは微小に、或いは細長く、或いは平べったく、或いは曲がりくねり、或いは胴ばかりが、或いは首の下に首がつながり、或いはひとつの顔に目が四つでき、或いは唇が上下に無限に延び、或いは縮み、その影がまた互に反復し、交錯して、紛然雑然、まるで狂人の幻想です。

「もの」の姿を歪めるレンズの魔力と、そこに繰り広げられる死の舞踏。おそらく乱歩は、自身の偏愛するその二つの特徴的なモチーフを、ポーの「スフィンクス」と「ホップ・フロッグ」という二つの作品から、学んだのだ。「ポオの短篇の内で、前々から是非使って見たいと思っていた筋が二つある。一つは『ホップ・フロッグ』もう一つは『スフィンクス』である」と、自作解説(「踊る一寸法師」)にも記している。この二つの作品の交点から、乱歩世界を縦横無尽に駆けまわり、作品世界を崩壊の危機に陥れもする「一寸法師」が生み落とされることになったのだ。実は、ポー受容における乱歩の独自性とは、その点にこそ存在していたと言っても良いように思われる。そして、それはまた、乱歩世界と直結する土方巽の身体を準備することにもなるはずである。

ポーの「スフィンクス」は、人間の身体のとる位置、そこからの視線の向きによって、微小なものが驚くほど巨大に見えてしまうという錯覚を描いた掌篇である。その結果として、髑髏のような模様を身にまとったスズメガ(「鱗翅目《レピドプテラ》、薄暮族《クレプスクラリア》、スフィンクス種」)、つまりスフィンクスという名をもつ小さな虫が、巨大で異形の怪物に変貌してしまうのである。乱歩は「鏡地獄」にまったく同じような光景を記すであろう。「ホップ・フロッグ」は、傍若無人な国王の宮廷で道化として仕える小人の跛者、「ホップ・フロッグ」の復讐を描いた物語である。ホップ・フロッグは、やはり同じ小人の踊り子トリペッタとともに、仮面舞踏会の会場で、国王とその取り巻きである七人の大臣に鎖につながれたオランウータン——「モルグ街の殺人」の真犯人でもある——の仮装を演じさせ、言葉巧みに天井高くつり上げ、火だるまにしてしまう。その後、ホップ・フロッグとトリペッタは、手を取り合って、この世界の「外」へと脱出してゆく（以上、創元推理文庫版、丸谷才一他訳『ポオ小説全集』を参照）。

乱歩は「鏡地獄」を書き上げ、「パノラマ島奇譚」に取りかかったのと同じ年、この「ホップ・フロッグ」を換骨奪胎した短篇「踊る一寸法師」を発表するだろう。凶暴な殺人舞踏を繰り広げる「一寸法師」は『孤島の鬼』にも転生し、「畸形」を生み出す「箱」の秘密を語る。「一寸法師」は刑事にこう告げる。「おれは、生れたときから、箱の中にはいっていたんだよ。動くことも、どうすることも、できないのだよ。箱の穴から首だけ出して、ご飯をたべさせてもらったのだよ」と。「一寸法師」が閉じ込められる「箱」は、予想もつかない身体の変形と身体の結合を可能にするという点で、「鏡地獄」の最後、「恐怖と戦慄の人外境」における身体変容の極を求めて、主人公が這入る「球体の鏡」と等しい。

さらに、身体の自由を奪われることで逆に身体の未知なる可能性を知るということは、土方巽が舞踏のはじまりとして位置づけている体験とも等しいものなのだ。『犬の静脈に嫉妬することから』に記された、土方自身の幼年期の記憶——。

家は半農のそば屋でしたからね。農繁期は朝から田んぼに働きに行くわけです。こどもは飯《い》詰《づめ》といってご飯を入れる藁の丸い桶の中に入れて、田んぼの畦に置くんです。朝の七時ごろから連れて行かれて、月の出るまで放って置かれるんだ。もちろん、ご飯の時は、おふくろが来て飲みものを飲ませて行きますが、ね。

関節が畳まれ、「飯詰」にいじめぬかれた子供の身体から、舞踏がはじまる。「ホップ・フロッグ」のように、「踊る一寸法師」のように……「五体が満足でありながら、しかも、不具者でありたい、いっそのこと俺は不具者に生まれついていた方が良かったのだ、という願いを持つようになりますと、ようやく舞踏の一歩が始まります。びっこになりたいという願望が子供の領域にあるように、舞踏する人の体験の中にもそうした願望が切実なものとしてあります」。

つまり土方巽の舞踏とは、乱歩が「パノラマ島奇譚」や『孤島の鬼』で描いた、イメージが重なり合い融合するような鏡の「箱」のなかで、自身の身体を、アルトーがその目で見たような「生きる象形文字」に変容させ、さらにはブルトンの説く、世界を構成するさまざまな記号を敏感に感知できるような「蜘蛛」の知覚をもった時に、はじめて可能となるものなのだ。それは身体を迷宮と化し、宇宙へ開くことでもある。

3　ヘリオガバルスから「舞姫」へ

土方巽の舞踏における一つの頂点が、一九六八年十月九日と十日に日本青年館で行われた「土方巽舞踏公演」、〈土方巽と日本人——肉体の叛乱〉であることは、多くの人が認めるところだろう。タイトルに付された「肉体の叛乱」は、土方を被写体とした写真集『鎌鼬』（刊行は一九六九年）を準備していた写真家・細江英公の写真展への批評として発表された種村季弘の文章「肉体の反乱——土方巽と『鎌鼬』」に由来する（初出は「美術手帖」一九六八年五月号、引用は『土方巽の方へ』河出書房新社、二〇〇一年より）。冒頭の一節にはこうある——。

凶兆をはらんだ暗黒の空の下をなまめいた女の薄物をひるがえしながら、狂気のヘルマフロディトスが魔のように疾走する。風景は卵形にたわみ、中心に穢された白い肉体が胎児の姿勢で跼蹐したまま大地母神の凌辱におののいている。野面はふしぎな白い光に満たされ、その仄光の下で土はたぐいようもなくエロティックな物質に変貌しはじめる。昼下りの縁側には勃起男根を白刃のように構えて悶絶する両性者の日々の勤行。旧家の屋根は梁を圧して、暗い室内は地中に潜ったように歪み、穴居人の家族が畸形の子をかこんで血の呪いを反芻する。

『病める舞姫』の内容を先取りし、この後の土方舞踏の展開を先取りする一節である。土方は、自身の肉体がイメージの複製として固定された「写真」を見ることによって書かれた他者の「文章」から、新たな舞踏を構想したのだ。対象としてあること、対象を見ること、対象を書くこと、対象として読むことが、ここで一つに混在しているのだ（この対象を「オブジェ」と言い換えれば、より実情に沿うだろう）。〈肉体の叛乱〉で目指されたのは、アルトーが詩的な評伝として再構成した古代ローマの狂帝ヘリオガバルスの生涯を、自身の身体を使って生き直し、さらにそこから身体の未知の地平に出ることである。おそらく土方のそのような想いに応えるために、この公演の直後に、土方の「舞踏生活十周年記念」としてかたちになったオリジナル詩画集『あんま』に、盟友であった澁澤龍彦はアルトーの『ヘリオガバルス』の第Ⅰ章の冒頭と第Ⅲ章の冒頭を訳出する。それは複製技術時代に復活したヘリオガバルスにふさわしく、「六八年」の状況とダイレクトに交錯する、きわめてアクチュアルな訳文だった。澁澤のヘリオガバルスはこうはじまっていた（引用は『澁澤龍彦翻訳全集10』河出書房新社、一九九七年より）。

宮殿の便所で警官に殺された、墓場なき死者ヘリオガバルスの屍体のまわりに、もしも血と糞とが激しく循環しているとするならば、彼の揺籃のまわりには、精液が激しく循環していることでもあろう。世界中の人間が世界中の人間と寝ていた時代に、ヘリオガバルスは誕生した。彼の母がどこで、誰の種を宿したかは永久に分るまい。

「警官」(!)になぶり殺しにされ、ばらばらに切断されたヘリオガバルスの身体において、男性と女性といった分割、生と死といった分割は無化され(引用からも明らかなように、物語はヘリオガバルスの「死」からはじまりその「誕生」へと循環してゆき、物語の始まりと終わりは分断されたヘリオガバルスの身体によって呼応し合う)、自身の命名の由来となった巨大な黒い「霊石」(円錐形の隕石)と融合してしまう。鉱物と化した両性具有の身体。アルトーはその身体の有様をこう記している(以下の引用は白水Uブックス版の多田智満子訳より)。「ヘリオガバルス、それは男であり、女である」。ヘリオガバルスの身体のなかでは二重の闘争が行われている――「一者としてとどまりながら分裂する一者としての戦い。女になりながら永久に男のままでいる男としての戦い」。そして「人間としての自分であることがうまくのみこめないでいる〈太陽王〉としての戦い。彼は人間に唾を吐きかけ、結局人間を溝《どぶ》の中に投げ込んでしまう」。

身体という自明な概念を破壊し、人間を事物へと還元してしまうこと……。そのような肉体の体験を通してこそ、人間は「アナーキーの感覚」を、事物の深い統一の感覚と事物の多様性の感覚を、ともに兼ね備えることができるようになる。秩序と無秩序を、優美と残酷を、偉大な王と無垢な幼児を、矛盾するまま一つの身体として生きることができるようになる。土方は、このヘリオガバルスの身体から、さらに自身に取り憑いて離れない「姉」のイメージ＝言葉を抽出し、自らその状態を「舞姫」として生きようとする。

私は、私の体のなかにひとりの姉を住まわせている。私が舞踊作品を作るべく熱中するとき、私の体のなかの闇黒《やみ》をむしって、彼女はそれを必要以上に食べてしまうのだ。彼女が私の体の中で立ち上ると、私は思わず坐りこんでしまう。私が転ぶことは彼女が転ぶことである。というかかわりあい以上のものが、そこにはある。

『犬の静脈に嫉妬することから』に記された一節であり、この後何度も土方が自分の舞踏のエッセンスを語る際に持ち出してくる一節でもある。自らの内なる「姉」の表出、それが「舞踏する肉体」にかけられたものであり、「迷宮と宇宙」の文学史に新たな可能性を開くものなのだ。土方がヘリオガバルスから「舞姫」に変容してゆく過程は、土方が意識的に残した二冊の書物と、ちょうどその二冊の書物を挟み込むように、他者からの依頼に応えて土方が偶然の機会を利用して出演した二本の映画から明らかにすることができるだろう（土方の著作からの引用は『土方巽全集〔普及版〕』Ⅰ・Ⅱ、河出書房新社、二〇〇五年より）。また、土方と土方が主宰した暗黒舞踏派の人々は「芸術」から「低俗」に至るまでのかなりの数の映像作品に、無造作といっても良いような態度で出演しており、なかなか舞踏自体を映像として残すことを許さなかった土方の姿勢をあわせて考えると、その差異から興味深い考察を導き出せるように思われる……。

ここで検討を加えたい土方が出演した二本の映画とは、先にも触れた石井輝男の『江戸川乱歩全集　恐怖奇形人間』（一九六九年）と、ドキュメンタリー作家である小川紳介の『１０００年刻みの日時計』（一九八七年）である。〈肉体の叛乱〉の公演の翌年に公開された『恐怖奇形人間』は、〈肉体の叛乱〉」のセルフパロディのような側面をもつと同時に、石井の回想（『石井輝男映画魂』ワイズ出版、一九九二年）によれば、「パノラマ島奇譚」の肉塊のユートピアと『孤島の鬼』の「不具者」製造という困難な情景を描くにあたって、土方は自身の肉体と弟子たちの肉体を積極的に提供し、さまざまなアイディアを出し、ショッキングなシーンの造形に進んで参加していったという。乱歩の肉塊のユートピアは〈肉体の叛乱〉に吸収され、さらに土方の没後に公開された『１０００年刻みの日時計』によって、大宇宙と照応する自然のなかに昇華されたのである。

三里塚闘争以降、農民の生活に密着したドキュメンタリー映画を撮り続けていた小川紳介が山形県牧野村に移り住み、十三年という歳月をかけて撮り上げた『1000年刻みの日時計』は「破格」のドキュメンタリーである。村に流れる「数千年前といまとが不思議な感じで呼吸し合ってるような時間」そのものを描くために、小川は積極的に「事実」の記録であるドキュメンタリーのなかに、過去の伝承を「虚構」(フィクション)として再現した一連の物語を、ドキュメンタリーと等価な映像として挿入してゆく。その最初のフィクションである堀切観音物語の重要な登場人物として、小川は土方をキャスティングしたのである。「ほいど」(乞食)でありながら「マレビト、つまりよそからやってきた神様の部分も、どこかに伝統的にもっている」聖なる仕事を成し遂げ、衰弱しながら死んでゆく「与き」という人物として(いずれも小川自身が残した言葉である)。

「死」の直前に撮影された『1000年刻みの日時計』のなかで、土方は何重にも重なり合う「死」のイメージを、自身の肉体を駆使して反復しているかのようだ。その「死」によって身体の新たな可能性が開かれる。『1000年刻みの日時計』が公開されるにあたって小川と長時間にわたる対話を交わした内藤正敏は、土方について非常に興味深い証言を残してくれている(以下の引用も含め、『1000年刻みの日時計』に関する情報は、すべて山根貞男編集による小川紳介『映画を穫る』筑摩書房、一九九三年より)。

世界的な舞踏家の土方巽さんだって、すぐ小川プロとはつながらないですよね。あの与きのシーンを撮る半年ほど前に、土方さんと会ったとき、「いま、人間が死んでいく姿をもう一人の自分が見ているような舞踏を考えている。これを〝衰弱体《すいじゃくたい》〟と名づけてる」というんです。それで〝衰弱体〟を考え出す参考のために修験道のことを教えてくれっていうんです。自分が死んでいく姿を踊るなんて、これはすごい発想ですよ。結局、土方さんはこの映画で十数年ぶりに踊って、半年後に亡くなられてしまったんだけど、あの土方さんの最期の舞踏は幻の〝衰弱体〟への入口だったのかもしれませんね。

『1000年刻みの日時計』は巨大な太陽を映し出すシーンからはじまり、すぐに極微の、稲の受精シーンに移行する。小川紳介が遺著として残した翻訳、フランシス・H・フラハティの『ある映画作家の旅　ロバート・フラハティ物語』（みすず書房、一九九四年）の言葉を借りれば、マクロコスモス（太陽）とミクロコスモス（受精卵）が、「カメラ」という「奇跡を呼び出す機械」を通して、呼応しているのだ。そこに「死」を体験することで「死」を超えるという、晩年の土方が構築しようとしていた肉体の新たな理念、「衰弱体」を重ね合わせて考えたとき、「舞踏する肉体」が一体何を表現しようとしていたのか、その一端がわかるであろう。『土方巽全集』Ⅱに収められた土方晩年の講演や対談、さらには未発表草稿には、内藤の発言を裏付けるような「衰弱体」への言及がみられる。土方は「衰弱体」に近づくために柳田國男や折口信夫の著作を熱心に読んでいたようである。つまりポーに端を発する「人工楽園」の系譜と、篤胤に端を発する「民俗学」の系譜がここでも一つに結ばれるのである。

複製技術時代に生きるわれわれには、「カメラという機械（マシーン）に導かれて」、「愛の動き、生命の神秘的な律動」に満ちた世界の「全く新しい次元」が切り拓かれる（いずれも前掲『ある映画作家の旅』より）。小川紳介が「カメラ」を使って表現しようとした世界を、土方は身体という生きた機械（マシーン）を使って、つまり身体と直結する「言葉」を使って、表現しようとした。その表現原論となるのが『犬の静脈に嫉妬することから』であり、吉本隆明はそこから土方舞踏を構成する根本概念として「姉」「不具（者）」「犬」というキーワードを引き出した。しかも、このキーワードは、吉本によれば単なる言葉ではない。それは「暗喩」であり、「土方巽は肉体を文字にし、文字を肉体にして舞踊や舞踏の概念を、身体と言葉のあいだで同一の暗喩」にしてしまっているのだ。この「身体を極限までそぎおとして感覚の幽体、身体の書き文字」によって紡がれたのが、舞踏家である土方巽が唯一残すことができた言葉の編み物（テクスト）、『病める舞姫』だった（吉本の引用は『ハイ・イメージ論Ⅲ』所収「舞踏論」福武書店、一九九四年より――吉本が使っている語彙が、アルトーのいう「象形文字」として存在する肉体というイメージとあまりにも近いことに驚かされるであろう）。

土方は『病める舞姫』を、アルトーが『ヘリオガバルス』で試みたように、「口述筆記」を用いて書き上げていった。複数の他者に声を聞き取らせ、複数の他者の手で物語を書かせたのだ。「作者」という概念への挑戦であるとともに、物語が従わなければならない線条的な秩序への挑戦だった。そこでは書き言葉が従わなければならない、始まりがあり終わりがある時間の流れは無効とされる。過去が現在に浸透し、未来へと逆流してゆく。「私」の記憶は「あなた」の記憶となり、不特定多数である彼ら・彼女らの記憶となる。「私」に最も身近な存在として死者が甦り、胎児が分娩される。少年時代の「私」の身体が、いま目の前で輪舞する「分身」のような少年たちの身体と重なり合い、蜘蛛をはじめ、虫たちが跋扈する。

言葉は、イメージは、オブジェのように取り扱われ、「私」は虫に変身してしまう。ブルトンの『ナジャ』とアルトーの『タラウマラ』の世界が重ね合わされる。

そして……。『病める舞姫』全編を使って描こうとしていたであろう情景を、土方は見事な一言でもって表現してくれてもいる。『犬の静脈に嫉妬することから』において、大野一雄によってつぶやかれた、土方舞踏の本質を射抜いた言葉として。「舞踏する肉体」として収斂していった「迷宮と宇宙」は、そして土方巽が舞踏を通して表現しようとしていたことは、その一言のうちにすべて含まれてしまうであろう。

死んだ児が、妖しい器と遊んでいる。

〔附記〕本章の骨格となったのは、二〇一〇年三月十二日から十四日に京都造形芸術大学で開催された「土方巽　言葉と身体をめぐって」第三回研究会の最終日に発表されたレクチャー「『病める舞姫』を読む」である。この三日間に行われた土方の身体を被写体として撮影された、さまざまな映像作品の上映、土方が残した言葉をめぐっての他の参加者たちによる発表と討論から多くの刺激を受けて、本章は成った。討論の際にも指摘されたことであるが、ここで論じられているのは『病める舞姫』という多義的な作品を読むための一つの「条件」、一つの枠組みの提示である。

乱歩の著作については、現在までのところ光文社文庫版『江戸川乱歩全集』が徹底した本文批判を含め最も完備されたテキストである。ただ、乱歩による復元、書き直し等が「解題」にまわされてしまう場合が見られる。そのため、乱歩からの引用は光文社文庫版を考慮しつつ、「踊る一寸法師」をのぞき、創元推理文庫版『江戸川乱歩集』（日本探偵小説全集2、一九八四年）および『孤島の鬼』（一九八七年）から行っている。

夢の織物――三島由紀夫『豊饒の海』の起源

1　天界と地獄

三島由紀夫は自身の最大の長篇にして、人生のある時点からは完璧な遺作として意図されていた『豊饒の海』四部作を締めくくる最終巻、「アーラヤ識《しき》」から「月蝕」を経て最終的には「天人五衰」と名づけられた第四巻の最初のプランを、創作ノートに次のように記していた（『決定版 三島由紀夫全集』〔以下、『決定版全集』〕十四巻の巻末に収められた「「豊饒の海」創作ノート」より、三島自身の修正箇所は、その修正後を採用した――本章中の三島作品からの引用は原則として新潮文庫版より行い、それ以外は『決定版全集』より行っている）。

第四巻――昭四十八年。

本多はすでに老境。その身辺に、いろ〳〵一、二、三巻の主人公らしき人物出没せるも、それらはすでに使命を終りたるものにて、贋物《にせもの》也。四巻を通じ、主人公を探索すれども見つからず。つひに七十八歳で死せんとすとき、十八歳の少年現はれ、宛然《さながら》、天使の如く、永遠の青春に輝けり。（今までの主人公が解脱《げだつ》にいたつて、消失し、輪廻《りんね》をのがれしとは考へられず。第三巻女主人公は悲惨なる死を遂げし也）
この少年のしるしを見て、本多はいたくよろこび、自己の解脱の契機をつかむ。
思へば、この少年、この第一巻よりの少年はアラヤ識の権化、アラヤ識《しき》そのもの、本多の種子《しゆうじ》たるアラヤ識なりし也。
本多死なんとして解脱に入る時、光明の空へ船出せんとする少年の姿、窓ごしに見ゆ。（バルダサールの死）

物語全体の狂言回しにして冷徹な認識者、人間ならざる者へと変貌を遂げつつある本多繁邦《ほんだしげくに》の前で次々と転生を重ね、二十歳で死んでゆく美しき存在者たち。第一巻『春の雪』の松枝清顕《まつがえきよあき》、第二巻『奔馬』の飯沼勲《いさお》、第三巻『暁の寺』の月光姫（ジン・ジャン）……。そして物語が書かれている現在よりもはじめて未来——それは作者・三島由紀夫の「死後」のことでもある——に舞台を設定した未知なる第四巻で、「死」を目前に控えた本多の前に現れるのは、多くの贋物（コピー）たちのなかから光り輝く真の姿をようやくあきらかにした、十八歳の「天使」のような少年だった。少年は、本多の心の奥底にひらかれるアラヤ識の化身、つまり個人の意識を超え出てしまう集合無意識の結晶であり、本多の死とともに光明の世界へと昇天し、永遠の世界に帰還してゆくことになる。

光の天使として顕現する、個を超えた普遍的な心的世界の構造。もちろん現行の『天人五衰』がこのような華麗な物語として完結しないことは誰もが知っている。しかし、作者・三島由紀夫はなによりも「天使」が光の世界へと帰還する、光明の世界に昇天する物語として『豊饒の海』の完結を目指していたのだ。その痕跡は『天人五衰』のなかにも明らかに見受けられる。天人とは「天使」の読み替えである。さらに結局は贋物の転生者として破滅する『天人五衰』の主人公・安永《やすなが》透《とおる》はまず「天使」と形容され、転生者という秘密を告げて透の自意識を粉々に破壊し、自殺未遂のきっかけをつくる久松慶子は「天使殺し」と形容されている。

光の天使から闇の堕天使への変容、もしくは失墜。『天人五衰』という物語が孕む謎はその一点に集約される。その謎を解くためには、三島由紀夫が生涯にわたたって固執し続けた「天使」という存在の起源に遡っていかなければならない。三島が「天使」というとき、そこにはもう一人、必ずある人物の名前がささやかれている。万能の天才にして天界の遍歴者、エマヌエル・スウェーデンボルグ（一六八八―一七七二）である。たとえば『豊饒の海』の第二巻『奔馬』を終え、第三巻『暁の寺』に取りかかった時点で澁澤龍彥と交わされた対話のなかで、三島自身が鏡花の作品世界をスウェーデンボルグが『天界と地獄』で説いた「天使界」（天界と地獄の間にひらかれる中間の澄みきった世界）にたとえ、さらにこう述べているのだ——「スウェーデンボルグの天使は、両方の性をもっている、バイセックスなんですな。いろんなものを包含しているんですね」（前出、「鏡花の魅力」より）。

時期的に考えても、三島が『天人五衰』の原型として考えていた物語の「天使」は、スウェーデンボルグの『天界と地獄』に由来すると考えて、まず間違いはないだろう。そして三島のスウェーデンボルグの天使に対する言及は晩年だけにとどまるわけではない。おそらくそのなかでも、三島が理解したスウェーデンボルグの天使の姿を最も美しく描き出したのは、昭和二十八年（一九五三）に発表された「ジャン・ジュネ」（『決定版全集』二十八巻に収録）であろう。三島は論の冒頭からスウェーデンボルグの『天界と地獄』を引用し、ジュネの作品世界の本質を抽出しようとする。「二十世紀の最大の神秘主義者の一人」であるジュネの「猥雑で崇高で、下劣と高貴に満ち」た少年らしさ——。

しかもジュネの永遠の少年らしさは、野獣の獰猛《どうもう》な顔をした天使を思はせる。スエーデンボルグが天使を説明してかう言つてゐる。「天界にあつては、夫婦は二人の天使ではなくして、一人の天使である」

「天使が天界に於ける服務は凡《すべ》て照応《コレスポンデンス》による」
「天使の顔面は常に東を向いてゐる」……その通りである。ジュネは単性生殖をする。いつも自然との照応のうちに、泥棒と男色と裏切りとの彼のいはゆる聖三位一体のために、服務する。そしてその顔は、光明のはうに、いつも陽物のはうに向いてゐるのだ。

男と女の性を兼ね備えた、両性具有の天使にして獰猛な野獣。おそらく、凶暴なスウェーデンボルグの天使となったジュネの面影のなかに、『豊饒の海』の転生者たちの原型がある。『天人五衰』の主人公・安永透もまた自身のなかに「少女」を見出していたからだ——「時折鏡を見て、自分の微笑の漂いをよく調べると、鏡にさしかかる光りの加減で、少女の微笑に似ていると感じられることがあった」。さらにこのジュネ論は三島文学の底流をなす「男色」の本質を、正面から率直に語り尽くしたものでもある。ジュネ＝三島にとって「男色」とは世界認識のための一つの方法であり、想像力によって現実を転覆させるための重要な手段だった（ジュネ論の検討をはじめ、三島の単性生殖願望については、田中美代子『三島由紀夫　神の影法師』〔新潮社、二〇〇六年〕が詳しい。その他の点についても、数々参照している）。ジュネの「男色」は最晩年の三島が「『豊饒の海』創作ノート」に書きつけた「アーラヤ識」と別のものではない。三島はジュネ論をこう続けてゆく——。

ジュネの男色は象徴的なものである。「泥棒日記」に描かれた恋愛は、精神と肉体との間に、人間の相異なるタイプの間に生ずる恋愛で、それは万有引力とひとしく、性別を超越してゐる。スエーデンボルグの「天使の結婚」では天使といふ同一個体のなかでかかる結合が行はれるが、愛する男と相擁してゐる間のジュネは、天使の結婚に似たものを成就する。スティリターノの肉体的属性は、実はすべて「私」の創造の作用であつて、スティリターノは実在しないのだ。ここでは精神が肉体を創造するところの創造作用がたまたま性慾の形であらはれ、かくして二つのタイプは、一方は幻影の放射により、一方は幻影の賦与により、しかも決して相犯すことなく、一個の形而上的結合を成就する。

ここに書かれているスティリターノに松枝清顕を、飯沼勲を、月光姫（ジン・ジャン）を、安永透を当てはめてみればよい。そのとき、世界の認識者・本多繁邦はジュネの「私」として、また三島自身の「私」として立ち顕れてくるだろう。幻影を放射するものと幻影を賦与するものが同一であること。つまり行為者にして表現者、裁かれる者であり裁く者、死刑囚であり死刑執行人であること。それは、『奔馬』の終末近く、牢獄に囚われの身となった飯沼勲が、そうなることを夢見た境地でもあった。三島は『豊饒の海』四部作で、創造作用の根源にある「私」を一つの宇宙にまで拡大し、さらにその「私」を海のアナーキーに、夏の庭の空虚に解体してしまった。荒れ狂う海にして静寂に満ちた空虚。それが三島にとっての「アーラヤ識」であった。そして「アーラヤ識」の相反する二つの側面をつかさどる者、海のアナーキーを発動し、その運動を夏の庭の空虚にまで導き、消滅させてしまう者。それこそが三島にとっての天使だった。「アーラヤ識」は天使によって発動され、天使によって消滅する。

『天人五衰』の冒頭近く、偽の天使である安永透が見渡す海――「海、名のないもの、地中海であれ、日本海であれ、目前の駿河《するが》湾であれ、海としか名付けようのないもので辛うじて統括されながら、決してその名に服しない、この無名の、この豊かな、絶対の無政府主義《アナーキー》」。そして『天人五衰』を完結させ、三島由紀夫の生涯にも終止符を打たせたあのあまりにも名高い、月修寺の夏の庭を描いた末尾の一節――。

これと云って奇巧のない、閑雅な、明るくひらいた御庭である。数珠《じゆず》を繰るような蟬の声がここを領している。

そのほかには何一つ音とてなく、寂寞《じやくまく》を極めている。この庭には何もない。記憶もなければ何もないところへ、自分は来てしまったと本多は思った。

庭は夏の日ざかりの日を浴びてしんとしている。……

三島が『豊饒の海』四部作を通じてたどり着いた夏の庭、「記憶もなければ何もないところ」。おそらく、その空虚な場こそが三島文学の到達点であるとともに一つの起源でもある。そう喝破したのは、「三島さんと唯識説」を書いた松山俊太郎である（『綺想礼讃』所収、国書刊行会、二〇一〇年――松山こそ、晩年の三島に、狂人にならなければ唯識論など理解できないと説いた伝説の「若い仏教学者」その人である）。松山は『天人五衰』の末尾、蟬の声が鳴り響いた夏の庭こそ、時を超えた不定の場所であると同時に、ある特定の日付が刻み込まれた限定された場所であるとも説く。三島にとってゼロでありすべてでもあった特別の日、昭和二十年八月十五日であると。『金閣寺』の主人公も、この日、「この日」に永遠の呪詛が込められたような蟬の声を聴く――「……そうだ。まわりの山々の蟬《せみ》の声にも、終戦の日に、私はこの呪詛《じゅそ》のような永遠を聴いた」。

本多繁邦の前に現れた松枝清顕が、飯沼勲が、月光姫（ジン・ジャン）が、なぜ二十歳で死ななければならなかったのか。それは昭和二十年八月十五日に三島由紀夫が二十歳だったからだ。大正十四年（一九二五）に生まれた三島は満年齢がちょうど昭和の年号と等しくなる。三島由紀夫の二十年は昭和の二十年でもあった。そしてこのとき、昭和二十年八月十五日、軍隊で名誉の戦死を遂げることも（「入隊検査を受けるが、肺浸潤と診断され即日帰郷となる」――井上隆史『豊饒なる仮面　三島由紀夫』〔新典社、二〇〇九年〕に付された年譜より、井上のこの書物は三島が読み込んだ唯識関係の参考資料についても詳しく論じている）、また潔く自決することも妨げられてしまった、あるいは自ら現実に踏みとどまってしまった三島由紀夫の分身、身代わりとして、松枝清顕も、飯沼勲も、月光姫（ジン・ジャン）も、人生で最も美しい二十歳の時に、想像力で生み出された別世界で死ななければならなかったのだ。

松山俊太郎はこう述べている――「終戦の日、三島さんは、二十歳であられた。この日は全国的に晴天であったから、三島さんも、どこかで〈蟬の声〉を聴かれ、それは、外界の澄み切った明るさ、周囲の静寂の中で、〈空虚〉そのもの、時間も空間もともに無化するものとなったに違いない」。だからこそ、それから二十五年が過ぎ、自分にとってあるべきもう一つの理想の生涯を四度まで反復した三島由紀夫は、その物語を真に完結するために、その時から引き延ばされてきた「自決」を、作品そのものと化した自らの肉体を使って執り行わなければならなかったのだ。時間の流れを止め（「時を止める」――『豊饒の海』においてさまざまな登場人物によって繰り返しつぶやかれる言葉でもある）、時間そのものを乗り越えるために。三島由紀夫が残した最上の作品のいずれもがそうであるように、特にこの『豊饒の海』四部作は濃厚に、三島自身の二十歳までの体験と知識を、現実と見分けがつかないような虚構（フィクション）として反復するという特徴をもっている。

当然のことながら、スウェーデンボルグの『天界と地獄』の、三島における起源もその時代に位置づけられる。昭和二十一年九月十三日という日付をもった川端康成に宛てたはがきのなかで、二十一歳の三島由紀夫はこう記している。「神田の古本屋を歩きまはり、六年来探してゐた、スウェーデンボルグの「天国と地獄」をみつけて有頂天になりました」(『川端康成・三島由紀夫 往復書簡』新潮文庫)と。三島由紀夫は十代の半ば、学習院の中等科に在学していたころ、スウェーデンボルグの『天界と地獄』とはじめて出会ったのだ。

昭和十六年九月八日という日付をもった東 健《あずまたかし》(筆名・文彦)に宛てた手紙のなかで三島はこう述べている(『決定版全集』三十八巻収録)。「この間友達に借りてチェザレ・ロムブロオゾオの天才論をよみました。とにかく呆れ返つたものです。(キチガヒ論なのです)」と。ロンブローゾは典型的な天才=狂人の一人としてスウェーデンボルグを取り上げている。おそらくこの前後の頃に『豊饒の海』の、さらには三島由紀夫という一人の作家の全文業におよぶ表現の起源が存在している――『花ざかりの森』を『文芸文化』に連載し、「三島由紀夫」という筆名をはじめて用いたのもこの年のことだった。

三島はさらに『ポオ全集』を読み、年長の一人の文学者を熱烈に称揚する。やはりスウェーデンボルグ神学を骨格とした谷崎潤一郎の「ハッサン・カンの妖術」を何度も自分の手で書き直し、エドガー・アラン・ポーから発する流れと平田篤胤から発する流れを一つに結び合わせた稲垣足穂である。同じく東健に向けてこう書いている――「稲垣足穂《たるほ》の「山風蠱《さんぷうこ》」をよみ、貴下が、宮沢賢治や牧野信一に対してお感じになるのと同じやうな気持で、ああ、こんなハイカラな破天荒な夢をどうにかして書いてみたいものだと思はずにはゐられません」。三島由紀夫は稲垣足穂のような作品世界、「迷宮と宇宙」が一つに重なり合う作品世界を自分なりに確立することを目指していたのだ。その完成が『豊饒の海』四部作だとすれば、そのはじまりは一体どこにあるのか。もちろん『花ざかりの森』は正真正銘、作家としての三島由紀夫の起源である。しかし、スウェーデンボルグの神学＝宇宙論と密接に結びついた『豊饒の海』に直接連なる作品は『花ざかりの森』ではない。それでは何なのか。

それが、本多繁邦の前にはじめてその姿を現したとき、松枝清顕、飯沼勲、月光姫（ジン・ジャン）が十八歳であったように（清顕と繁邦は幼なじみであるが、『春の雪』は二人が十八歳のときからはじまる）、三島由紀夫が十八歳のときに書き上げ、林富士馬に贈った「イカモノ」（まがいものにして「贋物」）――昭和十八年十月一日付の清水文雄宛のはがき）の作品、「曼陀羅《まんだら》物語」である。『豊饒の海』の起源に位置するスウェーデンボルグの『天界と地獄』と「曼陀羅物語」。私は、三島のスウェーデンボルグの背後には鈴木大拙の営為を、そしてこの「曼陀羅物語」の背後には折口信夫の営為、特に『死者の書』の存在を透かし見ることが可能であると思う。換言すれば、三島由紀夫の『豊饒の海』の起源には、鈴木大拙と折口信夫の交錯があったと考えているのである。

2　曼陀羅の物語

昭和二十一年の段階で三島由紀夫が手に入れることが可能だったスウェーデンボルグの『天界と地獄』の邦訳書は、明治四十三年（一九一〇）に刊行された鈴木大拙訳、昭和五年（一九三〇）に刊行された河原萬吉訳、昭和十三年（一九三八）に刊行された土居米造訳の三種である。河原は天理教徒であったと言われ、三島と同じようにロンブローゾの『天才論』その他からスウェーデンボルグに興味をもったと伝えられている。土居は日本に創設されたスウェーデンボルグ神学にもとづいた「東京新教会」の最初の牧師である（以上の情報は日本スウェーデンボルグ協会ＪＳＡ編『スウェーデンボルグを読み解く』春風社、二〇〇七年より）。

このなかで、三島の蔵書目録で確認できるのは河原のものだけである。ただ、いずれにせよ、戦前において、特に大正期の前半、スウェーデンボルグの他の著作の翻訳および入門書を精力的に発表し続けていたのは鈴木大拙であった（スウェーデンボルグ思想単独のものもあり、スウェーデンボルグ神学を「西洋禅」と捉え直した禅学入門もある）。しかも、スウェーデンボルグ思想の紹介につとめていた明治末年から大正九年まで、大拙は、後に三島が学んだ学習院に奉職していた——明治四十二年に英語科講師、翌四十三年には英語科教授に就任、さらに明治四十五年つまりは大正元年にはその身分のままロンドンのスウェーデンボルグ協会に招請されている。当時学習院は中等科と高等科が中心だったので大拙も中学生に英語を教えていた。『春の雪』の清顕と繁邦がもし実在したとするなら、大拙から英語とスウェーデンボルグ神学を学んでいたわけである。大拙が学習院から京都の大谷大学に移るのが大正十年(一九二一)、三島が学習院初等科に入学するのが昭和六年(一九三一)であるので、その間十年のタイム・ラグは存在するが、東西の神秘主義思想を大胆にも「禅」のもとで一つにつなげようとした大拙の影響は、三島が入学した前後いまだ学習院のなかに残っていたと思われる。大拙も三島も「輔仁会雑誌」の熱心な寄稿者であった。

また次の事実はまったくの偶然であろうが、『豊饒の海』四部作の根幹に据えられた唯識思想、特に難解をもって知られる無着《むじゃく》の『摂《しょう》大乗論』を読み解いていく際、三島が助力を求めた「大谷大学の山口益《すすむ》博士」(「『豊饒の海』について」『決定版全集』三十五巻)とは、大拙が大谷大学に移って以来の高弟であり、昭和四十一年(一九六六)に九十六歳で大拙が死去すると、その後、全集をまとめるにあたって編纂の中心を担った人物である。もし三島が大拙に拠ってスウェーデンボルグ読解をはじめたとするならば、インドラの網のように張り巡らされた偶然の因果によって『豊饒の海』はかたちになっていったのだ。

なによりも大正期の大拙は、スウェーデンボルグ神学と大乗仏教の理念を一つにつなげようとしていた。大拙が十年におよぶアメリカ滞在を切り上げて帰国する際、英文で書き上げられたのが

『大乗仏教概論』である（初版刊行は明治四十年［一九〇七］、佐々木閑による邦訳は二〇〇四年、岩波書店より刊行――現在は岩波文庫）。この書物のなかで大拙が述べているのは、大乗仏教全体を一元的に理解することは可能であり、その際、大乗仏教という教えの中心に位置するのが「真如」という概念であるということである。さらに、その「真如」は「如来蔵とアーラヤ識」と言い換えることができる、とも（第五章、第六章）。アメリカで最後に刊行した英文の著作がこの『大乗仏教概論』であるとすれば、日本に帰国した大拙が真っ先に日本語として世に問うた著作が、先述したスウェーデンボルグの『天界と地獄』であった（英語からの重訳）。『豊饒の海』四部作の基本構造であるスウェーデンボルグの「天使」――大拙は「天人」という訳語を与えている――と大乗仏教の「アーラヤ識」は、三島が自決するちょうど六十年前に、大拙の手で一つに結び合わされていたのだ。

ただし、三島が依拠している唯識思想（無着にはじまり世親《せしん》で完成される瑜伽《ゆが》唯識）と大拙が依拠している如来蔵思想では、アラヤ識理解に大きな差異が存在する。如来蔵思想は、唯識派の「アーラヤ識」存在論と激越な論争を繰り広げた龍樹《りゅうじゅ》に端を発する中観派の「空《くう》」を一つに総合したものであるからだ。大拙の時代には如来蔵思想から唯識派と中観派が分立したと考えられていたが（だから大拙は大乗仏教の根本を如来蔵＝「アーラヤ識」と考えたのである）、事実は逆である。唯識と中観の反発と相互浸透を経て、「空」として存在する「アーラヤ識」という如来蔵思想が成立したのだ。その過程を最もコンパクトにまとめた書物が、三島の唯識思想の師であった山口益による『般若思想史』（法蔵館、一九五一年）である。
三島の唯識もまた、そのような総合的なアラヤ識理解の上で考えていった方が良いだろう。『天人五衰』冒頭のアナーキーな「海」は、末尾において寂寞たる「空」の庭と合一するのだから……。そして『大乗仏教概論』の時代の大拙は「空」を体得することによって、宇宙という真理＝真如を全体として理解することが可能であると説いていた。そのとき、「宇宙は一元的にして汎神論的体系（monisticopantheistic 一即多）となる」。一なるものから無限の多が生まれ、無限の多は同時に永遠の一となる。この一即多の宇宙を孕む存在の子宮が「如来蔵」（如来の子宮）と呼ばれ、「如来蔵」はあらゆる人間に、あるいは森羅万象に「アーラヤ識」として孕まれているのだ。宇宙は人間を孕み、人間は宇宙を孕んでいる。「アーラヤ識」から立ち上がる現象世界は、「果てしない大海で永遠にうねり続ける波である」。大拙はこのような「アーラヤ識」と現象世界の関係を過不足なく説明するために『入楞伽経《にゅうりょうがきょう》』（『楞伽経』とも）から一節を引く――なお『楞伽経』は『暁の寺』執筆の際、三島も批判的に参照している経典である。

たとえば暴風によって猛り立ち、
絶え間なく断崖絶壁に打ち寄せる
大海の波浪の如く

アーラヤ識においてもまた、
対象の風によって巻き起こる
あらゆる種類の識の波が
沸きのぼり、逆巻いている。

宇宙の根源と意識の根源は一つに重なり合う（如来蔵＝アーラヤ識）。世界がはじまり世界が終わるその場においては、一なるものと多なるものの間の区別もなくなり、一は多となり、多は一になる。果てしのない海とその表面に生まれる無限の多様性をもった波のように……。大拙が大乗仏教というアジアの宗教思想から抽出してきたそのような一即多のヴィジョンを、気高い精神性をもち、仮死状態に近づいた人間の心の内奥にひらかれる、巨大な太陽とそこから生じる無数の度合をもった光という、ヨーロッパのキリスト教思想の極限として描き出したのがスウェーデンボルグの『天界と地獄』であった。スウェーデンボルグによれば、天界（天国）とは人間の「外」に独立して存在するものではなく、人間の心の「内」に内在しているのである。そして内界と外界は無関係ではなく、「照応」（コレスポンダンス）の関係に置かれている。スウェーデンボルグにおいても宇宙の根源と意識の根源は一つに重なり合う。そしてスウェーデンボルグは両者が一つに重なり合う中心に、霊的な光に輝き、燃え上がる巨大な太陽（日輪）を見た。

大拙自身の翻訳を借りていこう(『全集』二十三巻)。主(神)は内在的な天界に、霊的な太陽として現れる。「主は天界の太陽にして、一切、主よりするものは、主に向はざるはなきが故に、主は普遍的中心点」となる。天界に存在するあらゆるものは、すべてこの一個の光り輝く巨人、巨大な太陽としての主に由来する。「全天界を統一して、之を見るときは、一個の人に類する」。しかしその「一」は全体と部分、さまざまな光の度合いをもって存在する無数の天人たちを天界に生み落とす。主を取り巻いて存在する無数の天人、「光明の天人」(あらためて三島が残した創作ノートを見直していただきたい、これほど類似した語彙が無関係に生じたとは考えにくい)たちは集団をなして存在している。一なる太陽から無数の光線が発するように、「天界全般は総体的に、各団は分体的に、又各天人は個個に、主の面影を」有しながら存在している。だからこそ「天人は亦一個の天界」でもあるのだ。天人たちは天界の和合として聖なる婚姻を遂げている。その婚姻からは善と真とが生殖によって生み落とされる。「天界にては一双の夫婦を両個の天人となさずして一個の天人となす」。

そして十八歳の三島由紀夫は、「アーラヤ識」の海のように、また「天界」の太陽のように、一が多になり多が一になる流動する世界の有様を「曼陀羅」として描き出す。「輔仁会雑誌」の昭和十八年十二月二十五日号に発表された寓話的なメルヘン、「曼陀羅物語」である(『決定版全集』十六巻収録)。三島は、平岡公威《きみたけ》という本名で発表された物語の結論部分を「三島由紀夫」という筆名で、まったく逆のかたちに訂正し、しかし初出誌以降、生前はいかなる書物にも再録することをしなかった。物語は次のようにはじまる――「むかしあるところに仏教の栄えてゐる王国があつた。王様の誕生日が近づくと、宮殿からはおふれが出された。曼陀羅を織れ、愛する民よ。戸毎に曼陀羅の極楽図を織れ、それを王の誕生日の祝ひにささげよ」。

王国のあらゆるところで曼陀羅の極楽図が織られていった。王国を遍歴した王は、この眼に見える現実世界を超えた彼方の別世界に想いを馳せながらも、王国に住する無数の民らが織り上げた無数の曼陀羅の完成に立ち会う。しかし……。「おお、どうしたことだらう。王さまはたとへやうもないほどびつくりなすつた。侍《はべ》つてゐた家来たちも、幾万のひとびともびつくりした。一人一人の曼陀羅は寸分のちがひもなかつたのである」。

この地点から、平岡公威の名前で初出誌に掲載された物語の結論部分と三島由紀夫の名前で訂正された物語の結論部分は正反対の姿をまとう。まずは平岡公威によるバージョン――。

幾万のひとびともびつくりして声もなかつた。なんとしたことだ、曼陀羅は一人一人が寸分もちがつてゐないのだ。千人万人、だれひとりちがつた人とてゐないのだ。一人の曼陀羅は一人のと、露ほども、無憂樹《むうじゅ》の花からおちるただの露ほどもことならない。私のも、おまへのも、人々はおどろいて指さした。指さしながら、いつしかふしぎなおもひがあふれそめた。ああ、午前、百千《ももち》の曼陀羅は一つだつた、一つの曼陀羅は百千であつた。なぜだらう、さう問ふさへもおろかしい、夢のなかの夢である、現《うつつ》のなかの現なのだ。王さまの頬には涙がながれた、涙はことごとく真珠になつた。日はおだやかに照つてゐた。風は森から起つてきた。……

三島由紀夫によるバージョンは先ほどの引用箇所から直接こう続く――。

この物語には悲しむべき結末がある。

「……一人一人の曼陀羅は寸分のちがひもなかつたのである。――そして、この日からこの国の平和は失はれた。顔を見合はすたびに、人々は屈辱と憤怒の発作におそはれた。――そして、昨日、王さまは弑《しい》せられた」

平岡公威の「曼陀羅物語」では、一即多の曼陀羅がそれ自体善なるものとして、世界に無数の力を付与し、秩序を与えるものとして肯定されていた。三島由紀夫の「曼陀羅物語」では、一即多の曼陀羅はそれ自体悪なるものとして、世界に無数の「贋物」を生み出し、混沌をもたらすものとして否定された。「曼陀羅物語」における二つの結末の差異は、ほとんどそのまま、いまだその名前が未定だった「創作ノート」に記された『豊饒の海』第四巻の物語の結末と、『天人五衰』と題されて完結した物語の結末との間の差異と等しい。「創作ノート」では、「本多の種子《しゅうじ》たるアラヤ識」

の化身、天使のような少年は「光明の空」へと船出する。『天人五衰』で本多の息子となった安永透は転生によって自意識を打ち砕かれ、物事を認識する視力を失い、暗闇のなか、「贋物」の天使である堕天使として、夭折することも許されず、動物のような生を送る。光の天使と闇の堕天使。三島由紀夫の最後の作品『天人五衰』に生じた物語世界の分裂は、すでに「曼陀羅物語」の段階で三島のなかに胚胎されたものだった――『決定版全集』に三島による改訂前の初出型が公表される以前から「曼陀羅物語」の結末の違いに注目し、「「豊饒の海」を読む上でも欠かせない作品である」と注意をうながしていたのが中澤明日香の研究報告「三島由紀夫「曼陀羅物語」の本文について」(『国文白百合』第三十一号所収)である。そこから多くの示唆を受けている。

おそらく三島由紀夫はそのことに意識的だった。なぜなら、『天人五衰』のクライマックス、老いさらばえた本多に社会的な破滅をもたらす九月の事件、「覗き」の最中、三島由紀夫は本多を作品世界に突如出現した曼陀羅のなかに立たせるからだ。「色情のかげもないこの整々たる広場に佇《たたず》んで、本多はふと、自分が胎蔵界曼荼羅《まんだら》の只中に立っているような心地がした」。覗く側も覗かれる側も、色情に取り憑かれた「俳優」たちも「観客」たちも皆、「曼荼羅」のなかではすべてが慈悲深い仏たちへと変容する。

金色燦然《こんじきさんぜん》たる曼荼羅の、ぎっしりと幾何学的に居並んだ仏たちの配置を、この暗い森に囲まれたシンメトリカルな広場に移してみると、玉砂利の空白も、鋪《ほ》道の空虚もたちまち充たされて、いたるところに慈悲に充ちた顔がひしめき、昼の光りに突然まばゆく照らし出されるような心地がした。諸尊二百九尊、外金剛部二百五尊の、おびただしい顔が森のおもてにあらわれ、地は赫奕《かくやく》とかがやいた。……

この「曼荼羅」のなかで本多は取り押さえられ、「覗き」は社会に公表される。神聖なる曼陀羅が俗悪なる現実に転換する。

しかし、「曼陀羅物語」は三島由紀夫の文学的な想像力の源泉についてもっと多くのことを語ってくれるはずだ。「曼陀羅物語」とは三島由紀夫にとって結局のところどのような意味をもった小説だったのか。現実と虚構を、一と多を通底させる曼陀羅は、なぜその意味を正反対に変えなければならなかったのか。平岡公威版の「曼陀羅物語」を読んだ者なら誰もが、ちょうど同じ時期に単行本が刊行された、一人の民俗学者が生涯で唯一完成することのできた特異な小説と、その構造、その結末が、偶然の一致とは考えられないほどよく似ていることに気がつくだろう。折口信夫＝釈迢空の『死者の書』である。折口の『死者の書』もまた一人の少女が曼陀羅（蓮糸曼陀羅）で極楽図を織り上げる物語だった。そして物語の最後、少女が織り上げた曼陀羅から、一であるとともに多である光の「俤びと」が浮かび上がってくるのである。物語を閉じる末尾の情景――。

姫の俤びとに貸す為の衣に描いた絵様《ヱヤウ》は、そのまゝ曼陀羅の相《スガタ》を具へて居たにしても、姫はその中に、唯一人の色身《シキシン》の幻を描いたに過ぎなかつた。併し、残された刀自・若人たちの、うち瞻《マモ》る画面には、見る〳〵、数千地涌《スセンヂユ》の菩薩の姿が、浮き出て来た。其は、幾人の人々が、同時に見た、白日夢《ハクジツム》のたぐひかも知れぬ。

平岡公威が「曼陀羅物語」の末尾に記した脱稿日は昭和十八年九月二十四日、釈迢空の『死者の書』初版の奥付に記された発行日は昭和十八年九月三十日である。まさに両者の間に偶然の一致、シンクロニシティが生じている。三島由紀夫がもし『死者の書』を読むことができたとすれば、雑誌『日本評論』の昭和十四年一月号から三月号にかけて連載された初稿版（結論部分に大きな相違はない）となる。果たしてそのようなことは可能なのだろうか。もし可能であるとすれば、折口信夫の作品を読んだことから「曼陀羅物語」が生み出されたと推定することができる。その事実は『豊饒の海』四部作の起源ばかりでなく、『豊饒の海』の前半二巻から後半二巻への変化を説明してくれる特権的な作品、ちょうど『奔馬』が完結し『暁の寺』が書きはじめられる頃に発表された「文化防衛論」（一九六八年）に秘められた謎さえも解き明かしてくれるだろう。

3　文化防衛論

三島由紀夫は折口信夫に対して、奇妙に両義的な態度をとり続けている。たとえば発表を意図した日記のなかに、「私はどういふものか、このごろ南方熊楠《みなかたくまぐす》や折口信夫に夢中だ」（昭和三十四年一月二十五日──『裸体と衣裳』より）という一節を記すかと思えば、没後奇跡的な早さで刊行された『折口信夫全集』の月報に、「折口信夫氏の思ひ出」（『決定版全集』二十九巻に収録）として次のような謎に満ちた一節を記す──。

古代の語部《かたりべ》といふものには何らかの肉体的宿命があつたらしいが、先生も明らかにそれと同種の暗い肉体的宿命を負つてゐられた。それが何であつたかは知らないし、又詮索すべきことでもなからう。しかし学者としての余分な官能性を、いつもその宿命がチクチクと刺戟し、それによつて先生の芸術的労作が生れ、又、学問の労作にもたえず官能性が影を落してゐたことだけは、おそらく確かな事実である。

三島はさらにこう続ける──「先生のやうに永い、暗い、怖ろしい生存の恐怖に耐へた顔、そのために苔が生え、失礼なたとへだが化物のやうになつた顔の、抒情的な悲しみといふものを私は信じる」と。後に三島はここに記された折口の「化物のやうになつた顔」や「暗い肉体的宿命」をより誇張したかたちで、誰もが折口をモデルにしていると分かる小説「三熊野詣《みくまのもうで》」を書き上げ、『新潮』の昭和四十年一月号に発表するだろう。同じ雑誌に、以降五年に及ぶ長期連載として『豊饒の海』第一巻『春の雪』がスタートするのは九月号からである。つまり三島は折口信夫を作品のなかで処罰する、もっと強くいえば作品のなかでいったん殺してから、『豊饒の海』をはじめたのである。一体なぜなのか。これまではただ単に折口信夫をモデルとした作品としてしか理解されてこなかった「三熊野詣」とは、実は当時の三島が折口に仮託したかたちで描いた、自画像なのではないか、と述べているのは『豊饒なる仮面　三島由紀夫』の著者の井上隆史である。

井上は言う――三島は「三熊野詣」で、「折口信夫（作中では藤宮先生）に託して、醜悪さと虚無に犯されながらも仮面を被り続けようとする姿を、またそうしなければ生を維持できない焦燥感を描いたが、これは当時の三島の自画像と言ってよい」と。卓見であると思う。「三熊野詣」の折口信夫は、『暁の寺』や『天人五衰』において醜く老い果てる本多繁邦を先取りするものであるとともに、三島自身の現在の姿でもあったのだ。つまりここに至って三島由紀夫は折口信夫と一体化し、作品のなかで自分自身を処罰し、殺す必要があったのである。三島由紀夫による折口信夫殺し。それは本当に、このときがはじめてのことだったのだろうか。「曼陀羅物語」で、既に最初の折口殺しが行われていたのではないだろうか。釈迢空の『死者の書』を模倣して「曼陀羅物語」を書き上げた平岡公威を三島由紀夫として処罰するために。だからこそ「曼陀羅物語」の結末は正反対に書き直され、以降二度と、自身の書物に再録されることはなかったのではないか。

果たして、十八歳の三島由紀夫を折口信夫につなげる線は存在していたのであろうか。直接的な確証は一つとして存在しない。しかし間接的にはいくつかの線の存在を推定することは可能であると思う。まずは「曼陀羅物語」が捧げられている林富士馬から延びる線である。林富士馬は当時すでに折口の高弟であった池田彌三郎と中学の同級生であり、その周囲にはつねに折口からの強い影響を受けた者がいたという。林富士馬自身の証言を引いておこう――。

「若いときの文学仲間に、慶応義塾大学に行っていた池田弥三郎と、国学院大学に行っていた山川弘臣、牧田益男などがいて〔…〕、彼らは猛烈に折口信夫、釈迢空に心酔し、且つ、「鳥船」歌会に属し、直接に、その指導を受けていたので、私も亦、比較的若いときから、釈迢空の文学に馴染んではいた」(『林富士馬評論文学全集』勉誠社、一九九五年)。

さらには三島に『花ざかりの森』を書かせ、林富士馬を紹介した『文芸文化』の創刊者にして主宰者である蓮田善明から延びる線もある。蓮田は折口と同様、「国学」の復活を旗印に掲げる国文学者だった。そして折口学の成果を最大限に評価し、自身の新たな「国学」の指針とさえしていた。三島が『花ざかりの森』を『文芸文化』に連載した昭和十六年(一九四一)、蓮田は『預言と回想』

という書物を刊行する。その「六」には次のような一節があった（以下、引用は『蓮田善明全集』島津書房、一九八九年より）――。

> 古代日本人は「生み」を唯単に自然的現実的事実として考へてゐたのでなく、「生み」の神秘――新しい生命の生成される――の一点を中心に、注目すべき構想をもつてゐた。此の構想を探究し来つてゐるのは哲学者でもなく神話学者でもなく、民俗学者である。（柳田国男氏「桃太郎の誕生」折口信夫博士「古代研究」等）われわれはそこに日本文化日本歴史の秘鍵を数へることができるやうに思ふ。

日本文化、日本歴史の神秘を探るための「秘鍵」が民俗学だというのだ。蓮田はさらに折口信夫の霊魂論の内容に沿いながら自身の論を進め、「生み」の神秘を最も体現するものこそが皇室の祭儀であり、そのなかでも特に「大嘗祭」に、天皇祭儀の本質が露呈されていると述べる――。

> この「生み」の過程は併し出産の場合のみに考へられたのでなく、年毎に人間の魂は衰頽して又新たに振り起される。それは慣習としての祭式として新嘗祭や鎮魂祭として行はれ、宮中にも民間にも行はれたのである。又皇統についてもこの祭式を以て先帝の御たまは今帝に新生

される、それが大嘗祭儀に今に伝へられてゐるといふ。(折口博士「大嘗祭の本義」)これが「つぎ」である。されば日本に於ては、天皇のみたまは皇祖皇宗のみたまが次々と嗣がれ新にされて今日に、又永久に嗣がれて行くのである。

蓮田は『預言と回想』のなかでさらに西田幾多郎や田辺元の哲学さえ超時間的な天皇論に融合しようとする。まさに時間にアンチを突きつけ、時間を乗り越えてゆく、天皇を主体とした革命の論理が形作られようとしていたのだ。間違いなく、この後、一九六八年という新たな動乱の時代に三島が突如主張することになる、天皇を中核に据えた革命理論、「文化防衛論」の原型がここにある。しかも「文化防衛論」とは、『豊饒の海』四部作の執筆が進み、形式においても内容においても『豊饒の海』が変貌する過程で起こった出来事を最もあからさまに、なおかつ最も明確に語ってくれる特権的な資料なのである。三島もまた、十代のときの師であった蓮田が意図していたように、「文化防衛論」において、自身の分身である折口信夫の民俗学と西田幾多郎の哲学を一つに融合し、直線的な時間の進行に抗う、円環的・反復的な時間の論理を打ち立てようとする。繰り返し破壊されては再構築される伊勢神宮、起源と現在を一つに重ね合わせる天皇として――「文化防衛論」のなかには折口の名前も西田の名前も出てこないが、折口の弟子の西角井正慶と、西田の弟子の和辻哲郎(和辻を西田の弟子とすることには異論もあるだろうが、私の理解ではそうなる)の著作が、主要な参照文献として言及されている。

「文化防衛論」こそ『豊饒の海』四部作の主題となる「転生」の時空を論理化するための原理であった。ニーチェの永劫回帰にも似た、天皇を文化の中心に据え、時間を消滅させ、この現実世界を、無時間的で永遠の「夢」の時空から転覆させてしまうこと。現実のなかに夢が溢れ出てくる。そこではもはや現実と虚構、オリジナルとコピーの間に区別をつけることができなくなる。「文化防衛論」(『決定版全集』三十五巻収録)で三島はこう述べている——「日本文化は、本来オリジナルとコピーの弁別を持たぬ」、「このような文化概念の特質は、各代の天皇が、正に天皇その方であって、天照大神とオリジナルとコピーの関係にはないところの天皇制の特質と見合っている」。

すなわち——。

このような文化概念としての天皇制は、文化の全体性の二要件を充たし、時間的連続性が祭祀につながると共に、空間的連続性は時には政治的無秩序をさえ容認するにいたることは、あたかも最深のエロティシズムが、一方では古来の神権政治に、他方ではアナーキズムに接着するのと照応している。

時間と空間が、古代と現代が矛盾しつつも一つに融合し、そこから権力を構築する源泉でありながら、権力を根底から解体してしまうようなアナーキーな力が解き放たれる。「海」にして「空」。構築にして破壊の力は、なによりも言葉という形式（フォルム）に宿る。そして「文化防衛論」執筆の時点で、『豊饒の海』に一つの断層が生じる。一九六八年、三島は『豊饒の海』の前半から後半に跳躍しようとしていた。三島は、『新潮』の八月号で第二巻『奔馬』を完結させ、翌九月号から第三巻『暁の寺』の連載をはじめる。『奔馬』から『暁の寺』へ。『豊饒の海』はこのときから、古典的で安定した物語構造をもった近代的な小説（『春の雪』と『奔馬』）から、高貴と俗悪、オリジナルとコピーの区別が消滅してしまった小説ならざる小説、物語構造それ自体を白壊させてしまうような現代の反‐小説《アンチ‐ロマン》（『暁の寺』と『天人五衰』）となったのである。秩序と無秩序、権力とアナーキーといった「文化防衛論」に描き出された二重性をもった文化概念としての「天皇」のように……。

*

結局のところ三島由紀夫にとって『豊饒の海』四部作とは何だったのか。三島が『豊饒の海』に取りかかるきっかけとなった、やはり学習院時代の恩師、三島に国文法を教授してくれた松尾聰が校注を担当した『浜松中納言物語』が岩波書店刊の日本古典文学大系の一冊に収録される際に、月報に寄せた文章「夢と人生」（『決定版全集』三十三巻に収録）から言葉を借りれば、『豊饒の海』とは、十八歳の三島が書き上げた「曼陀羅物語」の曼陀羅のような、ただ「夢」を素材として織り上げられた、一つでありながらもそのなかに無数の潜在的な変化の可能性を秘めた「織物」(テクスト)であった。王朝の散逸してしまった物語の廃墟から、あらためて現代によみがえらせられた、それ自体が「小さな美しい廃墟の数々」。二流であるかもしれない、さらにはその「異国趣味と夢幻の趣味」によって文学の力を失わせるものかもしれないが、文学に一種の色香を添えるもの。

三島にとって、そのような夢を見ることができたのは戦争の終結を迎えるまで、つまり二十歳の年までだった。戦後の荒涼たる「廃墟」のなか、ただ自身の黄金時代の夢の破片だけを頼りに、表現の非現実的な大伽藍を築き上げ、現実の秩序をそっくりそのままひっくり返してしまうこと。夢による現実の転覆、夢による革命。『浜松中納言物語』とはそのような作品であり、『豊饒の海』四部作もまた、そのような作品だった。だから、『浜松中納言物語』とは、『豊饒の海』とは、「もし夢が現実に先行するものならば、われわれが現実と呼ぶもののはうが不確定であり、恒久不変の現実といふものが存在しないならば、転生《てんしやう》のはうが自然である、と云つた考へ方で貫ぬかれてゐる」のである。

現実が稀薄に見え出し、夢が氾濫してくる。『豊饒の海』四部作はそのような時代に、「迷宮と宇宙」の文学的系譜における一つの頂点として形作られ、その系譜を途絶えさせてしまうほどの力をもった作品であった。三島由紀夫が織り上げた夢の織物、夢の廃墟のなかから、新しい作品をどのように立ち上げていったら良いのか。それは三島以降の表現者のすべてに投げかけられた問いである。いまだ誰もその問いに、充分応えられていない。

未生の卵——澁澤龍彦『高丘親王航海記』の彼方へ

1　冒険小説の変貌

エドガー・アラン・ポーは『ナンタケット島出身のアーサー・ゴードン・ピムの物語』（以下『アーサー・ゴードン・ピム』と省略、引用は創元推理文庫版『ポオ小説全集』の大西尹明訳より）という生涯で唯一かたちにすることができた、おそらくはそこから発展する余地を後世に充分過ぎるほど残した未完成の長篇によって、伝統的な空想旅行記の系譜に直接つながる近代的な冒険小説という表現のジャンルを、言葉の真の意味で創出してしまった。ポー以前に、冒険小説は存在していない。そしてポーの冒険小説——あるいは怪奇小説、さらにはポーの営為全体と言い換えても良い——は、この後、フランスにおいて、二つのお互い相容れない方向に分かれていく。ボードレール、マラルメに受け継がれた「純粋詩」の方向と、ジュール・ヴェルヌ（一八二八—一九〇五）に受け継がれた

「科学小説」の方向である。

ヴェルヌはボードレールの生年（一八二一年）よりやや遅れてこの世に生まれ、マラルメの没年（一八九八年）よりやや遅れてこの世を去った。つまり、ボードレールとマラルメがポーの「翻訳」によって都市と書物を主題とした、選ばれた大人向けの新たな散文詩を発見していったのとほぼ同時並行するようなかたちで、ヴェルヌはポーの、特に『アーサー・ゴードン・ピム』を原型とした冒険小説の続篇を書き継ぐように——実際にヴェルヌには『アーサー・ゴードン・ピム』の直接の続篇であり、完結篇でもある『氷のスフィンクス』という著作が存在する——未知の世界を舞台とした、子供向けの空想科学小説を次々と発表していった。一見すると、この二つの流れは、形式においても内容においても両立し得ない。詩と小説、文学と科学、純粋と通俗、大人と子供……。

しかしながら、フランスにおけるこのようなポー受容の二つの流れ、「純粋詩」と「科学小説」は、五十五歳で自殺とももとれる曖昧な死を遂げる、「独身で、ひどく引きこもり、ひどく孤立して、かなり陰気と思える仕方で」、「たいへん特異な生活」を送った一人の男によって、一つに融合されてしまったのだ。『アフリカの印象』と『ロクス・ソルス』という二つの異様な長篇と、いくつかの印象的な短篇、無数の草稿、読解不可能な膨大な詩篇、戯曲、さらには遺書（死後公表のこと）という条件のもとで印刷に付された）であり、自身の創作の秘密を解き明かした「私はいかにして或る種の本を書いたか」を残したレーモン・ルーセル（一八七七—一九三三）によって。

見世物を愛好し、天文学に心惹かれていたルーセルは、ボードレールやマラルメを真剣に読むことはなかった。しかし、ヴェルヌの諸作品を熱愛し、そのことによって「純粋詩」と「科学小説」を両極としてもつポーの作品世界、特にその冒険小説の本質というべきものを抽出し、顕わにしてしまったのだ。ルーセルは、文学が表現すべき「美」について非常に興味深い固定観念（オブセッション）を抱いていた。それは……「文学作品が何一つ現実的な要素、世界や人間たちについてのいかなる観察も含んでいてはならず、まったく想像的な言葉の組合せ、ただそれだけしか含むべきではない」というのだ（ルーセルについての証言は、ルーセルを診断した、フロイト以前つまり草創期の精神科医ピエール・ジャネ著『不安から恍惚へ』に残された記述より――ミシェル・フーコーの『レーモン・ルーセル』［豊崎光一訳、法政大学出版局、一九七五年］に「付録Ⅱ」として収録）。

ただ想像的な言葉の組み合わせだけから構築された「冒険小説」。象形文字、暗号、機械仕掛け、謎解きと宝探しといった作品世界全体を貫通する巨大な主題群のみならず、「日付変更線」（ポー「週に三度の日曜日」、ヴェルヌ「八十日間世界一周」、ルーセル『額の星』の一挿話）や「気球」（ポー「ハンス・プファールの無類の冒険」、ヴェルヌ『気球に乗って五週間』、ルーセル『ロクス・ソルス』の撞槌《とうつい》）や人間の模倣をする「猿」（ポー「モルグ街の殺人」、ヴェルヌ『ジャンガダ』、ルーセル『額の星』の一挿話）というように、物語を構成する細部の描写さえ、ルーセルはヴェルヌのみならず、ポーとも共有している（以上の分析は、慶應義塾大学の新島進氏からの教示による。ヴェルヌとルーセルの作品世界のさらなる比較検討については、新島氏が「ヴェルヌとルーセル、その人造美女たち」〔巽孝之・荻野アンナ編『人造美女は可能か?』所収、慶應義塾大学出版会、二〇〇六年〕および「遅れてきた前衛　ルーセルを通したヴェルヌ再読」〔『水声通信』二十七号、水声社、二〇〇八年〕で詳しく論じている)。

しかもルーセルは、ポーに端を発する冒険小説を反冒険小説として、超現実的な空想旅行記をまさに現実の世界旅行の経験にアンチを突きつけるかたちで完成させてしまったのだ。「私はいかにして或る種の本を書いたか」に残されたきわめて印象的な一節(ミシェル・レリス著、岡谷公二訳『レーモン・ルーセル――無垢な人』〔ペヨトル工房、一九九一年〕に「付録」として収録されたものより)――。

私はまたここで、かなり奇妙な一つの事実について、言っておく必要がある。私は多くの旅行をした。とくに、一九二〇~二一年には、インド、オーストラリア、ニュージーランド、太平洋の島々、中国、日本、アメリカを経て、世界一周をした(この旅行の間、かなり長い間タヒチに滞在し、ピエル・ロティのすばらしい本の中の数人の人物に会うことができた)。私はそれ以前に、ヨーロッパの主な国々、エジプト、北アフリカの全域を知っており、その後には、コンスタンチノープル、小アジア、ペルシアを訪れた。ところで私は、これまで一度も、これらの旅行を、私の本の素材にしたことがない。このことは、私にあって、想像力がすべてであるという事実を示している点で、指摘しておく価値があるように私には思われた。

ルーセルが経験した最も初期の大旅行は、常軌を逸した浪費家であった母親とともに豪華なヨットを駆ってのインドへのクルージングだった。死を恐れ、死に取り憑かれた母親はヨットに自身の棺を積み込み、遠くからインド亜大陸を目にするやいなや、船長に直ちにここから引き返すことを命じたという（実際には蒸気船に乗り込み、セイロン島やインドにも滞在したらしいのだが……）。旅をすることは死を経験することだった。母の狂気を模倣したのであろうか、使い古したトランク一つを抱えてたった一人で世界一周を成し遂げてしまったルーセルもまた、後半生には、巨大なキャンピング・カーを改造し、そのなかで日常生活のすべてを執り行うことができる「棺」のような新型の機械仕掛けの車を作り上げた。その巨大な棺に乗り込んだルーセルは、外部の風景にはまったく気をとられることなく、移動する密室のなかに閉じ籠もり、ただひたすら自己の内部から湧き上がってくる言語＝イメージに形を与えるための執筆に没頭していたという。

世界から孤立し、閉じ籠もることが、逆説的に世界に開かれてあることに通じてしまう。アンチのなかからはじめて浮かび上がってくる冒険小説や旅行記のもつ本質。自身の生涯と思想を体現するかのように反《アンチ》冒険小説としてかたちになった冒険小説、反《アンチ》旅行記としてかたちになった旅行記である『アフリカの印象』という散文作品を、ルーセルは自らの手で舞台化する。その舞台を観たアンドレ・ブルトンは、そこに言語の極限、反意味に向けての挑戦を見出す。ブルトンは『シュルレアリスム宣言』に、「ルーセルは逸話についてシュルレアリストである」という一節を記し、シュルレアリスム運動の先駆者の一人としてルーセルを位置づけ直すだろう。また、同じ舞台を観たマルセル・デュシャンは、そこにイメージの極限、やはり反意味に向けての挑戦を見出す。デュシャンは、死の直前に刊行されたピエール・カバンヌとの対話のなかで、ルーセルは『アフリカの印象』によってランボーに匹敵するような表現の革命を成し遂げ、自分はそれに深い共感を覚えたのだとさえ述べるであろう。さらには、網膜的な絵画に「否《ノン》」を突きつけた自身の代表作である「大ガラス」、すなわち「彼女の独身者たちによって裸にされた花嫁、さえも」もまた、ルーセルが『アフリカの印象』で解き放った、反意味の方法からの大きな影響を受けてなったものだ、とも(岩佐鉄男・小林康夫共訳『デュシャンは語る』ちくま学芸文庫、一九九九年)。二十世紀における詩的言語の革新、絵画的イメージの革新はすべて『アフリカの印象』からはじまったのだ——ミッシェル・カルージュはポーからはじまりルーセル、デュシャンに至るそのような言語的=イメージ的な冒険を「独身者の機械」と総称した。

それだけではない。『アフリカの印象』執筆過程の謎を自らの手で解き明かしたルーセルの遺書「私はいかにして或る種の本を書いたか」は、フランスの現代文学と直結する。アラン・ロブ=グリエやミシェル・ビュトールといったヌーヴォー・ロマンの書き手たち、彼らよりさらに過激に、表現における規則性やそのメカニズムの構築を作品そのもの、文学生成機械として提出することを求めたレーモン・クノーやジョルジュ・ペレックらの「ポテンシャル文学工房」すなわちウリポ・グループ。その聖典として「私はいかにして或る種の本を書いたか」は位置づけられているのである。ウリポ・グループに加わった、キューバ生まれのイタリア作家イタロ・カルヴィーノが書き上げた『見えない都市』によって、ポーの『アーサー・ゴードン・ピム』からはじまり、ヴェルヌを経て、ルーセルの『アフリカの印象』に至る現代文学としての冒険小説、空想旅行記の系譜は完成し、一つの極をむかえるだろう。

それでは、現代文学としての冒険小説、空想旅行記の本質とは一体何か。それを理解するためには、あらためてルーセルからヴェルヌへ、さらにはルーセルとヴェルヌの源泉としてのポーへと遡っていかなければならない。ルーセルは「私はいかにして或る種の本を書いたか」のなかにこう記している（岡谷訳をもとに、ヴェルヌの作品名など一部に新島訳を採用して記す）。

私はまたこの覚書の中で、ジュール・ヴェルヌというはかり知れない天才の持ち主に敬意を捧げておきたい。

彼に対する私の讃歎の念は限りがない。

『地球の中心への旅』、『気球に乗って五週間』、『海底二万里』、『地球から月へ』、『月を回って』、『神秘の島』、『エクトル・セルヴァダック』の或るページにおいて、彼は、人間の言葉が達しうる絶頂をきわめた。

ルーセルがここで取り上げているヴェルヌの作品は、すべて驚異の「旅」を主題としたものである。それは何処へ向けての旅なのか。ミシェル・ビュトールは、シュルレアリスム運動の提唱者ブルトンが言うような意味での「至高点」へ向けての旅なのだという(「至高点と黄金時代」)。世界の根源にして、あらゆる言葉が生み出されてくる表現の起源。至高点は、地球の中心に、大空と接する山の頂上に、深海の最も奥底に、地上の極地(北極と南極)に、さらには自己の内に宿された光の源たる「太陽」(ジャネが『不安から恍惚へ』に記載したルーセルの言葉)に、存在する。夢と現実、世界と私が一つにつながる超ー現実《シュル・レアル》の場所。そこは同時に、既知の世界が未知の世界へと変貌を遂げる場所、言語表現の極限でもあった。だから「至高点」への旅には、表現の三つの相、表現の三つの次元が重なり合うことになる。新たな小説家ビュトールから「至高点」という理念を受け継いだ新たな哲学者ミッシェル・セールならば、そう答えたはずだ。

セールは言う、ヴェルヌの旅は三つの相、三つの次元からなる、と(「〈驚異の旅〉の斜行法」、『ヘルメスI　コミュニケーション』〔法政大学出版局、一九八五年〕所収)。一つは現実の旅。しかもその旅は円環を描き、はじまりの場所、幼年期にして黄金時代に回帰する。ニーチェの「永劫回帰」とは旅のメタファーとして可能となった疑念なのだ。次いでその円環を描く現実の旅に、百科全書的な旅が重なることになる。十九世紀の知識の体系のすべて、十九世紀の科学と技術とを横断してゆく旅。人工と自然、機械と生命を一つにつないでゆく旅……。セールは長大なヴェルヌ論である『青春 ジュール・ヴェルヌ論』（一九七四年）とほぼ同時期に、これもまた長大なゾラ論である『火、そして霧の中の信号 ゾラ』（一九七五年）を書き上げている。セールにとってヴェルヌの空想「科学」小説とゾラの「自然」主義の文学は、同じ地平から考察されなければならないものだった。「科学」も「自然」も、ともに十九世紀という百年の時間が可能にした、百科全書的な知の基盤をもとに成り立った概念なのだ。だからこそ両者は相互に密接な、あえて言えば表裏一体の関係にあったのである。ヴェルヌとゾラ（一八四〇年に生まれ一九〇二年に死んだゾラは、ヴェルヌと同時代人である）を同一の視点から見るセールの方法は、近代日本の思想と表現を再考していく上でも、いまだにきわめて有効であると思う。

平田篤胤に一つの起源をもつ「現世と幽冥」（すなわち現実と超現実）をめぐる文学史の一方の極に、自然主義を消化した柳田國男と折口信夫の民俗学があらわれ、もう一方の極に幻想的な空想科学小説を自家薬籠中のものとした江戸川乱歩や稲垣足穂の文学があらわれるのは偶然ではない（谷崎潤一郎、三島由紀夫の文学はその中間に位置づけられる）。

セールは大胆に論を進めていく。現実的な旅、百科全書的な旅に、さらに第三の旅、イニシエーションとしての旅が重なり合う。「至高点」においては現実と超現実、既知の世界と未知の世界、可視の世界と不可視の世界が重なり合う。だから「至高点」に到達した人間はそこでいったん死に、新たな存在に生まれ変わらなければならない。驚異の旅の終着点において生と死が一つになり、森羅万象ありとあらゆるものに変身する可能性がひらかれる。そこは神話的な原型が無数に生まれ出てくるような場所である。ジュール・ヴェルヌが「驚異の旅」シリーズを通じて打ち立てることができた、現在においても古びることのない唯一の学とは「神話学」なのだ。セールはそう断言する。ヴェルヌの作品群を通して到達できるのは、あらゆる神話の原型が生み出され、流れ出てくる源泉への入り口なのだ。

ヴェルヌが生涯をかけて描き出そうとした「旅」。それは未知なる世界がひらかれる地上の極、「至高点」に向かっての旅であった。現実の旅でありながら、百科全書的な旅でもあり、しかも無数の神話を生み出し、その神話を新たに生き直すようなイニシエーションとしての旅であった。ルーセルもまたその三つの旅を生きた。ルーセルは世界のあらゆる場所を現実に旅し、同時に膨大な通俗科学書を読み込み、百科事典に読みふけった（レリスの証言）。その読書の体験をもとに抽出された、ルーセルにとって「書く」という行為は、つねに自身の黄金時代、十九歳の時に感じた栄光の感覚、「未聞の幸福」にあらためて参入するための秘儀伝授《イニシエーション》を求めての旅だった。ヴェルヌとルーセルの先達にして、その旅の原型、ポーの『アーサー・ゴードン・ピム』にもまた、その三つの

「旅」が過不足なく当てはまる。

そして、ポーもヴェルヌもルーセルも、旅が終わる場所、「至高点」の入り口に、未知なる世界の消息を伝えてくれる「暗号」にして象形文字を見出した。ルーセルの『アフリカの印象』とは、そのような「至高点」に至るための「暗号」、聖なる象形文字を自ら創り出すための装置だった。

2 暗号と水受け板

ポーの『アーサー・ゴードン・ピム』は海洋冒険小説の起源に位置しながら、その後に生み出される無数の海洋冒険譚、海洋漂流譚のエッセンスだけを濃縮したような原型的な小説であった。捕鯨基地ナンタケット島に生まれたアーサー・ゴードン・ピムは、友人オーガスタスとまだその目に見ぬ異世界への冒険を語り合い、夢見ていた。オーガスタスが乗り込むことになった改造捕鯨船グランプス号に、オーガスタスの手引きで密かに入り込んだピムは、オーガスタスの部屋を通って「迷路」のような船倉に置かれた、一つの小さな「箱」のなかに隠れる。やがてピムはその密閉された「小さな部屋」のなかで深い眠りに落ちる。ひょっとしたら『アーサー・ゴードン・ピム』という物語は、冒険を夢見ていた一人の少年が船のなかに安置された「棺」のなかで見続けている、いまだ覚めることのない一つの長い夢だったのかもしれない。迷宮の中心に位置する閉ざされた部屋から、地上の極を目指す宇宙的な冒険が開始されたのだ。そして……。

物語のなかでのピムの目覚めとともに、悪夢のような真の航海がはじまる。人種の坩堝《るつぼ》であるグランプス号では、一部の「悪党」に率いられた暴動と、それに続く他の船員たちの虐殺が起こっていた。捕虜となったオーガスタスは、インディアン（以下、『ポオ小説全集』より原文通りの表現を用いる）との混血児、「獰猛《どうもう》な面《つら》がまえをし」へラクレスのように逞しい、野生と文化、善と悪が一つに混淆したような中間的な存在であるダーク・ピーターズと気脈を通じ、ピムを「密室」から救い出す。南洋への夢破れたピーターズは、航海者たちの迷信を利用し、オーガスタス、甦った「死体」を演じたピムとともに暴動者たちの隙を突き、気を失っていたリチャード・パーカー一人を除いて、暴動者たちを皆殺しにすることに成功する。やがて……。

船は破損し、半分海に沈んだままの漂流が続く。そうしたなか、四人は、悪臭を放つ「とことんまで腐りきった」二十五体から三十体ばかりの人間の死体を満載した幽霊船と遭遇する。その後も救いはあらわれず、上陸する島も見えない。極限的な飢餓状態のなか、パーカーはこうつぶやく。「このなかのだれかひとりが、ほかの者を生かすために死ぬことにしてはどうか」と。だが「くじ」を引き当ててしまったのはパーカー自身だった。パーカーはダーク・ピーターズにおとなしく殺され、残った三人はパーカーの肉をむさぼり食らう――江戸川乱歩の最も初期の長篇で、無残にも失敗した『闇に蠢く』という作品は、ポーが描いたこの人肉食の情景を、物語の中心に据えられた

「秘密」として、ほとんどそのままのかたちで使っている。ヴェルヌもまた『チャンセラー号の筏《いかだ》』で漂流と食人を主題とするであろう。そしてオーガスタスも命を落とす……。

そんななか、ピムとピーターズは奇跡的に出現したジェイン・ガイ号に救出され、ガイ船長と乗組員ともども極地を目指す旅に同行することになる。ここから『アーサー・ゴードン・ピム』は「南極」をめぐる博物誌となる。信天翁《あほうどり》、極地を目指した冒険者たちの歴史の詳細、動物相と植物相の記述、そして海豹《あざらし》と海鼠《なまこ》。こうした百科全書的な旅の果て、極地への入り口に、ポーは未知なる島、未知なる種族「ツァラル」を想像力によって描き出す。その島の洞窟の奥の壁には、ある部分は表意文字、ある部分はアルファベットに似た「刻み目」がつけられていた。さらに、命からがらその洞窟を脱出することに成功したピムとピーターズが目にした「異様なまでに荒れ果てた場所」は、「人の手に成った或る大きな構造物が荒廃しつくしたようなおもかげがあった」……。

ツァラル島の「蛮人」たちの襲撃にあい、ジェイン・ガイ号は爆発とともに消滅する。ピムとピーターズは「蛮人」たちからカヌーを奪い、最後は二人だけで人跡未踏の極地に踏み込んでいく。そこでは……。水温は上昇し、巨大な水蒸気の幕が張られ、「白い灰の雨が、カヌーとそれに乗っているわれわれとに」降りそそぐ。その水蒸気は極地にひらかれた巨大な割れ目に流れ落ちる瀑布から発生したものだった。その白い水蒸気の幕の向こうから、「巨大な青白い鳥が」、テケリ・リ！という奇妙な鳴き声を上げ、絶え間なくこちらに飛んでくる。やがて——。

そしていまわれわれは、あの瀑布のふところ目がけて突進していた。その瀑布には、われわれを迎え入れる割れ目が開いていた。だがわれわれの行く手には、凡そその形が比較にならぬほど人間よりも大きい、屍衣《しい》を着た人間さながらのものが立ち塞がっていた。そしてその人間の姿をしたものの皮膚の色は、雪のように真っ白であった。

ピムはここまでの話を、『アーサー・ゴードン・ピム』という物語内の記録者、雑誌編集者のポーに語り終えて、唐突に死ぬ。その死とともに、物語もまたこの地点で唐突に終わりを告げる。物語内の記録者ポーは、この一節の後に「ノート」を付し、ピムとピーターズが迷い込んだ洞窟の平面図そのものがエチオピア語の語根の一つ「蔭とか暗闇」を示しており、洞窟の壁面に刻み込まれたアルファベットはアラビア語の「白」を、表意文字はエジプトの聖なる象形文字で「南の領土」を意味していたと記す。物語は「暗号」とともに閉じられ、謎のなかに放置されてしまったのだ。

この謎そのものとなった起源の海洋冒険譚は、続篇として、ヴェルヌに『氷のスフィンクス』を書かせたばかりでなく、ポーを文学上の師とするアメリカ最大の恐怖小説家H・P・ラヴクラフト（一八九〇―一九三七）に「狂気の山脈にて」を書かせることになる。ラヴクラフトは南極の中心、狂気の山脈の向こう側に超古代都市の廃墟、この地上の世界とは次元の異なった、もう一つ別の世界へと通じていく入り口を幻視した。ラヴクラフトは、そこから、現代に至るまでいまだに無数の書き手によって無数の続篇が書き続けられているコズミック・ホラー（宇宙的恐怖）の神話、クトゥルー（邪神）神話の体系を築きはじめる。

それだけではない。夢見る航海者からはじまり、難破、すべてが「白」（無）に包み込まれてしまう結末、偶然と必然を一つにつなぐ「暗号」、象形文字としての新たな文学言語の創造といった『アーサー・ゴードン・ピム』の主題群は、その物語構造を極度に抽象化し、表現としてさらに純粋化していけば、マラルメの残した象徴詩の傑作「賽の一振り」となる。さらに、マラルメが完成を放棄した「イジチュール」では、真夜中、部屋を出たイジチュールが螺旋階段を下り、「種族」の祖先たちが眠る闇に閉ざされた部屋＝墓にたどり着き、そこに据えられた「鏡」に自己の真の姿を見出し、毒を仰いで死ぬという物語が意図されていた。この「イジチュール」の書法のモデルとなったのは、「ポーの怪奇小説に違いはない」（『マラルメ全集』〔筑摩書房〕所収、訳者・渡辺守章による解題）ばかりでなく、その物語の基本構造は、後にラヴクラフトがものする代表作「アウトサイダー」と極度に類似している。「アウトサイダー」もまた何処とも何時ともわからぬ古城に住む「私」が、深夜、城の最上階に通じる螺旋階段を上りつめた果てに鉄格子を見出し、閉じられたその城に絶望し、逃れ出た別の城で、「鏡」に映った自己の真の姿を見て絶望するというストーリーである。鏡に映ったのは忌むべき怪物、この地上の生命から遠く隔てられた局外者すなわちアウトサイダーだった。

マラルメとラヴクラフト、「イジチュール」と「アウトサイダー」、純粋詩と恐怖小説は互いに鏡像のように、分身のように、よく似ている。そしてその起源にはポーの残した「暗号」（象形文字）がある。

ポーの「暗号」をヴェルヌから引き継ぎ、通常の言葉を「暗号」（象形文字）のように分解し、あらためて再構築することで、純粋な言語劇にして純粋な冒険小説と称することも可能な作品、『アフリカの印象』を残したのが、先述したレーモン・ルーセルだったのだ。実際に、『アフリカの印象』は象形文字と暗号を読解していく場面からはじまる。

ルーセルは、「私はいかにして或る種の本を書いたか」の冒頭部分で、自身の創作の秘密をこう説明する。まず、はじめにある一点だけが異なった、それ以外はほとんど同じの二つの単語 billard（「玉突き」）と pillard（「盗賊」）を選ぶ。さらにそこに、綴りはまったく同じであるが、意味を二重にもった単語をいくつか付け加えていって、二つの文を作る。すなわち、Les lettres du blanc sur les bandes du vieux billard（「古き玉突き台のクッションに書かれたチョークの文字」）と Les lettres du blanc sur les bandes du vieux pillard（「老いた盗賊の一味について書かれた白人の手紙」）。この二つの文を最初と最後に置いて、その間に展開する物語を、やはり単語の音と形の類似と相違、さらにはその組み合わせの類似と相違に基づいて組織してゆく。そうして出来上がったのが、「黒人のなかで」という短篇であり、その後の自身の創作の萌芽はすべてこの「手法《プロセデ》」のなかにある、と。『アフリカの印象』は、「黒人のなかで」の手法を、より大規模かつ徹底的に押し進めていった結果、一冊の書物となったものなのだ。

だから、そのような手法を駆使して生み出された「仔牛の肺臓」でできたレールの上を走る、鯨のひげを精緻に組み合わせて作られた車付きの台座や彫像、水銀のように重たい水を使って器用にチターを弾きこなす「みみず」といった奇想天外な言語＝イメージが連鎖することでストーリーが展開していく『アフリカの印象』は、あらゆる意味で、二重の内容をもち、二重の構成をもつ作品となったのだ。二人の双生児の母から生まれた子孫がそれぞれ治めていたアフリカの二つの架空の国で戦争が起こる。物語の前半では、その戦いに勝利したポニュケレ国の皇帝タルー七世の前で、捕虜となった人々によって種々多様な「見世物」が演じられ、物語の後半部分では「見世物」それぞれに秘められた謎が解き明かされていく。

さまざまな機械仕掛けの見世物——そこでは生命と機械、身体と人工物の間の区別はなくなる——はすべて、「暗号」を分析し、そこに新たな意味を見出すような読解のメカニズムに沿って組織されている。メカニズムとして存在する言語の謎を、言語のメカニズムを突き詰めることで探ろうとしているのだ。ミシェル・フーコーは『レーモン・ルーセル』のなかで、そのような不可能な試みに挑んだ『アフリカの印象』という前代未聞の作品を象徴する最も美しい文学機械の姿を、発明者ブデュが作り上げた、川のなかから突き出た巨大な機械、大小さまざまな水受け板と伝導ベルトからなる「織機」に見出している——『レーモン・ルーセル』の翻訳者である豊崎光一は、フーコーが『レーモン・ルーセル』という書物を書くために利用した語彙をそのまま使って、『言葉と物』の原型となる『臨床医学の誕生』を完成させていることに注意をうながす。つまりフーコーにとって、近代という時代によって分断された言葉と物、言語的なものと身体的なものを、あらためて現代の表現として一つに結び合わせ、新たな模様（ダイアグラム）として織り上げていくものこそ、ルーセルが『アフリカの印象』で描いた「独身者の機械」たる「織機」だった（平凡社ライブラリー版より）。

［川の］下では、水受け板が、その複雑で正確な操作によって、ひとりですべてを動かしていた。水受け板の中には、ほとんどたえず水の中に沈んでいるものもあり、ほんのちょっとだけ流れに浸るものもあった。もっとも小さいもののうちのいくつかは、一瞬のあいだだけ、その板の部分で波に軽く触れ、辛うじて四分の一回転したあと、再び水から身を起こし、小休止してから、同じように束の間だけ、また下りてくるのだった。その数の多さ、大小さまざまなこと、単独に、あるいはいくつかが同時に水に沈み、その期間に長短のあることは、きわめて大胆な着想の実現に好都合な、無限の組合せを可能にしていた。これはまるで、リズムとハーモ

ニーがたえず新たなものとなる、時には簡素な、時にはすばらしく豊かな和音を叩き出し、アルペジオで奏でる無言の楽器みたいだった。

川の流れによって流動する水受け板と、それに連動した無数のモーターで布（テクスト）を織り上げていく言葉の「杼機」。そこから無限のニュアンスをもち、「繊細な色調に富む」豪奢な織物がかたちになってゆく。もはやこの段階で、作品を作るにあたって、作家という特権的な個人の存在する余地はなくなる。ただ自然と機械の組み合わせ（アレンジメント）のみが存在している。

このような「独身者の機械」を日本語ではじめて紹介した人物であり、なおかつ自分自身をルーセルの「織機」のような存在と化し、それまでに読んできたありとあらゆる書物の一つ一つを「水受け板」とし、ポーからはじまりカルヴィーノにまで至る近代の冒険小説の系譜を消化したうえで独自の空想旅行記を織り上げて、この世を去った人物がいる。澁澤龍彦（一九二八―八七）とその遺作、『高丘親王航海記』である（以下、この作品の引用は文春文庫版より）。

『高丘親王航海記』によって、ポー・シュルレアリスム・ウリポと展開した冒険小説の系譜――澁澤自身、『高丘親王航海記』の創作ノートにポーの『アーサー・ゴードン・ピム』、シュルレアリストにして夢想家、自分の手で全篇翻訳もしたアンドレ・ピエール・ド・マンディアルグの『大理石』、イタロ・カルヴィーノの『見えない都市』の名を記している――と、南方熊楠・柳田國男・

折口信夫に受け継がれた「石」を主題とした民俗学の系譜が、一つにつなぎ合わされる。さらにその作品のなかでは、谷崎潤一郎の「鮫人」が、江戸川乱歩の「パノラマ島奇譚」が、三島由紀夫の『暁の寺』が、「至高点」にして黄金時代を目指す旅として編成し直されていた。ルーセルが無数の言葉を分解し、再構築することで『アフリカの印象』を書き上げたように、澁澤龍彦は無数の書物を分解し、再構築することで『高丘親王航海記』を書き上げた。「私」を消滅させ、「私」から最も遠ざかる創作の手法が、逆に「私」そのものの本質を濃厚に明らかにする。ルーセルが『アフリカの印象』と『ロクス・ソルス』で描き尽くした「謎・死・鬩」という主題群——松浦寿輝が自著のフランス文学論集のタイトルとして選んだ語群でもある——は、ものの見事にルーセル自身の生涯と表現を体現している。

澁澤龍彦が最後に選んだ「高丘親王」という肖像もまた、ものの見事に澁澤龍彦の生涯と思想を体現するものとなった。事実が虚構となり、偶然が必然となる。そして「私」に固有の夢が集団に共有される夢として昇華される。弘法大師・空海の弟子として、天竺を目指した破天荒な航海に出て、その途上で世を去った高丘親王は実在した人物である。澁澤龍彦は、現在までのところ伝記的研究の決定版と言っても良い杉本直治郎の『真如親王伝研究』(吉川弘文館、一九六五年)に基づいて、『高丘親王航海記』における高丘親王の生涯と物語の細部を確定している。現実の高丘親王もまた、「至高点」を目指して旅に出た人物だった。杉本は、当時から謎に包まれていた高丘親王の入唐渡天の目的を、後世に作られたさまざまな資料類を批判しながら、拒絶や失意によるマイナスのものではなく、一貫して「高度の求法」にあったと結論づけている。澁澤龍彥は至高点を目指した現実の高丘親王の旅に、エクゾティシズムを介して自身の幼年時代へ、黄金時代へ回帰してゆくフィクションとしての旅を重ね合わせたのだ。

杉本の見解を引き継いで、澁澤は、こう述べている。「その生涯をつらぬいて、天竺という一点に向ってきりきりと収斂《しゅうれん》してゆくかに見える親王の独特の仏教観」、親王の求法の旅は、皇太子でありながら廃せられたという政治的挫折感や疎外感、失意だけからではとうてい説明することができない。「親王の仏教についての観念には、ことばの本来の意味でのエクゾティシズム」が凝縮していたに違いないからだ——「親王にとっての仏教は、単に後光というにとどまらず、その内部まで金無垢のようにぎっしりつまったエクゾティシズムのかたまりだった。たまねぎのように、むいてもむいても切りがないエクゾティシズム。その中心に天竺の核があるという構造」。

まさに「至高点」への旅が、そのまま黄金時代への旅となっている。澁澤の言うエクゾティシズムはノスタルジアと密接な関係をもっていた。折口信夫、谷崎潤一郎、三島由紀夫と連なってゆくエクゾティシズムとノスタルジアが一つに結びついた異界にして他界である「妣《はは》が国」への想い。澁澤はそれに独自のかたちを与えたのだ。折口信夫は述べている。「のすたるじい（懐郷）とえきぞちずむ（異国趣味）とは兄弟の関係にある」と。澁澤が「妣が国」に見出すのは、性愛のユートピア、三島由紀夫が『暁の寺』のなかで澁澤を戯画化して描いた今西が説くような、あらゆる性的な結びつきが許された「性の千年王国《ミレニアム》」、「柘榴《ざくろ》の国」である。ただし、澁澤は、今西＝三島の「柘榴の国」のなかから、愛の極が死に直結するという愛と死の弁証法を注意深く取り除く。おそらくその点が、作者の消滅すなわち作者の「死」がそのまま作品の完結となった、遺作としての『豊饒の海』四部作と、同じく遺作としての『高丘親王航海記』との最大の差異を形作る。澁澤にとって性愛とは死と直接結びつくものではなく、森羅万象あらゆる自然の元素《エレメント》との交歓、自然のなかで行われる変身と結びつくものだった。三島が断行した理想としての意識的な自死ではなく、澁澤が実行した自然のなかでの無意識でゆるやかな死。

澁澤にとって理想の性愛は、ブルトンが「自由な結合」という特異な一篇の詩で高らかに謳い上げたような、森羅万象あらゆるものに変身する可能性をもった母であり姉であり少女であるような「私の女」を創り上げ、「私の女」と戯れ、「私の女」と一体化することを許す「女の楽園」に存在した……もちろんこのような見解も男から見た一方的な女性賛美であることに変わりはないのであるが。しかし澁澤はその点について充分意識的である。澁澤は性をより過激に、よりアナーキーに、物質の根源まできわめてゆく。澁澤が求めた「女の楽園」とは、女という概念を破壊してしまう存在、『高丘親王航海記』の全篇にわたって登場してくる「卵生の女」、女の上半身と鳥の下半身をもった怪物であり天使であるような、潜在的に無限の多様性と変化の可能性を秘めた子供としての女

（ファム・アンファン）たちが集う園だった。

自然の産物と人工の玩具との間に区別を設けることなく、そのすべてと性的な関係を取り結ぶことができる子供の「多型性倒錯」に通じる世界。「人形嗜好、メカニズム愛好、扮装欲、覗き趣味、ユートピア願望」など、乱歩文学を貫く「文学的インファンテリズム（幼児型性格）」がストレートに開花した「パノラマ島奇譚」のような世界（「『パノラマ島奇談』解説」、『偏愛的作家論』所収）。あるいは、ブルトンやマンディアルグを讃歎させ、澁澤自身「現存する世界の画家のなかで、いちばん好きな作家」と評したマックス・ワルター・スワーンベリ（スワンベルク）が描き出した世界……。澁澤はブルトンの「自由な結合」を引きながら、スワーンベリの「女の楽園」の本質を次のように述べている（引用は『M・W・スワーンベリ』河出書房新社、一九七六年より）。

ルビーの坩堝《るつぼ》の乳房をした私の女
垂直に逃げる鳥の背中をした私の女
シャンデリヤの腰をした私の女
白鳥の背の臀をした私の女
グラジオラスの性器をした私の女
磁石の針の眼をした私の女

〔前略〕スワーンベリの楽園とは、また同時に退行の世界でもあるということだ。そこでは自然と人間とが無差別に混淆している。イメージというものは、この画家にとって、そもそも無道徳なものであって、ほっておけば、ひとりでに分裂し、増殖し、混り合い、唐草模様のように伸びひろがり、ついには癒着したり融合したりする性質のものでもあるかのごとくである。メタモルフォーシス（変形）こそ自然の法則だとすれば、スワーンベリの世界は、人間の段階よりもむしろ自然の段階において成立していると言えよう。私の言う退行の世界とは、要するに、この無道徳な自然の世界のことなのである。

澁澤龍彦は、『高丘親王航海記』において、このようなイメージと感覚のユートピアへ高丘親王を導いてゆく役割を、なによりも、以前から愛読してきた谷崎潤一郎の「鮫人」に描かれたような中間的な存在、両性具有の少年＝少女に担わせる。『高丘親王航海記』の最初の挿話である「儒艮」において親王一行に加わる秋丸、「頬のつやつやした、女の子みたいに手足のきゃしゃな、まだ子どもっぽい十五ばかりの少年」は後に儒艮《じゅごん》と対話を交わすことができる少女、雲南の奥、南詔国に生まれる鳥に近い「単穴の女」の一人であることが判明する。澁澤は秋丸の姿に、間違いなく、谷崎潤一郎がスウェーデンボルグの両性具有の天使を換骨奪胎して「鮫人」で描いてみせた両性具有の少年＝少女、中国では美しい少年である林真珠（リン・チェンチュウ）、日本では美しい少女である林真珠（ハヤシ・シンジュ）の姿を重ね合わせている。

それが事実であることは「真珠」とタイトルが付された『高丘親王航海記』のクライマックスに「鮫人」についての言及があることからも明らかであろう——「古くから唐土には鮫人《こうじん》の伝説がある。わざわざ説明するまでもあるまいが、鮫人は海中に住むあやしい生きもので、魚のかたちをして、ひねもす機《はた》を織る手をやすめない。泣けば目から真珠がこぼれ落ちる。ときに鮫人は人間のすがたとなって陸にのぼり、人家をたずねる。世話になった人家を去るにあたり、この涙珠を謝礼として置いてゆく」。海のなかで機を織る人魚。鈴木大拙、谷崎潤一郎、三島由紀夫と引き継がれてきたスウェーデンボルグの天使のサイクルもまた、ここで完結するのである。

中間的な存在に導かれ、天と地、生と死の間を行く旅。航海者の見る夢、難破、幽霊船、この世界からの消滅……。澁澤龍彦は、自身の生涯の読書、生涯の経験のすべてから成り立った空想航海記を一つの球体、「未生《みしょう》の卵」である丸い石に閉じ込め、その石、「病める貝の吐き出した美しい異物」である真珠を自ら飲み込み、一体化することで終える。それはまさに「迷宮と宇宙」の文学史を締め括るのにふさわしい作品である。

3　石の夢

澁澤龍彦は東西の膨大な書物を読み込み、それらの断片をコラージュすることで『高丘親王航海記』を書き上げた――澁澤が参照した書物の一覧、さらにはその具体的な応用に関しては『澁澤龍彦全集』第二十二巻（河出書房新社、一九九五年）に収められた松山俊太郎による解題が詳しい。澁澤は、『高丘親王航海記』という物語を、闇夜に光り輝く小さな丸い石からはじめ、同じく丸い石で閉じている。親王の父を失脚させ、親王自身を廃位に追い込んだ藤原薬子《くすこ》、親王にとって母であり姉であり、後には少女として、「頻伽《びんが》」として転生してくる悪魔にして天使。その薬子は親王に向かってこうつぶやく。いま外に投げた小さな石、「あれがここから天竺まで飛んでいって、森の中で五十年ばかり月の光にあたためられると、その中からわたしが鳥になって生れてくるのです」。生と死、過去と未来を通底させてしまうその石を、薬子はこう名付ける――「さあ、何でしょうか。わたしの未生《みしょう》の卵とでも申せばよいのでしょうか。それとも薬子の卵だから薬玉と呼びましょうか」。中野美代子の指摘によれば、澁澤は意図的に、天竺を目指した高丘親王の航海自体を、決して天竺にたどり着かないような、カンボジアの王都アンコールを中心として円環を描く範囲で終わらせている（「球体のものがたり」、河出書房新社編集部編『新文芸読本　澁澤龍彦』所収）。

澁澤龍彦は、あらゆる空間と時間をたった一つの丸い石、「未生の卵」に封じ込める物語を書き上げたのである。それでは澁澤に、こうした「石の夢」を提示し、高丘親王という分身を提示したのは一体誰なのか。おそらく、それは南方熊楠で、ほぼ間違いないと私は思う。熊楠の影響は『高丘親王航海記』全体に及んでいる。そのなかでも、『高丘親王航海記』中、最も奇想天外な章と称される「蜜人」は、実はそのほとんどが熊楠のエッセイをコラージュすることによって成り立っているのだ。

南方熊楠「ミイラについて」(『南方熊楠全集』第三巻所収)――「むかし天方国に独りの老人あり、諸人のためにわが身をもって薬とせんとて、常の食事を絶ち、常に蜜を食らい、終《つい》に死す。[…]その後その時に至りて取り出し、万病に用うるに癒えずということなしとぞ、これを木乃伊ともいい、また蜜人ともいうとぞ」。

『高丘親王航海記』――「むかしのバラモンの中には、捨身して衆生を済度せんと発願するものがあってな、彼らは山中の石窟で飲食を絶って、ただ蜜のみを食って生きていた。そうして一月ばかりたつと、彼らの大便も小便もことごとく蜜になる。やがて死ぬが、死んでも五体は腐らずに、かえって馥郁たる香をはなつ。こんなのが蜜人さ」。

「蜜人」でこの後に展開される、砂漠の熱と風によって生じる蜜人の姿、さらには轆轤《ろくろ》をまいた「車」を漕いで、熊手をもってその蜜人を採集するという方法まで、澁澤は熊楠の同じエッセイから取り入れている。「蜜人」という物語の骨格はすべて、熊楠のこの「ミイラについて」というエッセイと、全集の同じ巻に収められた「飛行機の創製」というエッセイを組み合わせることで成り立っている。虎に食われて死んだ高丘親王の生涯さえ、熊楠は代表作である『十二支考』の冒頭を飾る長大な論考「虎に関する史話と伝説、民俗」に記すであろう（この件に関しては澁澤の創作ノートに記載されている）。

熊楠が高丘親王に興味を抱いたのは真言宗の僧侶である土宜法竜との文通を通じてであった。熊楠は、高丘親王以前、さらには空海以前に、唐に渡るどころか天竺まで往って還ってきた日本人の僧、唐代の百科全書的な雑書『酉陽雑俎《ゆうようざっそ》』にただ金剛三昧とのみ名が記された未知の人物に深い共感を抱いていた。「金剛三昧を求む」――若き熊楠が日記に記していた一節である。東洋の本草学的世界、西洋の百科全書的世界をその身をもって生き抜いた大博物学者・南方熊楠を、澁澤は、言葉の真の意味での自由、つまり「無責任」を貫いた「悦ばしき知恵」の持ち主として讃えている。おそらく土宜法竜に向かって次のように語る熊楠こそ、澁澤にとって、高丘親王の真の原型であったであろう（『南方熊楠　土宜法竜　往復書簡』八坂書房、一九九〇年――澁澤が生前読むことができた平凡社版全集にも収録されている一節である）。

小生はたぶん今一両年語学（ユダヤ、ペルシア、トルコ、インド諸語、チベット等）にせいを入れ、当地にて日本人を除き他の各国人より醵金し、パレスタインの耶蘇廟およびメッカのマホメット廟にまいり、それよりペルシアに入り、それより舟にてインドに渡り、カシュミール辺にて大乗のことを探り、チベットに往くつもりに候。たぶんかの地にて僧となると存じ候。回々教国にては回々教僧となり、インドにては梵教徒となるつもりに候。

金剛三昧、高丘親王、南方熊楠と見事にリレーされた気宇壮大な空想世界紀行である。そして内部が空洞となった中空の石、つまりは「未生の卵」、卵のように存在する石というヴィジョンを書き残したはじめての日本人もまた、世界放浪者・南方熊楠だった。益田勝実は、熊楠が中空の石を論じた「鷲石考」についてこう述べている――「わたしが、折口信夫が日本古来の「タマ」の観念を復原するのに、この「鷲石考」が一役演じている、と考えるのは、なにかが中に籠もっている中空の球体に対して人間の托した原始信仰などについて考えたものは、日本では空前で、これしかないからである」(「こちら側の問題」、『南方熊楠全集』第二巻、解説)。澁澤龍彥は『高丘親王航海記』の世界観に最も近いと推定されるエッセイ集『胡桃の中の世界』(河出文庫)の冒頭に、「石の夢」と題された断章を収めている。そこでは南方熊楠の「鷲石考」からはじまり、柳田國男、折口信夫の手を経て磨き上げられた「石」のなかに這入る魂の問題が論じられていた。

『高丘親王航海記』の連載中に気管支切開の手術を受け、声帯を失い、咽頭癌の宣告を受けた澁澤龍彦は、そうした極限の体験までも、自らの分身、高丘親王の身の上に書き込んでいくのである。そして熊楠のように、現実の高丘親王がおそらくそうであったように、泰然として「死」を待ち受けるのだ。物語のクライマックス、「真珠」の章で、高丘親王は幽霊船から出現した影のごとき怪物たちから真珠を守るために、その宝珠を飲み込む――。

死はげんに真珠のかたちに凝《こご》って、わたしののどの奥にあるではないか。わたしは死の珠を呑みこんだようなものではないか。そして死の珠とともに天竺へ向う。天竺へついたとたん、名状すべからざる香気とともに死の珠はぱちんとはじけて、わたしはうっとり酔ったように死ぬだろう。いや、わたしの死ぬところが天竺だといってよいかもしれない。死の珠ははじければ、いつでも天竺の香気を立ちのぼらせるはずだから。

『高丘親王航海記』の連載を無事に完結し、単行本のための手入れを終えた直後、澁澤龍彦はここに書かれている通り、のどの奥にある「死の珠」が破裂し――読書中の頸動脈瘤破裂によって――この世を去った。三島由紀夫とはまったく異なったかたちで、自身の生の終わりと作品の終わりを一致させたのである。「迷宮と宇宙」をそのなかに閉じ込めた小さな石を消滅させることによって。

［附記］この「迷宮と宇宙」という試みをはじめるにあたって、その文学史の起源に位置するポーの仕事を再検討する機会を与えてくれた、日本ポー学会への参加が大きな意味をもった。今回、試みを終えるにあたってもまた、二〇一〇年九月十八日に法政大学で行われた日本ポー学会の第三回大会、そのなかでも特に、シンポジウム〈『アーサー・ゴードン・ピムの冒険』――未完の水域を彷徨って〉からさまざまな刺激を受けた。本文中にも記したが、ポー、ヴェルヌ、ルーセルという文学的系譜をめぐって発表された慶應義塾大学の新島進氏の見解、さらには氏から直接いただいたアドバイスをもとに、本稿の骨格を作り上げることができた。

Ⅱ　胎児の夢

多様なるものの一元論――ラフカディオ・ハーンと折口信夫

1 「記憶」をめぐる交錯

ラフカディオ・ハーン（一八五〇―一九〇四）と折口信夫（一八八七―一九五三）。

放浪を続ける吟遊詩人たちに興味をもち、放浪を続ける吟遊詩人たちのように生きた二人は、ともに「出雲」に深い関心を抱き、独自の神道論にして日本論を書き残した。列島に生を享けた折口は、生涯、出雲の地に足を踏み入れたことはなく、逆に、列島の外からやって来たハーンは、出雲を現実的にも霊的にも支配する国造と直接対話を交わすという例外的な機会をもつことができた。『出雲風土記』に記された二つの洞窟、「脳《なづき》の礒」にある窟に折口は死者たちの国、黄泉の世界への入り口を見出し（「古代生活の研究」）、「加賀の神埼」にある窟、「潜戸《くけど》」でハーンはこの世に生まれ出ることができなかった子供たちの死霊が残した足跡を眼にする（「子供たちの死霊の窟で」）。

ハーンも折口も「出雲」を生者と死者、可視の物質界と不可視の精神界の境界と考えていた。しかしながら、折口が落第によっていまだ中学校を卒業することができなかった年にこの世を去ったハーンは、当然のことながら、そのはるか後に、列島に生まれ出る民俗学という学問の成果を知ることはなく、折口もまた、自分の著作のなかでハーンの営為に言及することもなかった。二人は決して直接出会うことなく、結局はただすれ違っただけの孤独な旅人同士だったのか。ハーンと折口の思索と表現のなかで共有されているものは何もなかったのか。おそらく、そうではあるまい。たとえば、折口が『古代研究』民俗学篇1の巻頭に据えることになる「妣が国へ・常世へ」(一九二〇年)には、次のような一節をみることができる(以下、『新版 折口信夫全集』第二巻)。

十年前、熊野に旅して、光り充つ真昼の海に突き出た大王个崎の尽端に立つた時、遥かな波路の果に、わが魂のふるさとのある様な気がしてならなかつた。此をはかない詩人気どりの感傷と卑下する気には、今以てなれない。此は是、曾《かつ》ては祖々の胸を煽り立てた懐郷心(のすたるぢい)の、間歇遺伝(あたゐずむ)として、現れたものではなからうか。

折口は、ここで、祖先の記憶、つまりは種族が過去に経験した記憶が「遺伝」を通じて個人の記憶として現在にまで伝わり、間歇的に、今ここに甦ってくると主張している。個人の記憶は種族の記憶と「遺伝」によって一つにむすび合わされているのだ。これを「記憶の遺伝」説という。祖先たちの記憶は、目の前にひらかれた海のように際限もないひろがりをもっている。そこから無数の波が生じては消えるように、一人一人の記憶が立ち上がってくる。折口の提唱する古代学とは、現在の個人の記憶を通じて過去の種族の記憶、海のようにひろがる過去の記憶、つまり「古代」を今ここに甦らせることを主題とした学だった。現在の個人の記憶のなかに過去の種族の記憶が甦り、未来をひらく。個人の現在の記憶と種族の過去の記憶が「間歇遺伝」の働きによって一つに重なり合ったところに「魂のふるさと」、「妣が国」が立ち現れてくる。

折口が自らの古代学の根幹に据えた「記憶の遺伝」説の起源は、今日までになされてきた調査によれば、大学時代——実際は、おそらくそれ以前——にまで遡る。國学院大学に入学したばかりの折口がともに暮らしはじめた九歳年長の浄土真宗本願寺派（西本願寺）の青年僧侶である藤無染《ふじむぜん》（一八七八―一九〇九）は、折口と生活をともにしていたその時期、一冊の編著書『英和対訳　二聖の福音』（一九〇五年十一月、以下、『二聖の福音』）と一篇の論考「外国学者の観たる仏教と基督教」（一九〇六年一月、以下、「仏教と基督教」）を残していた。この後、わずか数年で病没してしまう藤無染が、自らの考えを集中的に世に問うことができたのは、若き折口と生活をともにした半年に満たない期間だけであった。折口は、藤無染の名前を自撰年譜のなかに、わざわざ「新仏教家」という形容とともに記している。折口の強い意志がなければ、折口古代学の起源に確実に位置していたであろうこの藤無染という名前は、後世に伝わることはなかった。

藤無染が『二聖の福音』と「仏教と基督教」で主張しているのは、仏教とキリスト教を創出した二人の聖人、ブッダとキリストの生涯も教説もきわめて深いレベルで一致する、つまり仏教とキリスト教は同一の教えであるという考えである。このような考えは、当然のことながら藤無染一人に抱かれたものではない。無染が特権的に参照しているのは、アメリカで一元論（monism）にもとづいた新たな学を主張したポール・ケーラス（Paul Carus 一八五二―一九一九）の仕事であり、ケーラスが著した『仏陀の福音』をいちはやく日本語に翻訳し、当時はケーラスのアシスタントとしてアメリカで働いていた鈴木貞太郎大拙（一八七〇―一九六六）の仕事であった。『二聖の福音』には、大拙による『仏陀の福音』の邦訳をそのまま使っている箇所がある。ドイツからの宗教的な亡命者であったケーラスが主張した一元論は、仏教とキリスト教の間の一致（仏耶一元論とも仏基一元論ともいう）を説くだけではない。その主張は、宗教学的な一元論かつ生物学的な一元論、身体と精神、物質と記憶、客観と主観、他者と自己といった二項対立、あるいは生物の種の間の差異を決して認めないという立場のものであった。無機物と有機物の間に生まれる根源的な物質にして根源的な生命から人類に至るまで、生命はすべて一つにつながり合っているのである。アンリ・ベルクソン（一八五九―一九四一）の『創造的進化』（一九〇七年）もまた、その起源の一つは、アメリカのこの一元論的な生物学＝哲学に存在していた。

ケーラスの一元論は、生物学と宗教哲学を二つの極として、その二極の間を生理学的な心理学が一つにつなぐという形をとるものだった。ケーラスはショーペンハウアーを読み込んでおり、新たな生理学、主体（主観）でも客体（客観）でもない「感覚要素一元論」を主張したエルンスト・マッハ（Ernst Mach 一八三八—一九一六）の盟友でもあった。自らが編集を手がけた雑誌『モニスト』（*The Monist*——一元論者）および自らが主宰した出版社オープン・コートに、ケーラスは、全世界から、さまざまな分野で一元論を主張した人々を集結させる。その際、生物学においては、生理学者のエヴァルト・ヘリング（Ewald Hering 一八三四—一九一八）によってはじめて明確に主張され、生物学者のエルンスト・ハインリッヒ・ヘッケル（Ernst Heinrich Haeckel 一八三四—一九一九）によって「個体発生は系統発生を繰り返す」というテーゼとしてまとめ上げられた「記憶の遺伝」説が、宗教哲学においては「自我」（主観）と「物自体」（客観）をともに徹底的に破壊してしまう必要を説いた仏教の「無我」説が、特権的な参照基準となった。一元論的な生命の進化を提唱した生物学的な「記憶の遺伝」説と、主客の分割を認めない一元論的な認識の領野を開拓した仏教的な「無我」説が一つにむすび合わされようとしていたのである。ケーラスのごく近くにいた鈴木大拙もまた、当然のことながら大乗仏教を一元論的に理解しようとしていた。一元論的に理解された大乗仏教こそ、東西の分裂を乗り越え、東西を一つにつなぐ新世紀の哲学の基盤となるのだった。大拙の十代からの親友、ともに金沢の第四高等中学校を中退し、アカデミックなキャリアの上で辛苦をなめた西田幾多郎（一八七〇―一九四五）の『善の研究』がはじまる地点でもあった。

ほぼ同時期にまとめ上げられた折口信夫の大学卒業論文『言語情調論』（一九一〇年七月提出）と西田幾多郎の『善の研究』（一九一一年一月刊行）は、鈴木大拙の営為を介して、思想的なバックラウンドを共有していたのである。二〇〇三年より刊行が始まった新版の西田幾多郎全集（全二十四巻、岩波書店）には、西田の最初期の講義ノートや『善の研究』の冒頭に説かれた「純粋経験」へと至るメモ類、断章類もすべて復刻されている。西田は、そこでマッハの「感覚要素一元論」を批判的に再検討し、折口が『言語情調論』で参照しているテオドール・チーヘン（Theodor Ziehen 一八六二―一九五〇――現在では一般的に「ツィーエン」と表記される）の著作も注意深く読み込んでいた。いずれも『モニスト』で紹介され、ケーラスの一元論を支える理論的な柱となった著者であり、著作である。西田の講義ノートの末尾、その結論部分でもまた、独自の一元論哲学、スピノザ的な一元論的存在論が提起されていた。

折口が國学院大学に提出した卒業論文である『言語情調論』は、主客に分かれた「間接性」の言語ではなく、主客に分かれる以前の「直接性」の言語のもつ性質を、生理学的かつ社会学的に探究しようとしたものだった。意味が固定された「交換」（コミュニケーション）のための言語ではなく、意味が固定される以前の発生状態にある言語、「表現」のための言語が成立するための条件を確定しようとした野心的な試みである。もちろん、あまりにも野心的であるが故、論考自体は破綻しており、折口は、いったんは研究者の道をあきらめなければならなかった。しかし、その「直接性」の言語の探究、換言すれば「純粋言語」の探究こそ、研究者としての折口信夫と表現者としての釈迢空の営為を最初から最後まで貫く唯一の主題となるものだった。

折口信夫の「純粋言語」の探究は、西田幾多郎が『善の研究』の冒頭に据えた「純粋経験」の探究と共振する。西田は言う。自分が抽出しようとしているのは、発生状態にある意識そのものなのだ。そこでは、いまだに主もなく客もなく、精神の内部に立ち現れる「知識」と身体の外部に立ち現れる「対象」とがまったく合一してしまっている。西田が『善の研究』の冒頭で、悪戦苦闘のすえ定義してくれた「純粋経験」の場からこそ、折口が夢見た「純粋言語」が立ち上がってくるのである。意識の根源にして言語の根源。そのような根源の場所を探究した表現者として、『善の研究』を書き上げた西田幾多郎が、次なる著書としてまとめた『思索と体験』（一九一五年）に収録した論考——序文——の一つで称揚するのがラフカディオ・ハーンであった。

2 「心霊」の進化論

西田幾多郎は、第四高等中学校の教師時代の同僚であり、ハーンの教え子でもあった田部隆次が著した『小泉八雲』（一九一四年）に「序」を寄せる（「小泉八雲伝」の序」）。西田は、『善の研究』

を書き上げる直前に田部にともなわれてハーンの東京の遺宅を訪れたことさえあった。決して長くはなく、また、ハーンの文学的な営為を無条件で評価しているわけでもないが、この「序」のなかに的確にまとめられたハーン思想の核心は、西田幾多郎の哲学のみならず、折口信夫の古代学の起源をも逆照射してくれるものであった。西田は、こう記していた。

ヘルン氏は万象の背後に心霊の活動を見るといふ様な一種深い神秘思想を抱いた文学者であつた、かれは我々の単純なる感覚や感情の奥に過去幾千年来の生の脈搏を感じたのみならず、肉体的表情の一々の上にも祖先以来幾世の霊の活動を見た。氏に従へば我々の人格は我々一代のものでなく、祖先以来幾代かの人格の複合体である、我々の肉の底には祖先以来の生命の流が波立つて居る、我々の肉体は無限の過去から現在に連るはてしなき心霊の柱のこなたの一端にすぎない、この肉体は無限なる心霊の群衆の物質的標徴である。

西田は、ハーンが残した哲学的なエッセイ、『心』(*Kokoro*, 1896) に収められた「前世の観念」(The idea of preëxistence) や『仏国土拾遺』(*Gleanings in buddha-fields*, 1897 —— 平井呈一の訳では『仏の畑の落穂他』となるが、竹内信夫の提案に従う) に収められた「涅槃」(Nirvana: A study in synthetic buddhism) などのなかで繰り返し語られた、列島に伝来され変容した仏教を理解するためのエッセンスを見事に抽出してくれている。ハーンによる仏教理解の要点は二つに絞られる。一つは、仏教が説く輪廻思想と親近性をもった、ヨーロッパおよびアメリカに生まれた最も新しい科学である「記憶の遺伝」説を重視し、そこから仏教の教義を再検討してゆくことである。もう一つは、過去に体験された記憶は決して滅び去るのではなく、西田がこの「序」で述べているように、後続の世代の生命＝霊魂（心霊）として一つに「複合」して存続し続ける、ということである。過去に生きた祖先たちの無数の生命、祖先たちの無数の記憶が、多様であるがまま、今ここに生み落とされた個体のなかで、一つに融合し、存続しているのである。

ハーンは、「前世の観念」で、「遺伝」による「物質的な進化」（physical evolution）のみならず、「精神的な進化」（psychological evolution）もまた、全面的に認められなければならないと説いていた。西田が言う、物質的な進化の裏面に存在する「永遠の過去より永遠の未来に亙る霊的進化の力」そのもののことである。さらに、ハーンは、「前世の観念」で主張した、複合体あるいは「多様体」（multiple）として存在する霊魂（soul）というヴィジョンをより発展させた「涅槃」で、多様なものの一元論、「多元的一元論」（a pluralistic monism）を主張するに至る。仏典――この場合は『法華経』見宝塔品――に描き出された光景は、一なるもの（unity）のなかに存在する多様なるもの（multiplicity）の謎を解き明かしてくれる。「全」とは「一」なのである（All are One）。つまり、「一」なるまとまり（union）として存在するそれぞれのものは、そのすべてが「全」と等しい。われわれが物質（matter）や力（force）と呼ぶものは、いずれも、単一であるとともに無限でもある〈未知なる現実存在〉（Unknown Reality）の異なったあらわれにすぎない。

「前世の観念」の段階で、ハーンはすでに、森羅万象あらゆるものの根源であり起源でもあるこの〈未知なる現実存在〉のことを、森羅万象あらゆるもののなかには「聖なるもの」が孕まれている、つまり、森羅万象あらゆるものは「如来」（仏）になる可能性を胎児のように孕んでいる、と説いていた。「如来蔵」（「如来の子宮」を意味するとともに、「胎児としての如来」を意味する）という術語を、ハーン自身が使っている。「胎児としての如来」は一であるとともに全である。生命をさまざまな形で産出する根源的な力にして根源的な物質である。さらに、この「涅槃」というテクストで、「多元的な一元論」を徹底して論じた第四節では、根源的な「如来の子宮」からさまざまなものが生まれ出てくる様を、海とそこから生じる波の比喩で語っている。しかも、その際、ハーンが依拠しているのは仏典ではなく、近代科学が生み落とした鬼子、優生学の起源に位置する言説である（ただし同じこのテクストの第二節では、波と海との関係を、自我とその消滅の喩えとして仏典をもとに論じている）。従兄弟であるダーウィンの進化論の影響を受け、やはり精神的なものの遺伝に関心を抱いたフランシス・ゴールトン（Francis Galton 一八二二—一九一一）の著作、『遺伝的な天才』（*Hereditary Genius*, 1869——ハーンが所蔵していたのは日本時代に購入した一八九二年版）から、ハーンは引用する。

ゴールトンは、こう述べていた——「われわれは、個人というものを、両親という源泉からは完全に切り離すことができない何ものかとして考えている。あたかも、未知なるものであるとともに限界を知らぬものでもある海のなかから、通常の条件のもとで生じ、形が整えられてきた波のようなものである」。大いなる祖先とその子孫の関係は、広大な海とそこから生じてくる無数の波という関係と等しい。限界をもたない無限の霊魂の海から、個々の霊魂が、さまざまな波の形をもって屹立してくるのである。近代の生物学と古代の仏典が交錯する地点でもある。ラフカディオ・ハーンと折口信夫は、ほとんど同じ光景を見ていた。事実、折口が「妣が国へ・常世へ」に記した「間歇遺伝」、atavism（祖先帰り）という概念は、イタリアの犯罪人類学者チェーザレ・ロンブローゾ（Cesare Lombroso 一八三五—一九〇九）の一連の著作を、おそらくは直接の起源としていた。ロンブローゾの犯罪人類学は、ヘッケルの一元論的な生物学を基盤とし、ゴールトンの優生学的な遺伝学を一つの源泉として成ったものである。種族の記憶は「遺伝」によって子孫に伝わり、子孫は祖先の無数の記憶が一つに融合した状態を生き、過去の祖先からの生命の流れを未来にひらいていく。ある場合には、その過程で、「祖先帰り」のような形で、祖先たちの記憶が今ここに噴出してくることもある。

ハーンも折口も、個々の霊魂（多なるもの）は、広大な海（一なるもの）から生じてくる波のようなものであると考えていた。折口にとって、古代の神とは「たま」（霊魂）そのもののことであり、「たま」のそれぞれは無限の海、あるいは海の無限から生じてくる。無数の「たま」は、同時に一なる「神」である。やはりそこにも多様なものの一元論が貫かれており、全なるものはそのまま一となる。霊魂、もしくは西田の言う「心霊」の一元論のもとで、西田幾多郎の哲学、折口信夫の古代学、ラフカディオ・ハーンの文学は、一つに重なり合うのである。しかも、西田は、「「小泉八雲伝」の序」において、ハーンが残した二篇の哲学的なエッセイ（「前世の観念」および「涅槃」）のみならず、他のあらゆるエッセイで、ハーン自身が全面的にその思想に依拠していると告白しているハーバート・スペンサー（一八二〇―一九〇三）からの影響を、限りなく相対化しようとするのだ。

西田は、ハーンとスペンサーの関係について、こう記していた――「［ヘルン――以下、引用内の［］は引用者による注記をあらわす］氏が万象の奥底に見た精神の働きは一々人格的歴史を有つた心霊の活動である。氏は此考をスペンサーから得たと云つて居るが、スペンサーの進化といふのは単に物質力の進化をいふので、有機体の諸能力が一様より多様に進み、不統一より統一に進むといふ類に過ぎない、文学者的気分に富める氏は、之を霊的進化の意義に変じ仏教の輪廻説と結合することによつて、その考が著しく詩的色彩と宗教の香味とを帯ぶるに至つた」。西田は続ける。ハーンのように考えた思想家として、ハーン以前にはニーチェがおり、現在ではベルクソンがいる。ハーンの考えはベルクソンに似ているが、ハーンが浪漫的な文学者であるが故、厳密な哲学者であるベルクソンに比して「単に感傷的で空想的なることはいふまでもない」。

西田は、ハーンが構想した霊的な一元論にして霊的な進化論を、ベルクソンの『創造的進化』に近いものだと喝破している。現代においても、決して色褪せることのない見解である。なぜ、西田幾多郎は、ハーンの霊的な一元論にして霊的な進化論の本質を、そのように見抜くことができたのか。おそらく、スペンサー以前にハーンに「記憶の遺伝」説を啓示したであろう起源の書物と起源の著者を、西田もまた良く知っていたからだ。しかし、その名前を西田が記してくれるのは西田の死の直前、自らの愛する長女、上田弥生を失った際に書き残された「上田弥生の思出の記」においてである（西田の没後に刊行された『「続 思索と体験」以後』に収録され、そこではじめて活字化された）。西田は、その「記」の最後に、自分より先に死んでしまった娘の生涯を簡潔にまとめ、こう記している。

七尾に生まれて一月も経ない中に金沢に出て大味の二階の一室に両親の間に寝かせられた彼［弥生］が成長して女学校を出て女高師に入り、女高師を出でて教師を務め、結婚して四人の男児を設け、純熟せる主婦となつて忽然消え去つた。私は嘗てヘッケルの「自然的創造史」であつたか、その巻頭に於て人間の卵が母の胎内に於て個体発生が種族発生を繰返し十ケ月の間に或時は魚の如く或時は豚の如く、遂に美しき婦人として現れる図を見たことがある。彼何処より来り何処に去れるか。人間万事無根樹上著花新とでも云ふべきか。

自身の死を目前に控えた西田に突然降りかかった不幸。そのとき、西田はかつて震撼させられた、エルンスト・ヘッケルが提唱した「個体発生は系統発生を繰り返す」というテーゼ、人間の胎児は母親の胎内でそれまでの生物進化（系統発生）を反復し、その結果として地上に生まれ出てくるというテーゼに、想いを馳せる。新版全集で、西田が書き残したもののなかにヘッケルの名前が出てくるのは、この「記」と、最も初期の講義ノートおよび断章だけである。西田が「「小泉八雲伝」の序」を書き進めていく過程で念頭にあったのも、おそらくは同じ想いと、ヘッケルの著作だったはずである。

そしてラフカディオ・ハーンが、スペンサーより以前に「記憶の遺伝」説を知っていたとしたら、やはりヘッケルの書物を通じてであった可能性が最も高い。

3　個体発生と系統発生

今日までに列島の内外で積み重ねられてきたハーン研究によれば、ハーンが最初にスペンサーの著作に言及するのが一八八四年、西田幾多郎が鋭く見抜いたように、ハーンがスペンサーの物質的な進化論を霊的な進化論と読み替え、仏教思想との融合を図りはじめたのが一八八五年から翌年にかけてだと推測されている（平川祐弘監修『小泉八雲事典』、恒文社、二〇〇〇年、他）。西田幾多郎が「序」を贈った『小泉八雲』の著者である田部隆次の尽力によって、ハーンの蔵書は、現在、富山大学付属図書館にヘルン文庫として収められている。そのハーンの蔵書のなかでも、スペンサーの著作は、ただ一冊を例外として、そのすべてが一八八三年以降に刊行されたものである。もちろん、アメリカ時代にハーンが読み、影響を受けた書物のすべてがこのヘルン文庫に残されているわけではない。ただ、少なくともハーンのスペンサー受容に関しては、一八八三年を遡ることはないと結論を下してしまっても、それほど見当違いではないと思われる。

しかしながら、ハーンが「前世の観念」や「涅槃」で展開した霊的な進化論にして霊的な一元論の基盤となった「記憶の遺伝」説の出現は、ハーンのテクストのなかで、さらに年代を遡っていくことが可能である。その一つの起源は、一八八〇年七月二二日という日時が付された新聞記事、「遺伝的な記憶」(Hereditary memories) にまで至る。つまり、ハーンがスペンサーの諸著作と出会う以前のことである。この「遺伝的な記憶」という記事のなかで、ハーンはすでに仏教の輪廻説に触れ、「記憶は遺伝する」と明確に記し、なによりも記事の最後の一行を、こう閉じている。今まで一度として訪れたことのないインドの幻を眼にする子供たちは、自分たちよりも何代も以前の祖先が実際に体験した「極東 (Far East) の幻像 (vision)」に永遠に取り憑かれ続けるだろうという予言的な言葉で。ハーンのその後の生涯を決定してしまったようなテクストである。

それでは、ハーンの蔵書のなかにスペンサー以前にどのような著者の、どのような著作が存在していたのか。ハーンは、一八九〇年以前のアメリカ時代に購入した書物には英語の蔵書印を、一八九〇年以降の日本時代に購入した書物には日本語の蔵書印を押している。しかも、ハーンが自身のエッセイ=論考のなかで取り上げた著作であっても、ほとんど書き込みは見られない。刊行年が一八八〇年以前であり、アメリカ時代に確実に購入した書籍であり、さらに進化論的な「遺伝」を論じているものは限られる。そのなかにはエルンスト・ヘッケルの著作があり、グラント・アレン(Grant Allen)の著作があり、ジョン・フィスク(John Fiske)の著作がある。ただし、アレンの著作とフィスクの著作は、いずれも、スペンサーの「総合哲学」が成立の契機となっている。つまり、スペンサー受容以前に、ハーンが十全に読み込めたとは思えない。可能性は、ヘッケルに絞られる。

ハーンの蔵書のなかで確認することができるヘッケルの著作は、次の三作品、五冊である。全二巻で刊行された『人間の進化』(*The evolution of man*, 1879)、同じく全二巻で刊行された『創造の歴史』(*The history of creation*, 1884——西田幾多郎を深く感動させた著作である)、そして『宇宙の謎』(*The riddle of the universe*, 1902)。いずれもドイツ語から英語に翻訳されたテクストであり、ハーンは、そのすべてに目を通している。『人間の進化』と『創造の歴史』は、アメリカ時代に購入されている。『創造の歴史』には、刊行の年にすぐ購入したと思われる「1884」という年号と「ニューオリンズ」という場所が記されていた。ただしこの著作は第二巻に、いまだ封を切っていない箇所が存在する。それに比して、『人間の進化』は全体に良く読み込まれた形跡があり、蔵書にほとんど書き込みをしないハーンとしては例外的に、特にその第一巻には、多くの書き込みを見出すことができる。購入の年および購入の場所は書き込まれていないが、これもまた例外的に、英語の蔵書印の他に、二冊とも、その見返しに自筆のサインが大きく書き残されている。この大著を、『創造の歴史』購入以前に、ハーンが熟読していた可能性はきわめて高いはずだ。

『人間の進化』は、その第一章で、「個体発生は系統発生を繰り返す」というヘッケルが見出した「有機体の進化の根本的な法則」が説かれていた。ハーンは、自らの手で、細胞の歴史（germ-history）である「個体発生」（Ontogeny）と、種の歴史（種族の歴史＝tribal history）である「系統発生」（Phylogeny）の間を一つにつなぐ線を引いている（p.13）。「遺伝」という単語も眼につく。なおかつ、この『人間の進化』には、無機物と有機物の間に生まれた根源的な物質にして根源的な生命である「モネラ」から人間に至るまでの進化の系統図（生命の系統樹）が付されており、さらに第一巻の冒頭には、人間と各ほ乳類の胎児の顔を比較したきわめて印象的な図版も付されていた。あらゆる生命は一つにつながり合い、胎児は母親の胎内で、それまでの生物進化を反復している。ラフカディオ・ハーンもまた、西田幾多郎と同じように、ヘッケルの「個体発生は系統発生を繰り返す」というテーゼの上に、霊的進化論にして霊的一元論の体系を打ち立てようとしていたのだ。

ハーンは、「前世の観念」に、こう書き残していた。

最も高度で最も複雑な有機体は、最も低度で最も単純なものから発展したものであるということ。生命のただ一つの物質的な基盤となるものが、この生きている世界全体を支えている存在であるということ。動物と植物を分割する線など決して引くことができないということ。生命と非生命〔有機物と無機物〕の差異は絶対的なものではなく、ただ程度の差異であり、種としての差異ではないということ。物質もまた、精神と同じ程度に理解しがたいものであること、そしてその両者ともが、一なるもの、あるいは同じ未知なる現実存在（unknown reality）のさまざまに変化する現れであること。それらすべての見解が、新たな哲学では常識となっている。

ハーンが、ここで述べている「新たな哲学」の基盤となる、有機体の最も単純なもの、生命の唯一の物質的な基盤となるもの、動物と植物に分割されず、有機物と無機物の間で程度の差異しかもたない「一」なるもの、その〈未知なる現実存在〉こそ、ヘッケルのいう進化の系統樹の起源となり基盤となる「モネラ」に他ならないであろう（そこには、やはりヘッケルがはじめて提唱した「エコロジー」という概念に大きな影響を受けた南方熊楠が探究の対象とした動物と植物の性質を兼ね備えた「粘菌」のイメージも重なり合っている）。ハーンは、その「モネラ」にして「粘菌」でもあるような存在を、万物に内在する如来となる可能性、万物に孕まれている如来となる種子と考えた。たとえば、ハーンが残したこの一節を、ベルクソンが『創造的進化』に書き記した、次のような一節と比べてみるとどうなるのか（以下、竹内信夫訳『新訳 ベルクソン全集4』白水社、二〇一三年より）。

個体の生命原理は、どこで始まり、どこで終わるというのだろうか？　それを順次に遡ってゆけば、われわれはそのもっとも遠い祖先のところまで遡ることになるだろう。その個体が、ありとあらゆる生命体に繋がっており、生命の系統樹のおそらくは根源に位置する原形質の小さなゼリー状の塊に繋がっていることを、われわれは見出すことになるだろう。その個体は、ある意味で、その原初の祖先と一体を成しているのだから、そこから多様に枝分かれしてきたすべての生命体とも一つに繋がっているのだ。そういう意味で、その個体は、今もなお、目に見えない多くの絆によってすべての生命体と一つに結ばれていると言えるだろう。

両者がまったく同じヴィジョンを述べていることがわかるであろう。ベルクソンもまた明らかに、ヘッケルの「モネラ」からはじまる霊的一元論にして霊的進化論を、自身の新たな生命哲学として再構築しているのだ。西田幾多郎の見解は正しかったのである。しかも、それだけではない。折口信夫は、「たま」であるとともに「神」でもある、多にして一なる存在の生成原理として、万物を一つに結び合わせる「産霊」という概念を抽出してきた。宮沢賢治は、『春と修羅』のなかでヘッケル博士に呼びかけ、その「序」には「あらゆる透明な幽霊の複合体」という一節を記す。それらもまた、すべて同じヴィジョンなのだ。根源的な物質にして根源的な生命＝力によって森羅万象あらゆるものが一つに結ばれ合い、多様なるものの一元論が可能になる。しかし、同時にその地点が、二十世紀の生物学、哲学、宗教学、文学が到達した臨界点でもあったはずだ。

〔附記〕遺著となった長編論考『神国日本』(*Japan*, 1904)の第十一章「大乗仏教」のなかで、ラフカディオ・ハーンは、エルンスト・ヘッケルの名前を出し(ハーンが言及しているヘッケルの著作は『宇宙の謎』である)、ドイツの生物学的な一元論哲学と日本の大乗仏教における「業」の哲学が酷似すると述べている。ハーンが、ヘッケルの『宇宙の謎』とともに引くのは、シカゴで開催された万国博覧会(一八九三年)に併催された万国宗教会議で配布されたパンフレット、黒田真洞による『大乗仏教大意』(*Outlines of the Mahâyâna as taught by Buddha*)である。このパンフレットに説かれた「業」の理論、「真如」(すなわち如来蔵——ただし「如来蔵」という言葉が記されているわけではないのだが、『大乗起信論』的な「真如」の理解であることは明白である)の理論がポール・ケーラスを感動させて大乗仏教研究に向かわせ、鈴木大拙の『大乗仏教概論』の一つの源泉となった。ハーンは、そのような流れを熟知していた。しかし、ここにおいてもハーンが参照するのは圧倒的にハーバート・スペンサーの著作である。ヘッケルの名は、スペンサーの名の影に完全に隠れている。ハーンは確かにヘッケルの著作を読んでいる。ヘッケルの進化論と如来蔵思想の類似にも意識的である。しかしそれがどれほどの影響をハーンに与えたのか、スペンサー以前に本当にヘッケルを位置づけることができるのか、私自身、いまだに判断がつけられないでいる。今後の議論に期したいと思う。

胎児の夢――宮沢賢治と夢野久作

1　光炎菩薩とヘッケル博士

宮沢賢治は、『春と修羅』を「詩」集とはせず、「心象スケッチ」集とした。『春と修羅』には二つの系統の語彙、仏教的な語彙と自然科学的な語彙が、相矛盾するまま一つの書物のなかにちりばめられている。「心象スケッチ」が一体何を意味するのか、これまで膨大な議論が交わされてきた。しかしながら、宗教と科学が一つに交わるところにあらわれるイメージ（心象）であると定義することに大きな相違はないであろう。イメージは自己の内部にある精神と自己の外部にある自然を一つに結び合わせる。あるいは、生者と死者とを。さらには、人間と動物と植物と鉱物とを。「心象」はリアルであるとともにフィクションである。それをスケッチしていくのだ。

もう一つ、『春と修羅』に特徴的であるのは、無数の固有名が記されていることである。その固有名に対して賢治自身が切実な呼びかけを行っている場合もある。それらの固有名は現実に存在するものであるとともに、フィクションとして創り上げられたものでもあった。まずは、『春と修羅』という特異な詩集のなかで賢治自身が記した二つの固有名について考察することからはじめたい。一つは「小岩井農場」の「パート四」に登場する「光炎菩薩」、もう一つは「オホーツク挽歌」の冒頭に据えられた「青森挽歌」に登場する「ヘッケル博士」である。

現在のところ最も新しく、また最も網羅的に、賢治作品にあらわれる語彙の源泉を探った原子朗の『定本　宮澤賢治語彙辞典』（筑摩書房、二〇一三年、以下『語彙辞典』）によれば、「光炎菩薩」については、「華厳経世間浄眼品第一に出てくる浄慧光炎自在王菩薩あたりが発想源か」と書かれ、太陽の仏たる毘盧遮那仏の「像を表わしている」としている。つまり、仏教的な語彙を換骨奪胎した賢治のフィクションだとしているのだ。もう一方の「ヘッケル博士」は実在する人物である（以下に述べるヘッケルの紹介については『語彙辞典』の記述にもとづきながら、一部補足した部分があることをお断りしておく）。

エルンスト・ハインリッヒ・ヘッケル（一八三四―一九一九）、ドイツの生物学者にして、ダーウィンの進化論を理論的に考察して一つの哲学的な世界観にまで高めた人物である。その独自の世界観については、「個体発生は系統発生を繰り返す（系統発生を短縮したもの）」という生命の発生原則としてまとめられる。さらには、「精神と物質の一元論に立って生態学を研究し、ラマルクを高く評価した」とあり、「進化の最初に生じたはずの無構造の原形質塊である「モネラ」の考察」や「進化の系統樹の描出」もこのヘッケルの業績である、と記されている。

「モネラ」とは、無機物から有機物が生まれ出る瞬間に位置づけられる原初の生命体である。ヘッケルが実際に発見したとされるこの「モネラ」については、現在ではその存在自体は否定されている。しかし、生命の根源、物質の根源の探究といった点、つまり、表現の理念としてはいまだに有効なものであるだろう。「モネラ」は、ギュスターヴ・フローベールを驚愕させて『聖アントワーヌの誘惑』の末尾を書き直させ、アンリ・ベルクソンの『創造的進化』を真にはじまらせ、おそらくは夢野久作の『ドグラ・マグラ』を準備し、南方熊楠のエコロジー、「粘菌」への関心をより深めさせたのである。

光炎菩薩は仏教的なフィクションであり、ヘッケル博士は科学的なリアルである。しかし両者は、少なくとも賢治のなかでは、相互に密接な関係をもっていたと思われる。なぜなら、長篇詩篇「小岩井農場」のなかで光炎菩薩がその姿をあらわす「パート四」から、「小岩井農場」は壮大な進化論的なヴィジョンをあらわにしはじめるからだ。しかも「小岩井農場」におけるこの進化論的ヴィジョンは、『春と修羅』が完成に向かう段階で書き直され、新たに書き加えられていったと推定されている。

「小岩井農場」の「パート一」から「パート三」までは、特異ではあるが現実の小岩井農場を彷徨した際の「心象スケッチ」として読むことができる。その核心は「パート一」に記された次の一節が余すところなく語っている――。

それよりもこんなせはしい心象の明滅をつらね
すみやかなすみやかな万法流転のなかに
小岩井のきれいな野はらや牧場の標本が
いかにも確かに継起するといふことが
どんなに新鮮な奇蹟だらう

自然のなかへの孤独な彷徨によって、外部の風景と内部の風景が通底し合い、さまざまな「心象」が現れては消える。それをスケッチしてゆくのだ。しかし、「パート四」に至って、その「心象」は、さらなる心の内部、心の奥底より出現してくる「幻想」に浸透されてゆく。「パート四」には、次のような未知なる存在が、身近に出現する様が語られている――。

すきとほるものが一列わたくしのあとからくる
ひかり　かすれ　またうたふやうに小さな胸を張り

またほのぼのとかゞやいてわらふ
みんなすあしのこどもらだ
ちらちら瓔珞もゆれてゐるし
めいめい遠くのうたのひとくさりづつ
緑金寂静のほのほをたもち
これらはあるいは天の鼓手　緊那羅のこどもら

「瓔珞」は菩薩や天人がつける首飾り、「緊那羅」は「人に似ているが頭に角があり、手に鼓を持つ」馬頭人身や人頭鳥身である仏法の守護神を意味している（いずれも前掲『語彙辞典』による）。「わたくし」の周囲に、半分は獣で半分は天使であるような「ひかり」のこどもたちが姿をあらわす。光炎菩薩が賢治のテクストのなかに記されるのは、その直後（十行後）のことだ――。

（コロナは八十三万二百……）
あの四月の実習のはじめの日
液肥をはこぶいちにちいつぱい
光炎菩薩太陽マヂツクの歌が鳴つた

（コロナは八十三万四百……）
ああ陽光のマヂツクよ
ひとつのせきをこえるとき
ひとりがかつぎ棒をわたせば
それは太陽のマヂツクにより
磁石のやうにもひとりの手に吸ひついた
（コロナは七十七万五千……）

この光炎菩薩が登場する一節は、直接的には『春と修羅』に収められる詩篇を書き始める直前、大正十年（一九二一）の十二月から教諭となった稗貫郡立稗貫農学校――大正十二年（一九二三）の四月には県立花巻農学校となる――での体験にもとづいたものであると推定される。なお、「イーハトーボ農学校の春」という別稿が存在し、そこにも「光炎菩薩太陽マヂツク」という記述が残されている。賢治のテクストのなかで「光炎菩薩」があらわれるのはこの二箇所のみである。「小岩井農場」の文脈では天使であり獣である「ひかり」のこどもたちのイメージを集約するようなかたちでテクストに召喚されており（ただし賢治の残した草稿および校正稿の精査によって単純な前後関係は想定できない）、しかも「イーハトーボ農学校の春」を参照すれば、おそらくは理想の労働、理想の共同作業の「歌」とともに出現する何ものかである。

「小岩井農場」はこの後、「パート五」「パート六」はそのタイトルのみが記され、従前からの心象スケッチに戻った「パート七」を経て、最終部である「パート八」へと続く。「パート八」はタイトルとしても存在していない。「小岩井農場」を締め括る「パート九」は「パート四」と密接な関係をもっており、「ひかり」のこどもたちに「ユリア」と「ペムペル」という名前が与えられる。厳密に完成形だけを考えれば、「ひかり」のこどもたちと「ユリア」および「ペムペル」を同一視することはできない。しかし、先駆形では、「ユリア」と「ペムペル」は次のように描き出されている――「羅は透き　うすく、そのひだはまっすぐに垂れ鈍い金いろ、／瓔珞もかけてゐられる。／あなた方はガンダラ風ですね。／タクラマカン砂漠の中の／古い壁画に私はあなたに／似た人を見ました」。

つまり、ユリアもペムペルも「ひかり」のこどもたちとほぼ等しい存在である。しかもそのユリアとペムペルは、中央アジアにその面影を残した光の天人であると同時に、それ以上に、太古からの時間の経過そのものを体現する存在だった。ユリアは太古の恐竜たちが生きていた侏羅紀（ジュラ紀 Jurassic）を象徴し、ペムペルは二畳紀（ペルム紀 Permian）を象徴しているのではないかと推定されている（前掲『語彙辞典』他）。古生代の最後である二畳紀を経て中生代の三畳紀、ジュラ紀、白亜紀に至るまで「億」という年月を経て現代にまで伝わる生命の証し、それがユリアであり、ペムペルであり、「ひかり」のこどもたちであった。
賢治は、「小岩井農場」の「パート九」にこう記す――。

ユリアがわたくしの左を行く
大きな紺いろの瞳をりんと張つて
ユリアがわたくしの左を行く
ペムペルがわたくしの右にゐる
……………はさつき横へ外れた
あのから松の列のとこから横へ外れた
《幻想が向ふから迫つてくるときは
　もうにんげんの壊れるときだ》
わたくしははつきり眼をあいてあるいてゐるのだ
ユリア　ペムペル　わたくしの遠いともだちよ
わたくしはずゐぶんしばらくぶりで
きみたちの巨きなまつ白なすあしを見た
どんなにわたくしはきみたちの昔の足あとを

白堊系の頁岩の古い海岸にもとめただらう
《あんまりひどい幻想だ》

自らの幻想に破壊されそうになりながらも、「わたくし」は、こう思う。寂しさの極みにおいては、誰でもこのような幻想に囚われる。その幻想の最中、「きみたちとけあふことができたので」、「わたくし」は、太古から現在に至るまでのこの巨大な旅から遁げなくてすんだのだ。賢治は続けて、「この不可思議な大きな心象宙宇のなかで」、「じぶんとひとと万象といつしよに／至上福祉にいたらうとする」宗教情操への疲れから恋愛が生まれ、さらにそれをごまかすことで性欲が生まれ出てくると説く。その有様は、ヘッケルの名前こそ出してはいないが、まるでその進化の系統樹のようだ――。

すべてこれら漸移のなかのさまざまな過程に従つて
さまざまな眼に見えまた見えない生物の種類がある
この命題は可逆的にもまた正しく
わたくしにはあんまり恐ろしいことだ

共同の幸福を求める共同の意志である宗教が退化して恋愛となり、恋愛が退化して性欲となる。あるいは性欲が進化して恋愛となり、恋愛が進化して宗教となる。しかもその退化＝進化の規模は、人類以前にまで、あるいは人類以降にまで、拡張されなければならないのだ。なぜ、そのような壮大な進化論的なヴィジョンのなかに光炎菩薩が登場してこなければならないのか。そもそも光炎菩薩とは賢治の創作なのか。

否、決してそうではない、と思われるのだ。

『春と修羅』に収められたそれぞれの詩篇の末尾には日付が記されている。その日付は、現在読むことができるかたちで詩篇が完成された時では、おそらくは、ない。その日付は、それぞれの詩篇が作者の内に十全に胚胎された時を示しているはずだ。『春と修羅』の冒頭に置かれた「屈折率」と「くらかけの雪」には一九二二年（大正十一）一月六日という日付が、末尾に置かれた「冬と銀河ステーション」には一九二三年（大正十二）十二月十日という日付が、そして「序」には大正十三年（一九二四）一月二十日という日付が記されている。この間に賢治は最愛の妹トシを亡くし、関東大震災の惨状を知った。詩篇末尾に記された日付の上では「小岩井農場」はトシの死以前、「青森挽歌」はトシの死以降の作品である。光炎菩薩とヘッケル博士は、一体連続するものなのか断絶するものなのか。

まずは光炎菩薩の正体を確定しなければならない。賢治が『春と修羅』としてまとめられる「心象スケッチ」にはじめて取りかかる二ヶ月ほど前、大正十年の十月末、「光炎菩薩大師子吼経」というサブタイトルが付された『如是経　序品』（星文館書店、以下この書物からの引用は新字に直して行う）という奇怪な書物が刊行された。このとき賢治は、トシが重い病気に罹ったとの報を受け、無断で旅立った東京から帰郷し、稗貫農学校教諭の職に就く直前のことだった。『如是経』は仏典からの翻案ではなく、ヨーロッパの哲学書からの翻訳であった。訳者は登張《とばり》信一郎（竹風《ちくふう》とも、一八七三―一九五五）、ニーチェの『ツァラトゥストラかく語りき』（以下、『ツァラトゥストラ』と略する）の序説部分の翻訳である。登張は、そこで、主人公「ツァラトゥストラ」を「光炎菩薩」としたのだ。もちろん登張は素人ではなく、明治期を代表するドイツ文学者にして文芸評論家であり、ニーチェ研究の専門家であった。樗牛の美的生活論をニーチェの読解からさらに敷衍解説し、逍遥とニーチェの解釈をめぐって激しい論争を繰り広げ、ニーチェの超人思想についての講演を不敬罪と難じられ、いったんは教壇を去らなければならなかった。

登張は、なぜツァラトゥストラを光炎菩薩と訳したのか。登張自身、こう書き残している――「私見によれば、本書所説の超人は仏［いわゆる如来］であり、超人を説くツァーラトフーストラは仏経に見ゆる菩薩［如来になる過程にある修行者を意味する］であります。かるがゆゑに、光明に縁あるツァーラトフーストラを仏典の中の諸菩薩の御名から翻訳すべく、いろいろ諸経を拝読してゐますうち、華厳経の巻の第一世間浄眼品に、浄慧光炎自在王菩薩といふのが居らせられましたので勿体なくもその御名を拝借することにいたしたのであります」。

現在の『定本　宮澤賢治語彙辞典』の著者が推定するのとほぼ同じ道をたどって「光炎菩薩」という存在を抽出した人物が、賢治より以前に、確実に存在していたのである。賢治が独力で華厳経から「光炎菩薩」を抽出したと考えるよりも、登張のこの翻訳を参照したと考える方が、蓋然性はより高いと思われる。大正十年、ツァラトゥストラは太陽の仏として出現したのである。『如是経　序品』は『ツァラトゥストラ』序説を逐字的に翻訳しながら、そこに登張の長文の解説を付したものである。たとえば、その冒頭は、こうなる——。

光炎菩薩、御齢三十にして、その故郷を去り、故郷の湖辺を去りて、遠く山に入りたまへり。山に住して禅定に入り、孤独寂寞を楽しみたまふこと、茲に十年なるに、未だ曾て倦みたまふことなかりき。十年の後、心機遂に一転、某の朝、曙光を仰いで起ち、昇る大日輪を仰いで、語つて曰く、

登張は、この冒頭の一節について注釈するなかで、日蓮の体験を引き合いに出す——「日蓮上人は、建長五年、安房の山嶺に登り、赫々たる東海の旭日に対して、高声に南無妙法蓮華経を唱ふること十遍。かくして、教法弘通の第一声を放たれたと伝へられてあります」。もちろん、賢治が、

登張によるこの『如是経　序品』を読んだという確証があるわけではない。また、登張の注釈にしても、樗牛への友情からか日蓮の言動をところどころ参照しているとはいえ、基本的には浄土真宗的な読解、「註釈論評の拙文だけは、殆ど全く純仏教殊にわが親鸞聖人の宗教信仰」にもとづいたものである。さらに、賢治が「小岩井農場」の「パート四」および「イーハトーボ農学校の春」に記した「光炎菩薩太陽マヂツク」という牧歌的な表現と、登張がここに記した「光炎菩薩大日輪を仰いで」では、ニュアンスが若干異なっていることもまた確かであろう。

しかし、たとえば、登張による次のようなツァラトゥストラ＝光炎菩薩の教説を読むと、ニーチェの超人思想がヘッケル的な生物進化論の文脈で捉えられている上、賢治が唯一文中にニーチェの名前を記した奇怪な童話「ペンネンネンネンネン・ネネムの伝記」の原風景が明らかにされているように思われてならない。『ツァラトゥストラ』序説、その第三節冒頭を、登張はこう訳す――。

光炎菩薩、森また森を経て、始めて街上に立ち、偶ま、綱渡を見んとて集へる大衆に逢ひたまふ。乃ち大衆に説いて曰く

「われ、汝等に超人（仏）を説かん。人は今の人に克つて、更に向上進化すべきものなり。汝等は人間の向上進化のために、何を為したりや。

天地万物は、皆己れの上に或るものを作りて進みたるなり。汝等は大いなる潮の干潮となり

て、人の進化を企てんよりも、寧ろ禽獣に退化せんと欲するか。人よりいへば、かの猿は何の状ぞ。笑ふべく、悲しむべく、恥づべきものにあらずや。超人の人に於ける、また此の如し。笑ふべく、悲しむべく、恥づべきは今の人なり。汝等は、虫より人となるべき道を辿りて進めり。されば、汝等の身心の多くは、今猶ほ虫にあらずや。汝等は嘗て猿たりき。されば、今も猶ほ人は、かの猿の類よりも猿たるに近し。汝等のうちの最も賢きものも、唯草木と妖怪との醜き雑種たるに過ぎず。さればとて、われ焉んぞ、汝等をして、かの草木たり・妖怪たらしむるを好まんや。

登張は、この一節の注釈の冒頭でも、日蓮を引き合いに出す――「いよいよ光炎菩薩の辻説法でありまず。日蓮上人の鎌倉に於ける辻説法を想ひうかぶべしぢや。日蓮は、例の有名な四箇格言を以て、坼伏《しやくふく》の火蓋を切つたのであるが、今や光炎菩薩、超人と此土の意義とを振りかざして、現前の迷妄をうち破らんとするのでありまず」。光炎菩薩はツァラトゥストラであるとともに日蓮でもあった。登張は、超人への道を、まさに人間的な条件を超えて仏（如来）となることであると説く。超人を「仏」と等しいものとしたのは、自分独自の解釈によるのだ。登張はそう強調している。賢治もまた、友人への書簡のなかで、自分たちが実現を目指す文学を「如来の表現」と定義していた（鈴木健司『宮沢賢治　幻想空間の構造』蒼丘書林、一九九四年より、書簡は『如是経　序品』刊行以前のものである）。賢治にとっても、登張＝ニーチェにとっても、人間とは、如来になる可能性を蔵した、如来のための土台となる生命体だった。

登張は、さらに続けていく。人間を超えて如来と成るとき、天台宗や真言宗が目標とするような竪の超越（竪超）でも、浄土真宗が目標とするような横の超越（横超）でも、大きな差異は存在しない、と――「竪でも横でも、一切衆生が生死の大海を超ゆるが一大事である。即ち一切衆生成仏が一大事である。超人とは畢竟仏に成れる人の謂である。超人といふ新しい言葉に眩惑してはならぬ」。あらゆる人間が如来、すなわち超人に成ることができる。しかも、その超人への生成は、創造的な生命の進化の結果としてはじめて可能になる。如来への道、超人への道は、誰にでも、あるいは森羅万象あらゆるものにも、ひらかれているのだ。

人は虫から進化し、猿から進化した。それ故に、人は、いくぶんかはいまだ虫であるし、猿である。個体発生は系統発生、つまりは進化の過程を繰り返さざるを得ない。人は母胎のなかで、原初の生命体から胎児に至るまでの生命進化の過程を圧縮して体験し、母胎から外へと生み落とされる。原初生命進化の反復の果てに、未知なるもの、新たなるものが生み落とされるのだ。だから、人間とは、原初の動物と未来の超人とを一つに結び合わせる一本の綱のような存在なのだ（『ツァラトゥストラ』のなかに実際に存在する一節である）。つまり、母親の胎内で進化の過程、系統発生を繰り返している人間とは、太古に生きた恐竜を未来に生きる「ひかり」のこどもへと転生あるいは生成させる、可能性の母胎そのものなのだ。しかしながら、その超人への生成が可能になったとき、同時に、人間はあとかたもなく滅び去らなければならないだろう。まさに、超人という幻想が向こうから迫ってくる時とは、人間が壊れる時に他ならないからだ。

登張は、ツァラトゥストラ＝光炎菩薩にこう諭させていた。人間たちよ、お前たちの最も賢い者といえども、ただ「草木と妖怪との醜き雑種」に過ぎない、と。現在まで残された宮沢賢治のテクストのなかでただ一箇所、ニーチェについて言及されているのは、「グスコーブドリの伝記」のまったく似ても似つかない原型、「ペンネンネンネンネン・ネネムの伝記」のなかにおいてであった。この物語の登場人物はすべて「ばけもの」たちである。まさに「草木と妖怪との醜き雑種」たちが作品世界を跳梁しているのだ。「ばけもの」たちが「ばけもの」の世界で暮らしている。そこから人間の世界に出現してしまうのが「ばけもの」たちにとっての罪なのである。

「ばけもの」のネネムは人間のブドリと同じように、幼い頃に「ばけもの」の両親を失い、「ばけもの」の妹と生き別れになる。ネネムは、森のなかで木の上に登り、空を漂う昆布を収穫し、金をかせぎ、町へ出て、まったくもってナンセンスな方法を駆使しながら、書記から世界裁判長へと立身出世していく。世界裁判長ネネムは、判事からこう評されることになる――「実にペンネンネンネンネン・ネネム裁判長は超怪である。私はニイチャの哲学が恐らくは裁判長から暗示を受けてゐるものであることを主張する」。賢治がニーチェの超人思想を読み込んでいたことはこの一節から確実であり、しかもその超人を超怪、すなわち超妖怪あるいは超怪物とするのは、明らかに登張の翻訳を参照していた証拠であり、さらには、そのパロディ的な転用に他ならない、と思われる。

従来、大正九年（一九二〇）と推定されていたこの物語の執筆時期も、新校本全集編集時の再調査によって大正十一年にまで下がることになり、さらに現在では、「筆写稿に用いられている原稿用紙の使用時期からみても、筆写は大正十一年と推定されるようになっている」（ちくま文庫版に付された天沢退二郎の「解説」より）。「光炎菩薩」についても「ニイチャ」についても、賢治のテクストに登場するのは、いずれも『如是経　序品』刊行後のことだったのである。賢治がニーチェの『ツァラトゥストラ』、特にその序説で展開された超人思想を読み込んだのは、登張信一郎の翻訳――仏教的な超翻訳――による『如是経　序品』を通してだったことは、ほぼ間違いのない事実ではないだろうか。さらに、この奇怪な童話「ペンネンネンネンネン・ネネムの伝記」は、ニーチェの超人思想とヘッケルの生物進化論が、賢治のなかで一つに重ね合わせられるものだったことを証し立ててくれる。

「ペンネンネンネンネン・ネネムの伝記」は何度にも及ぶ複雑な改稿を経て「グスコーブドリの伝記」へと変貌していった。それらの草稿群のなかで、より「ネネム」に近い過渡的な段階にあるメモとして、「ペンネンネンノルデ」を主人公とした一連の物語の構想が残されている。ペンネンノルデは太陽の仏＝ツァラトゥストラの末裔らしく、太陽にできた黒い棘、当時気候変動の原因とされた太陽黒点を取り除きに行くのだ。ノルデは十二年間、森のなかで昆布とりをした後、書記になるために「モネラの町」に出る。そして、さまざまな事件に遭遇した後、ノルデは「海岸でつかれてねむる」。ノルデは、そこで、「夢のなかでうにやアミーバーと会話する」。ネネムが超人であるならば、ノルデもまた超人である。最も進化の極に位置する超人とは、最も退化の極に位置する原初の生命体、「モネラ」――賢治はそれを「うにやアミーバー」のようなものと考えていたようだ――と会話を交わすことができる存在だったのだ。

進化と退化は可逆的な関係にある。進化は退化であり、退化は進化である。しかも、その可逆的な関係が可能になるのは、「心象スケッチ」が生まれ出てくる場、すなわち、精神と身体、自己と他者、有機物と無機物、生と死などあらゆる対立が無化されてしまう一元的な場たる「こころ」に他ならない。『春と修羅』に付された「序」は、おそらくそうした事態を物語ってくれている。そこでは海胆が、人間や修羅、さらには銀河そのものと並置されていた――。

　これら「心象スケッチ」について人や銀河や修羅や海胆は
　宇宙塵をたべ　または空気や塩水を呼吸しながら
　それぞれ新鮮な本体論もかんがへませうが
　それらも畢竟こゝろのひとつの風物です

たゞたしかに記録されたこれらのけしきは
記録されたそのとほりのこのけしきで
それが虚無ならば虚無自身がこのとほりで
ある程度まではみんなに共通いたします
（すべてがわたくしの中のみんなであるやうに
みんなのおのおののなかのすべてですから）

海胆と人間と修羅は「心象スケッチ」、物質にして力、すなわち、物質にして生命でもある原初の生命体、原初のイメージを通して一つにつながり合う。銀河全体が、いわば、無限の産出可能性をそのなかに孕み込んだ一つの生命体――「（すべてがわたくしの中のみんなであるやうに／みんなのおのおののなかのすべてですから）」――であり、そこから未知なるもの、新たなるもの、すなわち「超人」が生まれ出てくるのである。この「序」にも大正十三年一月二十日という日付が記されている。少なくとも、賢治がこのような考えを抱けたのは、「小岩井農場」を進化論的ヴィジョンのもとに書き直し、「オホーツク挽歌」の詩篇群と対をなすようなかたちで、『春と修羅』全体の構成が完成した後であると考えられる（新校本全集の校異篇解題によれば、さらにもう一段階の整理を経て、現行の書物のかたちに整えられたという）。

賢治は、『春と修羅』刊行後、その「序」に表現されたヴィジョンを、理想の農業共同体で実践していこうとする。大正の最後の年にして昭和の始まる年、一九二六年一月、賢治は岩手県国民高等学校講師を兼任するとともに、三月には花巻農学校を退職、翌四月には「新しい農村」の建設を目指して羅須地人協会設立に向けての活動を開始する（設立は八月）。この間、岩手県国民高等学校から羅須地人協会にかけて、賢治が講義したのが「農民芸術」論であった。その講義のためのノートとして記されたのが、「農民芸術概論」「農民芸術概論綱要」「農民芸術の興隆」である。

「概論」と「綱要」の結論部分には、同じく「われらに要るものは銀河を包む透明な意志　巨きな力と熱である」とある（細部の差異は捨象している）。それでは、一体、この「銀河を包む透明な意志」によって、人間は最終的には何を目指していけばよいのか。「意識」の進化である。「綱要」の序論には、そう説かれている。自我の意識は、個人から集団、さらには社会から宇宙へと進化する。だからこそ……「新たな時代は世界が一の意識になり生物となる方向にある」、「正しく強く生きるとは銀河系を自らの中に意識してこれに応じて行くことである」、「われらは世界のまことの幸福を索ねよう　求道すでに道である」と続いていく。そして序論が閉じられる。

この力への透明な意志を実現していくのは、農民の日々の労働である。「興隆」には、こう書かれていた。「労働は本能である　労働は常に苦痛ではない　労働は常に創造である　創造は常に享楽である」（ちなみに、以下、「人間を犠牲にして生産に仕ふるとき苦痛となる　トロツキー」と続く）。「小岩井農場」の他に、「光炎菩薩太陽マヂツク」が鳴り響いていたのが、やはり農業労働賛歌である「イーハトーボ農学校の春」であることを考え合わせてみるならば、賢治が、農民の労働の結果として、あるいはその過程として、今ここに生み落とされてくる農民の芸術として考えていたものが、「超人」への意志であることが理解されるであろう。

「超人」への意志とは、賢治にとって、「銀河」全体を包み込み震わせるような巨大な波動をもつとともに、原初の生命体である「モネラ」――「うにやアミーバー」――とも響き合うような微細な波動をもっていなければならなかった。やはり賢治が残したテクストのなかで、ただ一箇所だけ、「モネラ」が言及されている「ペンネンノルデ」の物語の概要が記された用紙の右下には、次のような書き込みがあるという。「零丁　須達／アルゲモーネ／須　羅須／羅須」（「零丁」以外はすべて抹消）。このメモが羅須地人協会とどのような関係をもっていたのかはよく分からない。しかし、光炎菩薩とヘッケル博士、「超人」と「モネラ」が、賢治の農民芸術と密接な関係をもつものであったことは疑い得ないであろう。

そして問題は「光炎菩薩」から「ヘツケル博士」へ移行する。『春と修羅』の「青森挽歌」のなかで、「ヘツケル博士」への呼びかけが記されるのは、最愛の妹トシの死の瞬間である。賢治は、こう記している――。

わたくしがその耳もとで
遠いところから声をとつてきて
そらや愛やりんごや風　すべての勢力のたのしい根源
万象同帰のそのいみじい生物の名を
ちからいつぱいちからいつぱい叫んだとき
あいつは二へんうなづくやうに息をした
白い尖つたあごや頬がゆすれて
ちひさいときよくおどけたときにしたやうな
あんな偶然な顔つきにみえた
けれどもたしかにうなづいた
　《ヘッケル博士！
　わたくしがそのありがたい証明の
　任にあたつてもよろしうございます》

この後、「仮睡硅酸の雲のなかから／凍らすやうなあんな卑怯な叫び声は……」という二行が続く。その「卑怯な叫び声」という詩句をもとに、賢治の考えとヘッケルの考えは対立しているのではないかとする解釈もまた、この「青森挽歌」解釈史の上では根強い。しかし、『春と修羅』という詩集全体、特にその「序」や「小岩井農場」に最も顕著であるが、賢治が、ある種の意識の進化論、太古から記憶が遺伝し、そこから新たな何ものかが生まれてくるというヴィジョンに取り憑かれていたこともまた、疑いようのない事実であろう。「記憶の遺伝」説とヘッケルが提唱した「個体発生は系統発生を繰り返す」というテーゼは表裏一体の関係にあった。そうした事実をより明瞭に示してくれるのは、宮沢賢治の『春と修羅』ではない。

夢野久作が生涯を費やして書き上げた「幻魔怪奇探偵小説」、『ドグラ・マグラ』である。

2　胎児の夢

宮沢賢治の『春と修羅』は、大正十三年（一九二四）四月二十日、東京の関根書店を発行元として刊行された。千部の自費出版であった。献本の他はほとんど売れなかったという。しかし、刊行から数ヶ月が経った七月、思わぬところから評価の声が上がる。ダダイスト――さらにはニヒリストにしてアナキスト――辻潤が、読売新聞に四回にわたって掲載した「惰眠洞妄語」のなかで、まったく無名の詩人が独力で創り上げたこの特異な詩集を、大きく取り上げたのである。当然のことながら、他の誰よりも早い、賢治という個性の発見であった。

「惰眠洞妄語」掲載二回目の後半、辻は、突如としてこう記す――。

宮沢賢治という人はどこの人だか、年がいくつなのだか、なにをしている人なのだか私はまるで知らない。しかし、私は偶然にも近頃、その人の『春と修羅』という詩集を手にした。近頃珍しい詩集だ。――私は勿論詩人でもなければ批評家でもないが――私の鑑賞眼の程度は、もし諸君が私の言葉に促されてこの詩集を手にせられるならすぐにわかるはずだ。私は由来気まぐれで、はなはだ好奇心に富んでいる――しかし、本物とニセ物の区別位は出来る自信はある。

辻潤にとって、宮沢賢治は「本物」の詩人だったのである。辻は、あらためて感嘆する。「この詩人はまったく特異な個性の持ち主だ」。さらには、自らの手で『春と修羅』の「序」をコラージュしてゆく。そして掲載三回目のすべてを使って、賢治の詩のもつ独自性を浮き彫りにする。「真空溶媒」を引用しながら、辻は、こう書く。「原始林の香《にお》いがプンプンする」。しかも、その原始林の野生の匂いはそのまま大宇宙の運動に直結している。そうした未曾有の詩的な宇宙を表現する詩的な言語には、近代的な国民国家の言語として整理され、秩序づけられた標準語を食い破ってしまう「恐ろしい東北の訛」が残されている。訛ることが国語を揺さぶり、それを未知なる詩語に変貌させてしまうのだ。辻は、『春と修羅』に収められた各詩篇に付された奇妙なタイトルをリズミカルに列挙していきながら、最後に決定的な一言を記す。

「もし私がこの夏アルプスへでも出かけるなら、私は『ツアラトゥストラ』を忘れても『春と修羅』を携えることを必ず忘れはしないだろう」。辻潤にとっては、すでにこのとき、ニーチェの『ツァラトゥストラ』と賢治の『春と修羅』を比較対照することが可能であったのである。現在でも決して色褪せることのない評言である。驚くべきことではあるが、しかし実はごく当然のことでもあった。宮沢賢治の『春と修羅』の根底に、「光炎菩薩」すなわち「ツァラトゥストラ」という固有名に体現された超人思想と、「ヘツケル博士」すなわち「個体発生は系統発生を繰り返す」というテーゼに体現された生物進化論が存在したように、辻潤のダダイズムの根底にも、やはり同じ二つの原理、ニーチェ的な超人思想とヘッケル的な生物進化論が存在していたからである。

もちろん、辻潤は、エルンスト・ヘッケルの生物進化論などは参照してはいない。しかし若き辻が、その持てる力のすべてを費やして完成させた巨大な翻訳、イタリアの犯罪人類学者チェーザレ・ロンブローゾ(一八三五―一九〇九)の『天才論』は、ヘッケルの「個体発生は系統発生を繰り返す」というテーゼを「先祖帰り」(atavism)という概念に換骨奪胎して応用し、現在の人類のなかに残存している太古の「野蛮人」の突然の甦り――遺伝された記憶の甦り――という現象のなかに犯罪の起源を、狂気の起源を、そして天才の起源を見出した危険な書物だった。ヘッケルとロンブローゾは完全な同時代人である。ヘッケルの生物進化論とロンブローゾの犯罪人類学はアメリカの地で、哲学的な一元論の主張のもと、一つに結びついていたのである。

アメリカで一元論（monism）という新しい哲学、つまり古代から連綿と続く「一元論」哲学ではなく、あくまでも近代的な「一元論」哲学を提唱したポール・ケーラス（一八五二―一九一九）は、ドイツからの宗教的な亡命者であった。ケーラスは、マッハの物理学的かつ生理学的な一元論（「感覚要素一元論」と称されている）とヘーゲル、ショーペンハウアー、ニーチェと続く形而上学的な一元論をアメリカの地で一つに総合し、さらに、そこに「自我」を粉砕し、精神と物質の二元論を打破するための最も強力な教えとして、仏教の導入を図った。そのために仏教思想に詳しく英語に堪能なアシスタントを求めた。師である釈宗演を介してその求めに応じ、アメリカのケーラスのもとに向かったのが鈴木大拙だった（実際には大拙からの希望でもあった）。

精神と物質、あるいは、意識の発生と宇宙の発生に差異を設けることがない一元的な場を実践的に探究していく思想運動が、アメリカの地に、故郷喪失者たちによって生起したのである。チャールズ・サンダース・パース、ウィリアム・ジェイムズ、ジョン・デューイなど、後に「プラグマティズム」と総称される潮流を形づくったアメリカの哲学者たちの営為とも深く共振する運動だった。ケーラスは「プラグマティズム」の哲学者たちに積極的に自身が編集する雑誌『モニスト』（「一元論者」）の誌面を提供する。さらには、ドイツ人の生物学者であるエルンスト・ヘッケルやイタリアの犯罪人類学者であるチェーザレ・ロンブローゾなどにも。哲学、生理学、生物学、心理学、宗教学という垣根を乗り越えた新たな学の輪郭が素描されようとしていたのである。

賢治の『春と修羅』にも、久作の『ドグラ・マグラ』にも、間接的もしくは直接的に甚大な影響を与えたと推定されているフランスの哲学者アンリ・ベルクソン（一八五九―一九四一）の大著『創造的進化』（一九〇七年）の起源の一つも、確実にそのアメリカの一元論哲学のなかに存在していた――『創造的進化』は、まさにその創造の秘密の数々を明らかにしてくれる膨大な注を付し、竹内信夫による待望の新訳が刊行された（白水社、二〇一三年、以下、『創造的進化』についてはこの書物から引用する）。ベルクソンもまた『モニスト』を読んでいた。賢治は作中にジェイムズの名を記し（「林学生」）、久作はベルクソンの名を記している（『ドグラ・マグラ』）。

ケーラスのアシスタントをつとめていた鈴木大拙が、近代的な一元論哲学に最もふさわしい仏教哲学が説かれた「論」として選び出したのが『大乗起信論』であった。大拙は『大乗起信論』自体を自らの手で英訳し、そこに注釈を付し、ケーラスのもとから刊行した（一九〇〇年）。こうした鈴木大拙の存在を介して（もちろん大拙ただ一人がその役割を担ったわけではない）、アメリカの一元論哲学は、この列島にも流入しはじめる。ちょうどその頃、列島では、近世以来の因習的な仏教を打破して近代的な仏教として生まれ変わらせようとする仏教改革運動が生まれ、その活動が頂点を迎えつつあった。太平洋を挟んだアメリカと列島で相互に複雑な関係が結ばれ合った結果、それぞれの地で、ほぼ同時に、近代仏教哲学にして近代宗教哲学が形になりつつあった。

列島の仏教改革運動の二つの中心となっていたのが、東西両本願寺に創設された近代的な教育機関で育成された若き学僧たちであった。東本願寺（真宗大谷派）では雑誌『精神界』を生み出した清沢満之、暁烏敏ら「浩々洞」のメンバーたち、西本願寺（真宗本願寺派）では雑誌『中央公論』や『新仏教』を生み出した「普通教校」――後に「文学寮」へと改組し改称される――出身者のグループがその代表である。幼年期そして少年期の宮沢賢治は、そのどちらとも密接な関係をもっていた――以下、賢治と両本願寺改革派との関わりについては栗原敦による先駆的な研究『宮沢賢治透明な軌道の上から』（新宿書房、一九九二年）および「宮沢賢治の「大乗起信論」」（『賢治研究』一〇七号、二〇〇九年、宮沢賢治研究会）が詳しい。

まだ幼かった賢治は、父を介して暁烏敏と親交をむすび、その難解な講話に熱心に耳を傾けていたという。また少年期を迎えた賢治を法華経信仰に開眼させる直接のきっかけになった『漢和対照妙法蓮華経』の編著者である島地大等の講話も、暁烏との縁によって花巻の大沢温泉ではじまった夏期講習会で、賢治は直接耳にしていたはずである。このとき賢治は十五歳、講話の主題は『大乗起信論』であり、大等は文学寮、さらには高輪仏教大学という西本願寺改革派の拠点で学び、かつ教えていた人物だった。『大乗起信論』をはじめて国訳、つまり読み下し文にしたのはこの大等であったという。もちろん、その講習会でどのような講話がなされたのかは分からない。賢治が残したテクストのなかに、『大乗起信論』に特有の「真如」や「如来蔵」といった語彙を見出すこともできない。

しかし、後年（大正十一年）ではあるが、大等自身があらわした「大乗起信論開題」（『国訳大蔵経』論部第五巻、国民文庫刊行会）に目を通してみれば、大等による「大乗起信論」理解と、賢治が『春と修羅』および「農民芸術論」で展開した意識の進化論との間に、大きな親近性が存在することもまた確かめられる（ただし以下、述べる『大乗起信論』の内容については、大等からの直接の引用を除き、鈴木大拙や井筒俊彦の『大乗起信論』読解にもとづきながら私見を交えてまとめたものであることをあらかじめお断りしておく）。

『大乗起信論』は、通常では相反する二つの方向に分裂してしまうものを一つに結び合わせる。その最大のものが「人」（衆生）と「仏」（如来）の関係である。迷いをもった有限の存在である人（衆生）は、果たして、覚りを得た無限の存在である仏（如来）になることができるのか。『大乗起信論』は、できると答える。「こころ」（文字通り「心」と書かれている）を通して、相矛盾する二つのものは一つに融け合うのだ。そういった意味で、『大乗起信論』は、いわば究極の「唯心論」を主張した仏教「論」だといえる（論中、何度も「唯心」が強調される）。自己と他者、主体と客体、個と宇宙、精神と物質といった対立は存在せず、ただ「こころ」という一元的な場だけが存在しているのである。その「こころ」が迷いの源泉となり、同時に、覚りの源泉となる。

『大乗起信論』は、まずは相対立する二つの項を立て、次いで、その相対立する二つの項を、相互に矛盾するまま一つに総合してゆく。まさに仏教哲学における理想的な一元論の理論書である。ケーラスは、大拙に、ヘーゲルの哲学をもとに『大乗起信論』を解釈していくことを勧めたという。「心」は「真如」、「存在のあるがまま」――大拙の理解である――無限であり「真」であるとともに、「生滅」するもの、有限であり「妄」でもある。「心真如」と「心生滅」、あるいは「真」の生起と「妄」の生起は同じものなのだ。さらに、その「真如」は、まったくの「空」であるとともに、あらゆるものの可能性をはち切れんばかりに孕んだ「不空」(「充実」を意味する)でもある。如実「空」と如実「不空」。

『大乗起信論』は、こうして重層的に対立する二項を一つに総合していく。その総合の基底となるのが、「こころ」の奥底に開かれる「絶対的無意識」――これも大拙の理解である――たる「アラヤ識」である(論中では「阿梨耶識」、一般には「阿頼耶識」とも)。「アラヤ識」において、重層的な二項対立は、相矛盾するまま一つに総合される。「アラヤ識」は、「真」と「妄」が和合する場(「真妄和合識」)であり、そこでは同時に「不生不滅」(無限)と「生滅」(有限)も和合し、「一」でありながらも「異」、「異」でありながらも「一」という状況を提示する(「不生不滅と生滅と和合して、一に非らず異に非らず」)。『大乗起信論』は、そうした「こころ」の在り方を総称して「如来蔵」と名づける。

「如来蔵」――人は「こころ」のなかに「如来」を蔵している。あるいは、人の「こころ」は如来の「子宮」そのものである。つまり、人は「こころ」のなかに「如来」となる可能性を種子のようにして孕んでいる。登張信一郎の言葉を借りるならば、人は「こころ」のなかに「超人」となる可能性を種子のように孕んでいる。「蔵」は「子宮」をも意味しているので、人は「如来」の母胎となり、「超人」の母胎となるような存在である。そう言い換えることも可能であろう。人は「如来」を生み出し、「超人」を生み出すことができる存在なのだ。「真如」「アラヤ識」「如来蔵」は相互に連関する概念であり、『大乗起信論』の骨格をなしている。そのいずれにおいても二面性、人(衆生)の迷いの側面と仏(如来)の覚りの側面をもっている。人は仏に進化することができると同時に、仏は人に退化してしまう場合もある。その相互転換が可能になる場こそが「こころ」であり、「アラヤ識」なのである。

おそらくは『大乗起信論』に先だって、この「アラヤ識」を最初に理論化したのはヨーガをきわめた唯識派である。唯識派もまた、ただ「こころ」(識)だけしか存在しないと説いていた。唯識派は「こころ」に八つの層――眼・耳・鼻・舌・身・意の六識とマナ識そしてアラヤ識――が存在することを主張していた。しかし「アラヤ識」の理解において、唯識派と『大乗起信論』では大きく異なる。唯識派にとってアラヤ識とは、ただ「妄」を生み出す源泉に過ぎなかったからだ。唯識派にとってアラヤ識は「真妄和合識」ではなく「妄識」なのである。その「妄識」としてのアラヤ識を消滅させたところに救いが訪れる。だからこそ、島地大等は、「大乗起信論開題」で、唯識論はアラヤ識を「個人精神」とした唯心論であり、『大乗起信論』はさらにその唯心論を一歩進め、アラヤ識を「普遍精神」とした唯心論であった、と説いたのである。

大等は、こう断言している。「唯識論は個人的・相対的唯心論」であり、「起信論は普遍的・絶対的唯心論」である、と。『大乗起信論』が説く二重性かつ両義性をもった「アラヤ識」こそ「万有開発の根本原理」となり、「万有開展の根本原理」となるものなのだ。まさに、さまざまな「心象スケッチ」を産出する「こころ」の原理そのものである。日蓮が依拠した天台教学を確立した天台智顗もまた、この『大乗起信論』を参照しながら「止観」の法を磨き上げている。天台教学をきわめた大等は、「大乗起信論開題」のなかでその事実に触れ、大拙がすでに『大乗起信論』の英訳をなしていることにも触れている。さらに大等は、高輪仏教大学の内部に結成された「万国仏教青年連合会」を通して、ポール・ケーラスとも同志の関係にあった。

もちろん、だからといって賢治のテクストにその痕跡をあらわすことのない『大乗起信論』を、天台教学や田中智学の教説以上に特権視したいわけではない（天台教学や田中智学の教説が賢治のいう「無意識」に与えた影響については鈴木健司の前掲書『宮沢賢治　幻想空間の構造』が詳しい）。そうではなく、明らかに田中智学以前に賢治の導師であった島地大等をはじめ、当時、意識的に仏教哲学を近代的に再考＝再興しようとしていた人々が、どのような流れのなかにいたのか素描したかっただけである。おそらくその状況は、賢治にとっても久作にとっても無関係ではなかったはずだ。さらには明治期の列島におけるニーチェの受容に関しても。

明治期の列島で、ニーチェの哲学は、なによりも仏教哲学を刷新するものとして受け取られていた。しかも、そのとき、ニーチェの超人思想は二つの極、アナキズムとファシズムの両極へと分裂していく。否、『大乗起信論』が分裂した二つの極を一つに結び合わせる原理として求められたように、ニーチェの哲学もまた、アナキズムとファシズムの両極に分裂していくような近代を超えるための思想運動に、一つの動的な調和をもたらすために切実に求められていたと言うべきかもしれない。

『大乗起信論』の「こころ」(アラヤ識)が両義性をもっていたように、ニーチェの超人思想もまた両義性をもっていた。それは、近代の一元論哲学自体が孕みもっていた両義性のあらわれそのものだったのかもしれない。ヘッケル自身、ロンブローゾ自身にまったく罪はなかったとはいえ、ヘッケルの一元論的な生物進化論も、ロンブローゾの「先祖帰り」にもとづいた一元論的な犯罪発生論も、その後、ナチスによって応用され、優生論や人種論といった悪夢のような惨劇を引き起こす危険な学へと成長してゆく。ニーチェの超人思想もまた同様である。ヨーロッパばかりでなく、明治期の列島に「ニヒリズム」を超克するための原理、アナキズムの原理として導入されたニーチェの超人思想は、その後、徐々に、ナチズムを内在的に乗り越えていくための「近代の超克」、ウルトラ・ファシズムの原理となっていったからだ。この列島で、ニーチェの超人思想をまず受容したのは、アカデミズムではなく、草創期の出版ジャーナリズムとそれを担った文芸評論家兼文明評論家たちによってであった。その流れを簡単にまとめてみれば、次のようになる。生年がそれぞれ十年ほど異なった一群の人々によって、ニーチェの超人思想解釈はそれぞれの画期をもつことになった。

一八六〇年に生まれたアナキスト久津見蕨村にとって、ニーチェの超人思想は、ヨーロッパでもなくアジアでもない場所で、「ニヒリズム」を超克していくために必須とされる思想であった。雑誌『新仏教』で健筆を振るうジャーナリストであった久津見にとって、「ニヒリズム」の超克は、小乗的、つまりは個人的な「空」（ニヒル）を大乗的、つまりは普遍的な「空」へと乗り越えていく運動と重なり合っていた。一八七〇年代に生まれた高山樗牛（一八七一生）にとって、ニーチェと日蓮は重なり合う存在だった。最晩年の樗牛は田中智学の教えに心酔する。その樗牛のニーチェ論を擁護し深化させたのが『如是経　序品』の翻訳者、登張信一郎（一八七三生）だった。そう考えてみると、自身の思想信条とは相容れることのない親鸞の哲学がそのなかを貫いている『如是経　序品』を、賢治がその手に取ることもそれほど不自然ではなくなる。『如是経　序品』のなかの重要な部分で日蓮の言動が参照されていることも、また。

一八八〇年代に生まれ、『ツァラトゥストラ』をはじめて個人で完訳し、マルクスの『資本論』の翻訳も手がけた生田長江（一八八二生）は、近代を根底から否定して古代的な重農主義に還ることを、自らが目指す「超近代」であると主張した。ニーチェとマルクスの交点に、反動的で古代的な「超近代」を位置づけたのである。アナキズムは変革の思想ではあるが、その変革は、容易に、革命にも反革命、すなわち反動にも転化する。生田は辻潤の友人であり、『天才論』出版にも尽力した人物でもあった。だからこそ、辻潤は『春と修羅』を『ツァラトゥストラ』と比較対照することが可能になったのである。辻潤のダダイズム、アナキズム、ニヒリズムのなかにも、明らかに、生田その他を経由したニーチェの超人思想の残響を聴き取ることができる。その後、一八八九年に生まれた和辻哲郎、一九〇〇年に生まれた西谷啓治を介してニーチェの研究はアカデミズムの課題となっていく。そして、西谷の手によって、列島のニーチェ受容史は、ナチズムを内在的に乗り越えていくことを最も重要な課題とした京都学派の世界史の哲学、ウルトラ・ファンズムの哲学として一つの完成を迎えたのである。

宮沢賢治のファシズムと辻潤のアナキズムが出会うのは、そのような時空においてだった。賢治の『春と修羅』の出版者であり、辻潤らダダイストにしてアナキストたちを集結させた虚無思想研究社を立ち上げた関根喜太郎もまた、筆名として「荒川畔村」をもつジャーナリストであるとともに、生涯、極左と極右の間を揺れ動き、いまだに生没年もはっきりとは分からないような人物であったからだ。近代の一元論哲学、その最も実り豊かな成果の一つである近代日本文学が生み落とした特異な作品『春と修羅』――あるいは『ドグラ・マグラ』――が位置づけられるのは、ファシズムとアナキズムの間に区別がつけられない、あるいはその両者が奇蹟的な調和と均衡を保っていた極限の場所であり、極限の時間だった。

宮沢賢治をファシストと形容することには抵抗があるかもしれない。またそうした断定は不毛でもあるだろう。しかし、賢治とまったく同年（『春と修羅』に取りかかる以前の一九二〇年）に、やはり賢治と同様、田中智学の国柱会に入会した石原莞爾は、日蓮を世界最終戦争の予言者と捉え、満州事変を引き起こす。そして、世界最終戦争の後に実現する社会では、人間は「弥勒」――来たるべき次なる人類、つまりは「超人」――へ進化していくだろうと論じた。「四次元」という概念も、賢治と莞爾は共有している。宮沢賢治をファシズムの側に位置づけることに、現在ではそれほど異論は出ないはずだ。そして、あえてここに付け加えるまでもないだろうが、私は、賢治の表現とその思想がもたざるを得なかったそうした側面を、一面的に断罪するつもりも、非難するつもりもない。優れた表現、優れた表現者であればあるほど、その表現が、その表現者自身が孕みもつ両義性、あるいは危険性はより大きくなると思われるからだ。

宮沢賢治と辻潤、ヘッケルの一元論的な生物進化論とロンブローゾの一元論的な「先祖帰り」にもとづく犯罪発生論が一つに総合された地点に、夢野久作の『ドグラ・マグラ』、特にその核心をなす作中の論考「胎児の夢」が書き上げられたのである。

*

宮沢賢治（一八九六―一九三三）と夢野久作（一八八九―一九三六）は、ある意味では、双生児のように互いに似通っている。あるいは、互いには鏡像のように正反対でありながらも同一の肖像を共有している。賢治の社会主義への共感とその侵略的なファシズムへの共感の見分けがつかないように、久作の侵略的なアジア主義への共感とその民衆的なアナキズムへの共感の見分けはつかない。両者とも父親に反発しながらも、父親の経済的な庇護のもとで生きざるを得なかった。裕福な社会不適応者である二人は、ともに、未来の農民たちによる共産主義的なユートピアを夢見、そのユートピア建設を実現に移そうとした（賢治の羅須地人協会と久作の杉山農園）。

そして賢治も久作も、ともに、近代的に再解釈された仏教思想、生物学的な仏教思想を、その代表作、『春と修羅』（一九二四年）と『ドグラ・マグラ』（一九三五年）の根幹に据えている。宮沢賢治と夢野久作、あるいは詩と散文、岩手と福岡という時間的、空間的、表現的な差異を乗り越えて、『春と修羅』と『ドグラ・マグラ』は、近代日本文学の未知なる可能性を語るのである。それは表現の領域にのみ限られたものではない。作家の生そのものにも深い関係をもっている。久作もまた賢治のように、ある時期、表現者としてではなく、求道者として生きた。久作は大正四年（一九一五）に、おそらくは自身の廃嫡問題を契機として曹洞宗の禅寺で剃髪して僧侶となり、各地を放浪した後、大正六年（一九一七）に家督を継ぐために僧名のまま還俗した。その経験は、ほとんどそのまま『ドグラ・マグラ』の「キチガイ地獄外道祭文」として記されている。久作の残した日記や蔵書を調査した伊藤里和によれば、久作の仏教への関心は、当然のことながら、この唐突な出家よりもさらに遡る。

伊藤は、久作の仏教受容に関して、こうまとめている――「久作の蔵書には明治から大正期に刊行された神道・儒教・キリスト教に関連する文献を確認することができ、特定の一宗教に限らず幅広く、また信仰というよりは中立な立場での知的関心を持っていたことが窺えるが、中でも仏教関連の文献が多く、とりわけ仏教に関心を持っていたことがわかる。久作の日記を参照すると、慶應大学文科予科に在籍していた一九一一（明治四四）年ごろ、法華経を熱心に研究しており、夏目漱石や平塚らいてうが思想的影響を受けたことで知られる『碧巌録』を読んでいた記録もある。蔵書には儒教と仏教の調和を説いた『禅海一瀾』〔夏目漱石、鈴木大拙が就いた釈宗演の師である今北洪川の著書である〕の抜鈔もあり、先述の日記に記されていた、諸宗教を融合した原理の模索には、少なからずこの書からの影響がうかがえる」（『夢想の深遠　夢野久作論』沖積舍、二〇一二年、二一二頁）。

伊藤が、ここで述べている「先述の日記」とは、一九二八年八月一日付の久作の記述、「儒仏耶一途、心理遺伝の法則にて一貫す」を指す。『ドグラ・マグラ』を貫く「心理遺伝の法則」は、諸宗教が一致する地点に立ち上がってくるものだったのである。しかも、久作は、その諸宗教が一致する地点に仏教、法華経やその法華経を根本経典とする天台宗の教えを通じて導かれたと推測できる。『ドグラ・マグラ』で「心理遺伝の法則」を発動させる絵巻物は天台宗の僧侶によって弥勒菩薩像の胎内に秘められ、その絵巻物には死体が腐乱していく様を九つの段階に分けた九相図が描かれていた。この九相図を観想し、煩悩を払う「止観」の行は、天台教学を確立した天台智顗による『摩訶止観』に説かれたものだった（同、二一四―二一五頁）。賢治と久作は、法華経理解、天台教学理解においても兄弟の関係にある。

久作は「胎児の夢」の発動を、識閾下、つまりは「無意識」の問題として捉え直している。伊藤は、久作の主張する「無意識」をアラヤ識――ただし唯識派のアラヤ識――と重ね合わせている。おそらく、その点でも、久作と賢治は交響し合う。久作の蔵書が寄贈された福岡県立図書館の「杉山文庫総目録稿」には、東本願寺の改革派の僧侶であるとともに、島地大等の養父である島地黙雷の協力者であり、晩年には岡倉天心と行動をともにした織田得能による「法華経講義」全八巻（一九〇七年）が記されている。久作が、何に導かれて法華経にたどり着いたのかは分からない。しかし、その起源には、賢治と同様、列島とアメリカで同時多発的に生起した、宗教的であるとともに心理学的さらには生物学的でもある一元論哲学の甚大な影響があったことは、もはや疑い得ないことだと思われる。

久作は、さまざまな書物を参照して創り上げた「心理遺伝の法則」を、『ドグラ・マグラ』の作中論文、「胎児の夢」として集約する。久作は、「胎児の夢」をこうはじめている――。

人間の胎児は、母の胎内に居る十箇月の間に一つの夢を見ている。

その夢は、胎児自身が主役となって演出するところの「万有進化の実況」とも題すべき、数億年、乃至、数百億年に亘るであろう恐るべき長尺の連続映画のようなものである。すなわちその映画は、胎児自身の最古の祖先となっている、元始の単細胞式微生物の生活状態から初まっていて、引き続いてその主人公たる単細胞が、次第次第に人間の姿……すなわち胎児自身の姿にまで進化して来る間の想像も及ばぬ長い長い年月に亘る間に、悩まされて来た驚心、駭目すべき天変地妖、又は自然淘汰、生存競争から受けて来た息も吐かれぬ災難、迫害、辛苦、艱難に関する体験を、胎児自身の直接、現在の主観として、さながらに描き現わして来るところの、一つの素晴らしい、想像を超越した怪奇映画である。

久作は続ける。まず母の胎内に宿った胎児が最初にあらわしている姿は、「すべての生物の共同の祖先である元始動物と同様に、タッタ一つのマン丸い細胞である」。この原初の一つの細胞が分裂し、増殖してゆく。やがて……「人類の最初の祖先である単細胞の微生物から、人間にまで進化して来た先祖代々の姿を、その進化して来た順序通りに、間違いなく母胎内で繰返して来る」。まず魚の姿、次いで水陸両棲類、そして獣、さらには人間。「個体の発生」は「系統の発生」、つまり種の進化の過程を母親の胎内で繰り返し、その果てに胎児は母親の胎外に生み落とされる。まさにヘッケルのテーゼをそのまま忠実になぞった一節である。

しかし久作は、その地点にとどまっていない。『ドグラ・マグラ』は「幻魔怪奇探偵小説」であり、「胎児の夢」の謎をこそ解かなければならなかったからだ。なぜ胎児は、このような進化の夢を見るのか。その謎を解くために、久作は、いま一歩、「人間の精神なるものの内容」に踏み込んでいく。そこに見出される光景とは——。

まず所謂、文化人の表皮……博愛仁慈、正義人道、礼儀作法なぞで粉飾してある人間の皮を一枚剝くると、その下からは野蛮人、もしくは原始人の生活心理があらわれて来る。この事実を最もよく立証している者は無邪気な小児である。まだ文化の皮の被り方を知らない小児は、同じように文化の皮の被り方を知らない古代民族の性格を到るところに発揮して行くので、棒切れを拾うと戦争ゴッコをしたくなるのは、部落と部落、種族と種族の間の戦争行為によって生存競争を続けて来た、所謂、好戦的な原始人の性質の遺伝、すなわち細胞の中に潜在して伝わって来た野蛮人時代の本能的な記憶が、棒切れという武器に似た恰好のものの暗示によって刺戟され、眼醒めさせられたものである。

久作が、ここで述べている「記憶の遺伝」とその甦りこそ、ロンブローゾが「先祖帰り」として抽出してきた犯罪人類学を成り立たせている原理、人類における犯罪の発生、狂気の発生、天才の発生の起源に直結する原理のきわめて正確な要約なのである。人類は、野獣、野蛮人、文明人という進化の過程を経て現在に至った。「個体の発生」は「系統の発生」を繰り返すわけであるから、成人を文明人の段階と考えるならば、子供は野蛮人であり、幼児は野獣である。……ロンブローゾ自身は、さまざまな条件を考慮に入れて、より精緻で複雑な理論体系を構築している。いまここに述べたまとめは、それを極度に単純化したものに過ぎない。また当然ではあるが、現在ではロンブローゾの犯罪人類学は学として成立していない。

ロンブローゾにとって、犯罪者とは、狂人とは、あるいは天才とは、文明人のなかに突如として甦ってきた野蛮人であり野獣なのだ。あるいは成人のなかに突如として甦ってきた子供であり幼児なのだ。犯罪者は、狂人は、天才は、野蛮人、すなわちいまだ文化の野生と精神の野生を生きている人々なのである。野生の人は欲望を制御することができない。暴力の発露のただなかでその生の大部分を送り、死んでゆく。しかし、その反面、文明人や成人では失われてしまった森羅万象あらゆるものへの鋭敏な感覚をいまだに保持し続け、さまざまな表現の分野で特異なその能力を発揮している。

久作は、「胎児の夢」のなかで、この「野蛮人、もしくは原始人の生活心理」の起源をさらに追求していく。原始人の心性の下からは禽獣の心性が、禽獣の心性の下からは原生動物の心性があらわれる。そしてそれは「胎児の夢」を成り立たせている起源、あの原初の細胞にまで遡られる。そこには発生状態にある生命の欲望、発生状態にある生命の意志だけが存在しているはずだ。『創造的進化』を書き上げたベルクソンであるならば、その発生状態にある生命の欲望、生命の意志を「エラン・ヴィタール」(「生命の躍動」)と名づけたであろう。『ドグラ・マグラ』のなかに「生命の躍動」という術語は見出せない。しかし、『ドグラ・マグラ』刊行に五年ほど先立つ昭和五年(一九三〇)、「能とは何か」という連載エッセイのなかに、久作は「生命の躍動」という術語を記している。

久作は、こう述べている。「かくして能の表現は次第次第に写実を脱して象徴?へ……俗受けを捨てて純真へ……華麗から率直へ……客観から主観へ……最高の芸術的良心の表現へ……透徹した生命の躍動へと進化していく」。久作にとって能とは、さまざまなものを削ぎ落として根源に向かっていく芸術だった。能は、飄逸も、洒脱も、雄渾も、枯淡もすべて棄て去り、「唯一気に生命本源へ突貫して行く芸術」になったのである。しかも、能は、中世の神仏習合期、真言宗が理論化した即身成仏思想および天台宗が理論化した天台本覚思想にもとづき、仏教的な思考方法、その無意識の論理(「アラヤ識」)を舞台として表現したものであった。久作は、夢幻を主題とした能の舞台を、ベルクソン的な生命の舞台として甦らせたのである。

生命の本源に一気に到達したとき、そこには「透徹した生命の躍動」があらわれる。それはベルクソンの『創造的進化』の核心でもあった。久作は「胎児の夢」という独自の理論を、ヘッケルに体現される生命発生の原理と、ロンブローゾに体現される意識発生の原理の交点、ベルクソンの『創造的進化』のすぐ隣に打ち立てようとしていたのである。おそらく、久作はベルクソンの諸著作をその眼にしていたであろう。久作を論じた単行本として先駆的な狩々博士の『ドグラ・マグラの夢　覚醒する夢野久作』（三一書房、一九七一年）から、もっとも新しい伊藤里和の『夢想の深遠　夢野久作論』（前掲）に至るまで、精緻で刺激的な議論が積み上げられてきた。しかし久作によるベルクソン受容の詳細はいまだに判明していない。ただし、久作が参照しているのはベルクソンだけではない。久作は、多くの書物から得た知識のエッセンスを、自らの頭のなかで抽象化した上で、さらに自らに固有の言葉を使って「胎児の夢」を書き上げている。だから、そこにはベルクソンが『創造的進化』で展開した厳密な論理とは齟齬をきたすような矛盾が残されている。

また逆に、あるいは、それ故に、「胎児の夢」を参照することで、ベルクソンの『創造的進化』が一体どのような環境から生まれてきたのか、ベルクソンの母国であるフランスだけを特権視することなく、これまでとは異なった方向から照明をあてることが可能になる。生命の発生を探るのは生物学である。意識の発生を探るのは生理学および心理学である。ベルクソンも久作も、生命の発生と意識の発生を、ほぼ等しいものと考えていた。生物学と生理学および心理学を一つにつないでいるのである。しかし、それは、それほど簡単な作業ではない。

ヘッケルら生物学者は、生命の発生に、ある種の「反復」が必要であることを発見した（発生の「反復説」という）。その問題を、「記憶の遺伝」という問題に、ベルクソン以前、久作以前に接ぎ木しようとした人物が、複数、存在していた。雑誌『モニスト』を主宰し、出版社オープン・コートを経営していたポール・ケーラスは、明らかにそのなかの一人であった。

ヘッケルにはじまる「個体発生」と「系統発生」の問題を、一つの重要な科学史の問題として広範に考察した書物に、一九七七年に原著が刊行されたスティーブン・J・グールドの『個体発生と系統発生　進化の観念史と発生学の最前線』（仁木帝都・渡辺政隆訳、工作舎、一九八七年——以下、この邦訳を参照している）がある。グールドによれば、生物学、特に発生学の問題として「反復説」を主張した主要な生物学者（あるいは古生物学者）として、ほぼ同時代を生きた三人の名前があげられる。ドイツ人のエルンスト・ヘッケル、アメリカ人のエドワード・ドリンカー・コープ（Edward Drinker Cope 一八四〇―九七）、およびアルフィアス・ハイアット（Alpheus Hyatt 一八三八―一九〇二）である。

このヘッケル、コープ、ハイアットのいずれも、生命進化を、前もって機械的に決定されたものではなく、偶然にひらかれたある種の創造的なものであると考えていた。生命は、自らの体験をもとに、自らを変容することができる。あるいはその可能性をもっている。彼らが依拠し、甦らせたのは前時代の生物学者ラマルクが提起した「獲得形質の遺伝」というテーゼであった。生命は新たに獲得した形質（形態）を、次世代に、遺伝によって伝えることができる、というメカニズムである。そこに、生物は身体の形態だけではなく精神の形態、つまり「記憶」もまた、遺伝によって次世代に伝えているのではないのか、そう考える生理学者があらわれたのである。やはりヘッケル、コープ、ハイアットと同時代のドイツ人、エヴァルト・ヘリング（一八三四―一九一八）である。グールドによれば、「記憶の遺伝」説は、このヘリングが一八七〇年に行った講演にはじまるという。そして、ヘッケルも、コープも、ハイアットも、ヘリングの見解を、生物学的な進化の問題として、大筋で認めることになったという。

この段階で、生物学と生理学、物質の科学と精神の科学、生命と記憶は一つに結び合わされたのである。このヘリングの講演を英訳し、またコープの最後の著作となる『有機的な進化の主要因』を相次いで自らの出版社オープン・コートから刊行したのがケーラスだった。ヘリングの講演の英訳が一八九五年、コープの大著の刊行が一八九六年のことである。ヘリングは、「記憶」は振動に変換され、生殖細胞を通じて次世代に伝えられると考えていた。まさに人間の胎児が母親の胎内にはじめてその姿をあらわす根源的な「細胞」である。久作は、アメリカで形を整えた「記憶の遺伝」説に忠実に従っていたのである。

一方、ベルクソンもまた、『創造的進化』のなかで、何度かコープの書物を参照し、「当代におけるもっとも注目すべき博物学者の一人」として賞讃し、ラマルクの「獲得形質の遺伝」を現代にあざやかに甦らせた「もっとも卓越した代表者の一人」と位置づけていた。ただし、ベルクソンは「記憶」は「細胞」のような物質ではなく、「生命の飛躍」という意志として、あるいは力（エネルギー）として、後代に伝わり、そこに新たなもの、未知なるものを生み落としていくと考えていた。久作は、意識の進化は「細胞」（根源的な生殖細胞）に限定されると考え、ベルクソンはそう考えなかった。ベルクソンにとって、胚から胚へと世代を超えて伝わっていくのは、あくまでも生命の「始原的な躍動」なのだ。「躍動」とは物質ではなく、物質を創り出す盲目的なエネルギー、盲目的な意志であった。

ベルクソンは、『物質と記憶』（一八九六年）刊行以前から『モニスト』を読み込んでいたという。さらに『創造的進化』の後、『道徳と宗教の二つの源泉』（一九三二年）になると、ベルクソンのアメリカの一元論哲学への参照は、より色濃くなる。ベルクソンは、ラーマクリシュナとヴィヴェーカーナンダの宗教思想を大きく取り上げ、ウィリアム・ジェイムズが残した神秘体験の記録の分析に大きなページをさいている。ベルクソンは、さらにチェーザレ・ロンブローゾの娘であるジーナ・ロンブローゾがあらわした書物にも何度も言及している。ジーナは父チェーザレが確立した犯罪人類学の協力者である。

ラーマクリシュナの思想は、ケーララスもその場に参加していたシカゴ万博に併催された万国宗教者会議において、ヴィヴェーカーナンダによって世界にはじめて発信されたものである。このシカゴ万博において日本館をプロデュースしたのが岡倉天心であり、この後、天心はヴィヴェーカーナンダとインドで運命的な再会を遂げる。シカゴ万博、そして万国宗教者会議こそが、列島の大乗仏教とアメリカが出会うはじめての機会になった。その出会いを直接の契機として、鈴木大拙がアメリカに渡ることになる。それだけでなく、ベルクソンの『創造的進化』や『道徳と宗教の二つの源泉』に体現された、諸文化、諸宗教に共通する起源を、理論的かつ実践的に探って行く試みの端緒となった。

つまり、こういうことだ。アンリ・ベルクソンの『創造的進化』、宮沢賢治の『春と修羅』、夢野久作の『ドグラ・マグラ』は相互に密接な関係をもった三冊の書物である。この三冊の書物は、それぞれ同一の起源を共有しており、しかも、その起源からの刺戟をそれぞれ異なった側面から受け、それぞれかけがえのない表現として、固有の書物のかたちをなした。書物のかたちになる過程で、おそらくは賢治も久作も、ベルクソンの諸著作と遭遇したと推定される。その出会いは、同じ目標を異なった表現として追求している者同士の、まったくの偶然ではあるが、ある意味では運命的な、驚くべきものだったはずである。そうであるならば、賢治が、『春と修羅』でわざわざヘッケル博士に呼びかけてまで描き出したかった「こころ」に生起してくる光景を、ベルクソンも、久作も、異なった方法で追い求めていたということでもある。久作とベルクソンの書物のなかから、賢治が実現することを求めていた光景を探し出し、それをあらためて賢治の世界と比較対照してみれば、一つの表現世界が完成するはずである。

それは一体どのような世界なのか？

ヘッケルによる生命の発生学とロンブローゾによる意識の発生学を論じた後、久作が「胎児の夢」の主題とするのは、個体発生の根源に位置し、また系統発生の根源にも位置する生殖細胞のなかには、通常とは異なった時間が流れている、ということである。真の時間とは、個としての人間が生きる現実の時間ではなく、原初の細胞が生きる超現実――すなわち「夢」――の時間なのだ。物語の後半で、久作はあたかも賢治のように、そのような真の時間を理解するためには「こころ」のすべての可能性を推し量ることができるような、物理科学ではなく「唯心科学」（精神科学）が必要になると説く――「早い話が純客観式唯物科学の眼で見ると、この世界は長さと、幅と、高さの三つを掛け合わせた三次元の世界に過ぎないんだが、純主観式精神科学の感ずる世界は、その上に更に『認識』もしくは『時間』を掛け合わせた四次元もしくは五次元の世界が現在吾々の住んでいる世界『『ドグラ・マグラ』という重層的な作品世界そのもの』なんだ。その高次元の精神科学の世界で行われている法則は、唯物世界の法則とは全然正反対と云ってもいい位違うのだ」。

あらためて「胎児の夢」に戻る。原初の細胞、その「こころ」のなかに流れているのは、こうした高次元の世界そのものを成り立たせている真の時間である。そこでは「一秒の中に一億年が含まれていると同時に、宇宙の寿命の長さと雖も一秒の中に感ずる事が出来る」。時間は、「矢の如く静止し、石の如く疾走している」。そうした時間が無限に重なり合ったものが、根源的な細胞にして根源的な生命なのだ。もはや、無限に小さな一つの細胞と、無限に大きな無数の宇宙を区別することができなくなる。「胎児の夢」の、いわば結論である——。

真実の時間というものは、普通に考えられている人工の時間とは全く別物である。むしろ太陽、地球、その他の天体の運行、又は時計の針の廻転なぞとは全然無関係のままに、ありとあらゆる無量無辺の生命の、個々別々の感覚に対して、同時に個々別々に、無限の伸縮自在さを以て静止し、同時に流れているもの……という事が、ここに於いて理解されるのである。

ベルクソンもまた、ほとんど同じ比喩を使って創造的進化が貫徹される真の世界、真の時間の姿を描き出している——。

生命活動が、その全体においては、一つの創造行為であり、絶えざる変化であるということ、それは疑い得ない事実である。しかし、生命活動は個々の生命体を介してしか進展することができない。生命個体は生命活動の受託者なのだ。生命個体はどれをとってもほとんどすべて似通ったものであるが、その幾千万という数の個体群が空間と時間のなかで互いに他を反復しながら、それらが作り上げる新しさを成長させ、成熟させるのである。

一つの生命のなかに生命の無限の可能性が孕まれている。あるいは一つの時間のなかに時間の無限の可能性が孕まれている。しかも、その生命の現れ方、時間の現れ方は一つ一つまったく異なっている。ベルクソンは、この美しいヴィジョンに引き続いて、「遺伝」という術語を使いながら、同じ種のなかでも一つ一つの個体の現れ方がまったく異なるという、生命産出のメカニズムを語る。そこで重視されるのは、やはり久作のいうような根源的な「細胞」ではなく根源的な力、「生命の躍動」である。「同じ一つの生物種であってもその個体群は互いにまったく同じということはない」という宣言に続けて、ベルクソンは、こう述べている――「遺伝はただ単にさまざまな形質を伝えるだけではない。それはまた同時に、原初の躍動をも伝えるのであり、その躍動によって形質は変化する。この原初の躍動こそ生命活動そのものなのである」。

しかし、この「生命の躍動」に貫かれた『創造的進化』のなかで、久作の「胎児の夢」に描き出されたような根源的な生殖細胞、ヘッケルが幻視したような根源的な生命体「モネラ」から森羅万象あらゆるものが生成されてくるという一元論的な生命進化のヴィジョンが、ベルクソンに欠けている、というわけではない。その逆である。そうした生命進化のヴィジョンにもとづき、「胎児の夢」を、「モネラ」を、「生命の躍動」という力の発生とその転換として描き直したものが、ベルクソンの『創造的進化』だったのである。『創造的進化』の第一章では、まさに、個体発生の起源に位置し、系統発生の起源にも位置する生殖細胞について論じられていた。ベルクソンは、そこで、こう述べていた（「多様なるものの一元論」にも引いた箇所であるが、きわめて重要なところであると思われるのであえて繰り返す）――。

それでは個体の生命原理は、どこで始まり、どこで終わるというのだろうか？　それを順次に遡ってゆけば、われわれはそのもっとも遠い祖先のところまで遡ることになるだろう。その個体が、ありとあらゆる生命体に繫がっており、生命の系統樹のおそらくは根源に位置する原形質の小さなゼリー状の塊に繫がっていることを、われわれは見出すことになるだろう。その個体は、ある意味で、その原初の祖先と一体を成しているのだから、そこから多様に枝分かれしてきたすべての生命体とも一つに繫がっているのだ。そういう意味で、その個体は、今もなお、目に見えない多くの絆によってすべての生命体と一つに結ばれていると言えるだろう。

ベルクソンは、「生命の系統樹のおそらくは根源に位置する原形質の小さなゼリー状の塊」と記している。まさに、ヘッケルのいう「モネラ」そのものである。生命の系統樹の根源に位置する小さな塊が、ありとあらゆる生命体と一つにつながり合っているのだ。それが生きた宇宙の有様なのだ。ベルクソンも、賢治のように、宇宙自体を生きて変化し続ける一つの有機体と考えていた（「むしろ物質的宇宙の全体こそが、生きて活動する有機体に準えるべきものであるだろう」）。

しかもベルクソンは、『創造的進化』の実質的な最終章である第三章の末尾近くで、あらゆるものが相互に浸透し合い、融け合っているこの「モネラ」の宇宙を「超人」（sur-homme）と言い換えているのだ。ベルクソンもまた、ヘッケルの「モネラ」とニーチェの「超人」の間で、自らの創造的な進化論を構築しようとしていたのだ。すべてが相互浸透しているこの宇宙のなかで人間は、そのごく一部分を保持し、そのごく一部分を実現したに過ぎない――「それはあたかも、なにやら不分明なぼんやりとした存在、お望みならばそれを、人あるいは超＝人、と呼べばよい。そのような存在が、自らを実在化させようとして、そのためには自らの一部分をその途次において放棄しなければならなかった、かのようなのだ」。

「モネラ」は「超人」であり、「超人」は「モネラ」である。生命進化の根源に位置する「原形質の小さなゼリー状の塊」である「モネラ」には、森羅万象あらゆるものの進化の種子が孕まれている。その進化の種子が一斉に開花した様を「超人」というならば、人間は「モネラ」と「超人」の途次、その中間に位置し、「モネラ」（種子）を「超人」（花）に、「超人」（花）を「モネラ」（種子）

に転換することができる存在なのである。まったく同じヴィジョンを、夢野久作も「胎児の夢」の「備考」に書きつけていた――「地上に最初に出現した生命《いのち》の種子《たね》である単細胞が、地上に最初に出現した時の初一念？とその無限の霊能が、その霊能を地上に具体的に反映さすべく種々の過程を経て、最有利、有能な人間にまで進化して来て、まだまだ有利、有能な生物に進化して行きつつある。その過渡期の未完成の生物が現在の人間である」。そして、こう付け加える。この考え方はきわめて重要であるが、一朝一夕には説き尽くすことができず、ただ参考として述べておくにとどめる、と。

この地点が、アンリ・ベルクソンの、宮沢賢治の、夢野久作の表現の到達点である。

〔附記〕宮沢賢治の著作からの引用は、新校本全集（筑摩書房）を参照しながらも、ちくま文庫版『宮沢賢治全集』から行い、夢野久作の著作からの引用は、同じくちくま文庫版『夢野久作全集』から行っている。なお、本章がなるにあたって、賢治と『大乗起信論』、久作と法華経について、本文中にも記した『宮沢賢治　透明な軌道の上から』の著者である栗原敦氏、『夢想の深遠　夢野久作論』の著者である伊藤里和氏から直接的、間接的に貴重な教示を得た。記して感謝するとともに、堅実かつ精緻な研究を続けられている両氏からのアドヴァイスを誤解して論を進めている部分があるとすれば、それはすべて私の責任であることを明記しておきたい。

Ⅲ　批評とは何か

批評とは何か——照応と類似

1　列島の内側から

批評とは何か。最もシンプルに定義すれば、批評とは、読み、そして書くことだ。それでは、読むこと、書くこととは一体どのような行為なのか。そこに規範はない。誰もが自由に読み、そして書くことができる。しかし真の批評は、そうしたレベルに留まることはないし、留まってはいけない。読むことと書くことの基盤、読むことと書くことの起源には言語がある。批評とは、言語とは何かを原理的に問うことだ。その場合の言語とは、書かれた文字だけを意味するのではない。言語は、人を「交換」(コミュニケーション)へと開く。人を交換へと開くということは、同時に人は言語を通して交換から排除される場合もある、ということを意味する。つまり、人は、言語を通じて交換を開始し、またそこから離脱することができる。

言語は、響きであり、香りであり、眼差しへの光の色彩であり、皮膚への感触であり、喉の奥へ深く分け入る味わいでさえある。言語は諸感覚が一つに融け合った意味の塊のようなものだ。物質的かつ精神的、さらには身体的なものだ。意味するものの「意味」を問う。それが批評である。それゆえ、批評は定義上、不可能な行為でもある。言語が、言語として発生してくる場を、当の言語を用いて明らかにする。そこでは手段と目的を分けることができないし、自らのことを自らが意識的に問題とするという点で自己言及のパラドックスを避けることもできない。不可能であるばかりでなく、まったくもって不毛な行為ともなりかねない。荒涼とした砂漠のような場所が立ち現れてくる。しかしながら、そうした不毛にして不可能な場所で、不毛にして不可能な営為に挑み続け、いまだに不可思議な魅力を発散し続ける一連の作品を残した人々が存在する。

小林秀雄、吉本隆明、柄谷行人。さらには彼らが残した稀有な作品群の、間違いなく一つの源泉となっているシャルル・ボードレール、アルチュール・ランボー、ステファヌ・マラルメらフランスに生まれた広義の象徴派の詩人たち。彼らは言語を用いて言語の発生を問い、そこに、いまだにさまざまな意味を読み解いていけるような未知なる作品群を残した。言語のメカニズムを原理的に問うことで、言語表現の新たな可能性にしてまったく新しい表現言語そのものを打ち立てていった。類い稀な個性を持った彼らは、互いに自律した作品世界を築き上げている。しかし、彼らの間には確実に、相互の「交換」(コミュニケーション)もまた成り立っていた。交換とは肯定的な接近ばかりではなく、否定的な離反をも含む。強烈な磁力を発するもの同士が激しく惹かれ合い、激しく反発し合うように。彼らが為したこと、為そうとしたことを、同一性と差異性が拮抗する場、言語が発生してくる場そのものにおいて問うこと。そこから、批評とは何かという問いに対する答えが、おのずから生起してくるであろう。

*

いわゆる昭和の「文壇」へのデビュー作となった「様々なる意匠」（一九二九年）で、小林秀雄が問題にしていたのは、文学の現在を浮き彫りにするために、当時、時代の最先端に位置していた文芸批評家たちが身にまとっていたさまざまな「思想の制度」（意匠）を総括することではない。問題はきわめて明確なかたちで冒頭から提起されている。「遠い昔、人間が意識と共に与えられた言葉という吾々の思索の唯一の武器は、依然として昔乍らの魔術を止めない」。言葉というものが持つ「魔術の構造」を自覚し、それをできるだけ具体的に解剖していかなければならない。小林秀雄は、ただそのことのみを追い求めた。

言葉は、外界の「物」と内界の「意識」（自意識）の「中間」に存在するものなのだ。小林は、一つの具体的かつ説得的な例を提示する――（引用は『Xへの手紙・私小説論』新潮文庫より）。

子供は母親から海は青いものだと教えられる。この子供が品川の海を写生しようとして、眼前の海の色を見た時、それが青くもない赤くもない事を感じて、愕然として、色鉛筆を投げだしたとしたら彼は天才だ、然し嘗て世間にそんな怪物は生れなかっただけだ。それなら子供は「海は青い」という概念を持っているのであるか？　だが、品川湾の傍に住む子供は、品川湾なくして海を考え得まい。子供にとって言葉は概念を指すのでもなく対象を指すのでもない。言葉がこの中間を彷徨する事は、子供がこの世に成長する為の必須な条件である。そして人間は生涯を通じて半分は子供である。

自己の内部の意識が生み出す概念でもなく、自己の外部に対象として存在する「物」でもなく、その中間を彷徨する「言葉」。小林は、ただひたすら、そうした言語の持つ魔術的な「構造」を解き明かそうとする。だから、小林は、外部の「物」だけを追究するマルクス主義の文学理論も、内部の「概念」（意識）だけを追究する「芸術の為の芸術」派の文学理論も、ともに斥ける。つまりは「意匠」（「思想の制度」）として存在する文学理論を自らのうちに受け入れることを断固として拒否するのだ。言葉は「物」でもないし、「概念」でもない。その中間に存在する。つまり、言葉はある一面では「物」であり、ある一面では「概念」でもある。後に小林が、人間——のみならず生命体全体——の世界認識を、外部の「物質」と内部の「記憶」の二つの極に切り分け、両者を「イマージュ」（イメージ）によって一つに結び合わせようとしたフランスの哲学者アンリ・ベルクソンへの深い共感を表明し、終生その哲学を手放さなかったことは、いわば必然であった。小林が求めた言語の起源にして起源の言葉はベルクソンのいう「イマージュ」そのものである。

小林は、マルクス主義にもとづいた文学（プロレタリア文学）も「芸術の為の芸術」理論にもとづいた文学（純粋文学）も否定する。しかし、小林はマルクスの営為、「芸術の為の芸術」の一つの源泉となった象徴主義の詩人たちの営為を否定したわけではない。むしろそれらに深い共感を表明している。小林にとって、マルクスが徹底的に探究した「物」も、象徴主義の詩人たちが徹底的に探究した「概念」も、ともにそれ以上のものを指し示していた。マルクスは「物」の側から、象徴主義の詩人たちは「概念」の側から、間違いなく、ただ両者の「中間」としてしか存在することができない言語の本質を見抜いていた。

小林は、文学の象徴主義を担った詩人たちの営為について、こう述べている――「この運動は、絶望的に精密な理智達によって戦われた最も知的な、言わば言語上の唯物主義の運動」であった、と（小林のこの一節の起源には、ほぼ確実に、ランボーの「見者の手紙」がある）。さらには、マルクスの営為についても、こう述べている――「マルクスの唯物史観に於ける「物」とは、飄々たる精神ではない事は勿論だが、又固定した物質でもない」。言語は、意識の外部の「物質」であり、意識を外側から内側に開くとともに、意識の内部の「概念」であり、意識を内側から外側に開く。小林は、マルクスとランボーが交錯する地点に、自らの言語の探究――批評の基盤――を位置づける。この地点から、もう一歩だけ踏み出せば、これまでの自明の言語概念を変革すること（ランボー）と、これまでの自明の社会概念を変革すること（マルクス）とは等しくなる。詩的言語の革命がそのまま社会の革命へとつながる。しかし、小林は批評家として、変革の理論を決して担おうとはしなかった。その役割は、小林による問題提起を独自の形で、なおかつきわめて批判的かつ批評的に受け継いだ吉本隆明と柄谷行人が果たしていくことになる。

言葉は外部の物質であるとともに、内部の概念でもある。言葉によって、内部の概念（意識）と外部の物質（社会）は一つにつなぎ合わされる。言葉は、外部の社会、すなわち「物質」と内部の意識、すなわち「記憶」という二つの極を持ったイメージである。イメージは、さまざまな外部の物質とさまざまな内部の概念が一つに融け合う地点に生成される。音と聴覚、色と視覚、外から来る触と内なる触覚、外から来る味と内なる味覚が一つに重なり合う地点に発生する。小林秀雄は、批評家としての最初期の仕事である「様々なる意匠」から最晩年の仕事である『本居宣長』（一九七七年）に至るまで、ただひたすら言語＝イメージが発生し、生成してくる場所を探究し続けた。小林秀雄は文芸批評を書くことから音楽批評、さらには美術批評に移行したのではない。小林にとって言語とは、意味であるとともに音（音楽）であり、像（美術）そのものでもあった。言語芸術である文学の発生を問うことと、音楽の発生や美術の発生を問うこととは等しかったのである。

『本居宣長』の最終章（「五十」）に、小林秀雄はこう書き残している。宣長の生涯と思想を貫く「物のあわれ」とは、内部の「情」と外部の「物」が遭遇する――一致する――地点ではじめて可能になる。「欲は、物を得んとする行動のうちに、己れを失うが、情は、物を観じて、感慨を得、感慨のうちで、己れに出会い、己れの姿を確める」。小林が最後に到達した地点であり、同時にそれはマルクスとランボーを一つに結びつけた最初の出発点を差異の直中で反復する行為でもあった。小林が読み解く宣長にとって、意《ココロ》と事《コト》と言《コトバ》、あるいは言《コトバ》と事《ワザ》と心《ココロ》は同じものだった。それは外部の「物」に発動されてはじめて可能になる、内部に蠢く一連の「情」の働きだった。

宣長にとって「物」を感じることこそが「物」を知ることであり、それが同時に自らの学問――解釈学としての批評――の方法となる。小林は、宣長の方法について、こうまとめている。「物を以てする学問の方法は、物に習熟して、物と合体する事である。物の内部に入込んで、その物に固有な性質と一致する事を目指す道だ」。だからこそ、宣長は「物」のことを、それぞれに固有の「性質情状」を持ったものと表現し、その傍らに「アルカタチ」とルビをふったのだ。小林は、『本居宣長』刊行後になされた江藤淳との対談のなかで、宣長の説いた「性質情状」という「物」の定義こそ、ベルクソンが「存在と現象とを分離する以前の事物」を意図した「イマージュ」（イメージ）という概念を正確に翻訳するものなのだと語っている。宣長が解釈した、つまりは批評的に読解した「古語」とは、「性質情状」が幾重にも積み重ねられた「物」そのものだった。言葉とは

「物」である。神の息吹き（「言霊」）にして森羅万象すべてを発生させる神の働き（「産霊」）そのものである。

小林秀雄は見事に自らの批評を全うしている。しかし、それは同時に批評の死ではなかったのか。真の「起源」が問われているのではなく、逆に「起源」が忘却されているのではないのか。小林の方法を根底から批判＝批評する地点に、自らの批評＝表現の「原理」を打ち立てたのが、吉本隆明である。

＊

おそらくは、小林秀雄の甚大な影響の下、小林秀雄と同じように創造的な批評の実践を目指していた吉本隆明は、小林秀雄が最後にたどり着いた『本居宣長』という達成を痛烈に批判する。批評の最大の悩みとは、「作品になることを永久に禁じられていることだ」といういうきわめて印象的な一節を「序」の冒頭に持つ『悲劇の解読』（一九七九年）という文芸批評集——吉本にとってまとまった形では唯一の作家論集でもある——のなかで、吉本が批評家としてただ一人論じているのが小林秀雄である。吉本は、小林が結局は逃れ出ることができなかった「自意識」の病——それは同時に批評が解読すべき作家の「悲劇」の核でもある——を摘出する。小林秀雄の批評には、最初から最後まで他者が存在しない。自らの外部が存在しない。「意識」（自意識）の発生を根底から問うことをせず、ただ現在の「意識」の在り方をそのまま肯定してしまう。つまりは、できる限り厳密で客観的であるべき解釈の学（批評）を、安易な自己表現の場に留めてしまう。

そうした小林秀雄の批評の欠陥は、『古事記』のなかに歴史の断層を見ることなく、「日本」を絶対視し正統化する『古事記』をただ無条件に称揚してしまう本居宣長の批評の欠陥と完全にパラレルである。吉本は続ける。「宣長は情況に足をさらわれて歴史を蘇生させることができなかった」、だから、「宣長の思想には現存性しかない」。宣長の思想と小林の思想は相似形を描く。そこに出現するのは、「日本の学問、芸術がついにすわりよく落着いた果てにいつも陥いるあの普遍的な迷蒙の場所」である――「そこは抽象・論理・原理を確立することのおそろしさに対する無知と軽蔑が眠っている墓地である。「凡庸」な歴史家たちや文学史家たちや文芸批評家たちが、ほんとうの意味で論理を軽蔑したあげく、原理的なものなしの経験や想像力のまにまに落ちてゆく誤謬・迷信・袋小路に小林も陥ち込んでいるとしかおもえない」。

それでは、どうすれば良いのか。「普遍的な迷蒙の場所」を抽象化し、そこに原理を打ち立て、論理を導き出すしかない。吉本が『言語にとって美とはなにか』（一九六五年）に取り組まなければならなかった理由でもある。小林秀雄と吉本隆明は、明らかに「問題」を共有していた。そうであるが故に、吉本は小林の方法――無方法という「方法」――に我慢がならなかったはずだ。吉本は、言語という「魔術の構造」（小林）を原理的に突き詰めていく。言語は、一方では個体の欲望（衝動）を表現し、もう一方では社会的な諸関係の交通（交換）を表現している。言語は、個体のもつ意識の欲望を自ら主体的に表現しようとし、同時に、社会的な諸関係の交通を客体的に対象として指示しようとする。吉本は、言語を「自己表出」と「指示表出」という二つの極を持ち、分裂しつつも一つに重なり合った両義的かつ二重性を持った存在として定義する。言語という、欲望とコミュニケーションの手段（表現）を生み出すことによって、人間の意識は、人間という生命体をその内部から生み落とした外的な環境である自然とは切り離されてしまう。

吉本は、言語の自己表出の側面を探るためにフロイトをはじめとする心理の「学」を、言語の指示表出の側面を探るためにマルクスをはじめとする社会の「学」を採用し、独自の方法論を磨き上げていった。その結果として、吉本は、言語の「構造」を、自らが信じる原理として抽出することに成功した。しかし、自己表出と指示表出という二つの極、二つの相を持った言語の「発生」については、小林秀雄が「様々なる意匠」で説いたように、詩的な比喩を用いて語ることしかできなかった。それは吉本の方法論に不備があったためではないだろう。「発生」は、客観的な学問からだけでは捉えきれないのだ。どうしても主観的な表現（詩）としてなされる必要がある。『言語にとって美とはなにか』のなかで、小林秀雄から受け継いだ「問題」を柄谷行人に創造的に引き継いだ箇所でもある――。

有節音声が自己表出として発せられるようになったとき、いいかえれば言語としての条件をもつようになったとき、言語は現実的な対象との一義性（eindeutig）な関係をもたなくなった。たとえば原始人が海をみて、自己表出として〈海《う》〉といったとき〈う〉という有節音声は、いま眼のまえにみている海であるとともに、また他のどこかの海をも類概念として抽出していることになる。そのために、はんたいに眼の前にある海は〈海《う》〉ということばじは具体的にとらえつくせなくなり、ひろびろとしているさまを〈海《う》の原〉なら〈うのはら〉といわざるをえなくなった。

言語としての「海」は、現実としての「海」から離脱してしまう。言語としての「海」は、現実として存在する「海」の複雑さを表現し尽くすことができなくなる。しかし、その離脱によって、言語としての「海」は、現実としての「海」に依拠しない自由を手に入れる。言語の自己表出性は指示表出性を生み、言語の指示表出性は自己表出性の可能性をさらに拡大してゆく——「しかし、自己表出性をもつことによって有節音声はべつの特長をも獲取した。海を眼のまえにおいて〈海《う》の原《はら》〉という有節音声を発しても、また住居の洞穴にいながら〈海《う》の原《はら》〉という有節音声を発しても、おなじように、現実にいくつもある海を類概念として包括することができることであった」。

言語は自己の内部と自己の外部の間に、現実の海と想像の海の間に、音と像の間に、生み落とされる。そして、一つの極からもう一つの極へと「彷徨」するプロセスを決して止めることはない……。吉本隆明と小林秀雄が、「様々なる意匠」と『言語にとって美とはなにか』で、ほとんど同じ情景を見ていることが分かるであろう。それ故、吉本隆明による小林秀雄への批判は的確であり、また現在においても有効なのだ。しかし、一九八〇年代を通して、吉本もまた自らがよって立つ「日本」の現存性、高度資本主義の発展という現存性を、ほとんど無条件で認めてしまうようになる。小林秀雄が陥った「悲劇」が繰り返されようとしていた。そのとき、吉本隆明からの甚大な影響の下、その影響を乗り越えるかのように登場してきたのが柄谷行人である。「様々なる意匠」が問題を立て、『言語にとって美とはなにか』がその問題を「原理」として整理したとするならば、柄谷行人の『マルクスその可能性の中心』(一九七八年)は、小林―吉本の〈原理としての問題〉がよって立つ基盤を掘り崩し、そこに「外部」を提示したのである。

*

柄谷行人は、吉本隆明の『言語にとって美とはなにか』が角川文庫に収録された際、その巻末に、「『言語にとって美とはなにか』は、孤独な書物である」とはじまる長文の解説を寄せる(現行の版からは削除されている)。さらに、その「解説」を終える間際には、異例とも言える一節を残す――「私が『言語にとって美とはなにか』から受けた最大のヒントは、何よりも言語・文学の問題が

『資本論』の問題と通底するということであった。それは言語学を経済学的に考えることでもなければ、経済学を言語学的に考えることでもない。私がそこから考えたのは、『資本論』が真の意味で「経済学批判」であるならば、それを言語学的に適用することは真の意味で「言語学批判」たらざるをえないだろうという予感であって、『言語にとって美とはなにか』は、私にとって啓示的な書物であった」。

『マルクスその可能性の中心』の一つの起源は、『言語にとって美とはなにか』に存在していた。マルクスが「貨幣」を自明視することなく、貨幣が生成されてくる起源の場所を「商品」という「価値形態」――自然形態と価値形態という二重の形態を持った「もの」――から見たように、吉本隆明は「言語」を自明視することなく、言語が生成してくる起源の場所を、やはり自己表出と指示表出という二重の形態を持った「意味」という「価値形態」から見ようとしている。柄谷は、吉本が『言語にとって美とはなにか』をはじめるにあたって残した最も美しく、最も喚起的な一節を取り上げる（前述した二重の意味形態を持つ〈海〉が成立する、いわば前提＝条件となる光景である）――。

たとえば狩猟人が、ある日はじめて海岸に迷いでて、ひろびろと青い海をみたとする。人間の意識が現実的反射の段階にあったとしたら、海が視覚に反映したときある叫びを〈う〉なら〈う〉と発するはずである。また、さわりの段階にあるとすれば、海が視覚に映ったとき意識はあるさわりをおぼえ〈う〉なら〈う〉という有節音を発するだろう。このとき〈う〉という有節音は海を器官が視覚的に反映したことにたいする反映的な指示音声であるが、この指示音声のなかに意識のさわりがこめられることになる。また狩猟人が自己表出のできる意識を獲取しているとすれば〈海《う》〉という有節音は自己表出として発せられて、眼前の海を直接的にではなく象徴的（記号的）に指示することとなる。このとき、〈海《う》〉という有節音は言語としての条件を完全にそなえることになる。

海を前にした野生人（吉本隆明）にして海を前にした子供（小林秀雄）。原初の人間の意識に、原初の言語が宿る。しかしながら、この情景を現実そのものとして自明視してはならない。柄谷行人は強調する。この情景を「発生論的あるいは歴史的」に考察してはならないのだ。この情景は、論理によって抽象化された、原理としての「場所」なのである（以下、「場所」という西田哲学的な語彙は柄谷自身が使っているものではなく、あくまでも私の解釈による）。この原理としての「場所」、抽象としての「場所」を実体化してしまったとき、そこは容易に交換から閉鎖された「普遍的な迷蒙の場所」となってしまうであろう。吉本の手になる起源の場所の描写は、あくまでも現に存在する「表現」（表出）から「ふりかえって」読まれなければならない。すでに成立してしまった、自己表出と指示表出が一つに融け合っている「表出」すなわち表現の「価値形態」から、「内省と遡行」によってはじめて到達することができる場所なのである。

原因と結果を取り違えてはならない。最初に「自己」があるのではなく、「表出」の内的な反省（内省）として「自己」が生じてくる。のみならず、その「自己」は、そのときすでに対他的な関係において存在している。柄谷は、こうまとめている。吉本が真に述べたかったこととは――「言語は「自己表出」だということではなく、「自己」そのものがいわば「表出」の結果としてあるということ、また対他的なコミュニケーションは「自己表出」の前にあるのでもなければ後にあるのでもなく、「自己表出」の形成と同時的だということである」。この地点で柄谷は、他者の批評、『言語にとって美とはなにか』を想像的かつ創造的に読み込む（解釈する）ことで、自己の批評、『マルクスその可能性の中心』の方向へ、遥かに超え出てしまっている。客観的に見れば、それは「誤読」に近いものである。しかし、吉本が言うように、自ら積極的に「作品」となることを禁じられている批評とは、想像的かつ創造的な「誤読」以外の一体なにものになりえるのであろうか？

言語以前の「表出」が持つ価値の二重形態、貨幣以前の「商品」が持つ価値の二重形態、つまりは「価値形態」から、「交換」を論じなければならない。「交換」によってはじめて「人間」という概念が可能になり、「もの」という概念が可能になる。柄谷行人が『マルクスその可能性の中心』で論じているのは、あるいはその後、力点を内部に移し（『内省と遡行』および『隠喩としての建築』）、外部に移しながら（『探究』ⅠおよびⅡ）論じ続けているのは、ただそのことだけである。異なった

「もの」、差異を持った「もの」が、なぜ「商品」という同一なものへと変貌し、「貨幣」による交換が可能になるのか。柄谷は、『マルクスその可能性の中心』のなかで、マルクスのいう「商品」を論じる前提として、やや唐突に小林秀雄の「様々なる意匠」の一節を参照している――「商品は世を支配するとマルクス主義は語る。だが、このマルクス主義が一意匠として人間の脳中を横行する時、それは立派な商品である。そして、この変貌は、人に商品は世を支配するという平凡な事実を忘れさせる力をもつものである」。

この地点で、小林秀雄、吉本隆明、柄谷行人の批評が交響し、共振することになる。詩的で特殊な言語と、散文的で一般的な商品に共有される「価値」（意味）の起源を探ること。マルクスのいう「商品」とは、小林のいう意識のなかで「商品」の「商品」となるもの、すなわち「貨幣」をすでに含み込んだものなのだ。柄谷はそう述べた後（第一章）、今度はマルクス自身の言葉を引く――「商品は使用価値または商品体の形態で、すなわち、鉄、亜麻布、小麦などとして生れてくる。これが彼らの生まれたままの自然形態である。だが、これらのものが商品であるのは、ひとえに、それらが二重なるもの、すなわち、使用対象であると同時に価値保有者であるからだ。したがって、これらのものは、二重形態、すなわち自然形態と価値形態をもつかぎりにおいてのみ、商品としてあらわれ、あるいは商品の形態をもつのである」。

身体という物質的かつ個別的な基盤（自然形態）を持ちそこから発せられるとともに、コミュニケーションを可能にする意味という精神的かつ集合的な働き（価値形態）を持つ言語。自然に限りなく近づいていくとともに自然から限りなく遠く離れていく二重性を持つ「もの」、すなわち言語と商品。柄谷は、マルクスが『資本論』に残した一節に、言語と商品が一つに重なり合う地点を探りあてる。そこが柄谷批評の核となる――。

> だから、人々が彼らの労働諸生産物を諸価値として相互に連関させるのは、これらの物象が、彼らにとって同等な種類の、人間的な労働のたんなる物象的外被として意義をもつからではない。その逆である。彼らは、彼らの相異なる種類の諸生産物を交換において諸価値として相互に等置することにより、彼らの相異なる諸労働を人間的労働として相互に等置する。彼らはそれを意識していないが、しかしそう行うのである。
>
> だから、価値なるものの額には、それが何であるかということは書かれていない。むしろ価値が、どの労働生産物をも一つの社会的象形文字に転化する。のちに至って、ひとびとは、この象形文字の意味を解こうとし、彼ら自身の社会的産物――けだし、価値としての諸使用対象の規定は言語と同じように彼らの社会的産物である――の秘密を探ろうとする。

同一性が差異を生むのではなく、差異こそが同一性の基盤となるのだ。吉本隆明の営為と柄谷行人の営為が交錯する（同一化する）とともに分岐し（差異化し）、二度と交わることのない地点である。吉本隆明が、論理が可能になる場所を詩的に探究したとするならば、柄谷行人は、詩が可能になる場所を論理的に探究した。論理が詩となり、詩が論理となる場所。「表出」（表現）としての「象形文字」が生成され、「商品」（価値形態）としての「象形文字」が生成される場所。「交換」が開かれ、「交換」が可能となる場所。そこに立つためには「外」に出なければならない。言語の「外」、社会の「外」へ、と。マルクスが「価値形態」の秘密に肉迫し得たのは、「交換」の外に立つことができたからだ。ドイツという故郷、ドイツ語という母国語の外、あるいはヘーゲル哲学という学的な体系の外に。マルクスは、そこに立った。具体的な場所であるとともに抽象的な原理としての「外」に。

列島の内部で可能になった創造的な批評の真の可能性、真の射程を測定するためには、われわれもまた「外」に立たなくてはならない。時間的にも空間的にも、列島日本を相対化してしまえる起源の場所に。その起源の場所に到達するために、われわれは小林秀雄の批評の起源にして吉本隆明の批評の起源、「象形文字」すなわち「象徴」として生成され、「象徴」として表現される詩的言語が発生してくる場所を原理的に探究した、詩人にして批評家たちの営為にまで遡る必要がある。シャルル・ボードレールとアルチュール・ランボーのもとにまで……。

2　列島の外側へ

小林秀雄は「様々なる意匠」を書き上げる以前は（書き上げてから以降も）、フランス象徴主義を代表する詩人たちの作品を深く読み込んだ「読者」であった。「読者」であるとともに、その自覚的な「翻訳者」であった。小林秀雄は読みながら翻訳した。あるいは、翻訳しながら読んだ。「翻訳」とは、ある意味で、読むことと書くことの――つまりは批評の――最も根幹となるべき行為である。小林が範としたのは、間違いなくシャルル・ボードレール（一八二一―六七）の「批評」であった。ボードレールは詩人であるとともに批評家であった。否、美術批評を書き、文芸批評を書き、音楽批評を書き、そして詩人となった。

ボードレール自身、リヒャルト・ヴァーグナー論のなかにこう記している。すべての偉大な詩人たちは、自然に、宿命的に、批評家へと生成する。一人の批評家が詩人になるというのは驚くべきことだが、一人の詩人のなかに一人の批評家が含まれないのは不可能なのである。批評家はただそれだけでは詩人になることはできないが、詩人が同時に批評家ではないことは、それ以上にあり得ないことなのだ。ボードレールにとって、小林秀雄にとって、詩人とは、なによりもまず批評家でなければならなかった。

ボードレールの批評は、その多く（特にエドガー・アラン・ポー論やリヒャルト・ヴァーグナー論）が、対象とする表現者の主要著作の「翻訳」とともにあった。翻訳とは、自国語でもなく他国語でもなく、つまりは「自」と「他」の間、その中間地帯に第三にして未知なる表現言語を創り上げる行為である。ボードレールにとって翻訳と批評を分けることはできなかった。さらには、批評と創作さえも……。『悪の華』第二版の最後にボードレールは「旅」という詩篇を据える。二十世紀の最も批評的な映画監督であった（もちろん現在でもあり続けている）ジャン＝リュック・ゴダールが、さまざまな音響、さまざまな色彩を無数に切り分け、一つに重ね合わせながら「映像」（イメージ）自体にその生成を語らせた大作『映画史』のなかで、一人の女優によって延々と読み続けさせた詩篇でもある。つまり、ゴダールは、「旅」として結晶するボードレールの営為（当然のことながらボードレールにとってもゴダールにとっても、その創作と批評を分けることはできない）に、複製技術時代の「映像」芸術の真の起源を見出していたのである。

ボードレールは「旅」の最後をこう締め括っている。「〈地獄〉でも〈天国〉でもかまわない、その巨大な裂け目［深淵］の奥底深くに向かって跳躍すること。〈未知なるもの〉の奥底深くに新たなものを見出すために」。ボードレールにとって詩とは、批評とは、〈未知なるもの〉のなかに新たなものの可能性を見出すための手段であった。そこでは色彩と音響が一つに入り混じり、諸感覚の不調和な調和が形づくられる。〈未知なるもの〉に到達するためには、世界を認識するための諸感覚をいったん解体した上で、再編成しなければならない。世界を見ること、世界を聞くこと、世界を読むこと、すなわち世界を理解することを、世界を新たに表現すること、世界を新たに創り出すことへと転換していかなければならない。批評は、そのためにこそ存在する。世界を表現する（世界を書く）ためには、まずは世界を理解する（世界を読む）ことが必要なのである。

ボードレールがまず向かったのは「見る」ことである。ボードレールは「見る」ことを「書く」ことに翻訳する。つまりは独創的な美術批評（「見る」ことの解剖＝解釈）を、文字通り、書き上げることによって。しかも、ボードレールが生きたのは、人間の視覚のメカニズムの解剖によって「写真」というメディアが生まれた時代である。外の世界から内へと侵入してくる「光」を定着する技術（写真術）が発明され、驚異的に発展することで、絵画は、外の世界を正確に再現する必要性から解放された。それでは、「写実」から解放された絵画は一体何を表現すれば良いのか。内なる世界に「像」が発生してくる内的かつ精神的なメカニズムをこそ描かなければならない。ボードレールは最初期の美術批評、「一八四六年のサロン」ですでにそう記している。だからこそ、美術の批評は、「一瞬ごとに形而上学《メタフィジック》に触れる」のである（I「批評は何の役に立つのか」）。「見る」ことは自然の彼方、人間の視覚的な条件の彼方へと通じる。

美術批評が掘り下げていかなければならない領域とは、外的な世界と通底していながらも外的な世界とは切り離された、内的な世界の極限である。『心的現象論序説』（一九七一年）を書き上げた吉本隆明であれば、こう定義するであろう。外界という無機的な自然物と「身体」という有機的な自然物からともに抽出され、ともに疎外される領域。さらには自然（無機的な物質）と身体（有機的な物質）の両者に開かれた「幻想領域」である、とも。さまざまなイメージが生まれ、さまざまな「印象」が生成されてくる領域でもある。ボードレールの批評が、絵画表現の新たなスタイル、絵画における印象主義を生み出したのだ。ボードレールは、「一八四六年のサロン」で、そうした絵画のみならず現代芸術（art moderne）全般にわたる表現の新たな傾向を「ロマン主義」と総称する。ロマン主義とは、いわば「内的な親密さ、精神性《スピリチュアリテ》、色彩、無限への憧憬」である、と（Ⅱ「ロマン主義とは何か」）。

ボードレールは、この内的な「無限」の世界に生み落とされる「色彩」について、さらにこう記している——「色彩のなかには、和声《ハーモニー》と旋律《メロディー》、そして対位法が見出される」（Ⅲ「色彩について」）。内的世界に生まれる色彩は音響そのものであり、諸感覚の融合でもあった。絵画における、芸術における「現代性《モデルニテ》」とは、内的な永遠を、外的な偶然によって組織することなのだ。ボードレールの美術批評が最後にたどり着いた地点である。「現代生活の画家」（一八六三年）のなかでボードレールは、現代の絵画、もしくは絵画の「現代性」を、こう定義しているからだ（Ⅳ「現代性」）——「現代性とは過渡的なもの、変わりやすいもの［fugitif］、偶発的なものであり、これらの特徴が芸術の半分をなし、もう半分は永遠なもの、変わらないものである」。

ボードレールは、一方では「永遠性」の画家ウージェーヌ・ドラクロワを、もう一方では「現代性」の画家、瞬間を素描する画家にして世界の紛争地帯を放浪する画家でもあったコンスタンタン・ギースを称揚する。ギースは「芸術家、すなわち〈世界の人〉にして〈群衆と子供の人〉」（III のサブタイトルでもある）なのだ。「現代性」の画家は「野生人のように、子供のように」デッサンする。海を前にした子供（小林秀雄）のように、あるいは海を前にした野生人（吉本隆明）のように、「現代性」の画家は世界に向かわなければならない。そのとき、画家は野生の「子供」へと生成している――「子供はすべてを新しさのうちにおいて見る。子供はつねに酩酊しており、その子供が形態や色彩を自らの内部に吸収する歓び以上に、われわれがインスピレーションと呼ぶものに似ていないものはない」。アルチュール・ランボーの「酩酊船」を予告する一節でもある。

ボードレールは続ける。「天才」（「精霊」をも意味し、ランボーが残した詩のタイトルでもある）とは、強固な意志によって「ふたたび見出された無垢なる幼年性［無垢なる子供時代］」（原文はイタリック）のことなのである。それは、「新たなものを前にした子供たちの瞳を、動物的な恍惚感のもとで対象に固定させる、深くて歓びに満ちた好奇心」に他ならない。子供が眼の前にする「新たなもの」（*nouveau*）は詩篇「旅」の最後に置かれた語彙と同じものであり、ランボーの『地獄の一季節』のみならず、マルセル・プルーストの『失われた時を求めて』さえ、ここですでに予告している。ボードレールは、美術を批評することによって獲得した野生人の知覚、子供の知覚をさらに磨き上げ、自らの詩学の核に据える。そのためにボードレールは、今度は文学を批評しなければならなかった。その批評の実践は、翻訳の実践としても果たされていった。

ボードレールは、アメリカの作家であり、さまざまな文学のジャンルを横断しつつ、さまざまな文学のジャンル（ミステリーやSFや恐怖小説から純粋詩まで）の創始者となったエドガー・アラン・ポー（一八〇九―四九）の「グロテスクとアラベスク」、怪奇趣味と異郷趣味に満ち溢れた短篇小説の傑作の数々を翻訳しながら、ポーについて三度（一八五二年と一八五六年と一八五七年）にわたって批評を書いた。その三篇のポー論のなかにボードレールの文芸批評のエッセンスにして文学的な想像力論のエッセンスが秘められている。一八五二年にポーの生涯と作品世界について書かれたボードレールの最初の批評は、そのほとんどが、他者の言葉を翻訳し、コラージュしたものだった。しかし、そのなかでも、ボードレール自身の手になる、「ポーは三つの相のもとにその姿をあらわす」という注目すべき一節が残されている。ポーは、批評家であり、詩人であり、小説家であった。さらに小説家のなかには哲学者がいた、と。ボードレールは、この批評で自分自身のことを語っている。

一八五六年の二番目の批評になると、まずボードレールは、創作家としてのポーが置かれていた状況について論じる。ポーは、新しいジャンルの創作を、さまざまな「雑」なるメディアの集合体である雑誌を舞台に（ポーが創り上げた物語のほとんどが雑誌に掲載された記事に源泉を持っている）、自らも雑誌を組織して、発表していった。ボードレールは「現代性」の画家ギースを評したのと同じ語彙を用いて、ポーの作家としての特質をこうまとめている――「彼は、より変わりやすく［fugitif］あるものを分析し、より量りにくくあるものを推量し、その効果が恐るべきものである科学的で繊細な方法を用いて記述したのだ。神経質な人間の周囲に漂い、悪へと導いていく想像世界のあらゆることを」。ここでもまた、ボードレールは、ポーのことを語るとともにギースのことを語り、自分自身のことを語っている。

この一節にさらに続けて、ボードレールは、ポーによる想像世界の探究を「阿片」による陶酔、「阿片」による知覚の変容状態に喩えている。この地点から、ボードレール自身によるコレスポンダンス（照応）とアナロジー（類似）の詩学までは、あと一歩である。ボードレールはポーの作品のなかに宇宙の起源と意識の起源、物質の起源と精神の起源が重なり合う窮極のはじまりを見ていた。ボードレールが、まずはじめにフランス語に翻訳したポーの作品は「催眠術の啓示」である。ポーは、この奇妙な作品で、変わりやすく偶発的で雑多な日常世界から、変わることなく必然的で普遍的な一なる神的世界に、一気に跳躍する。「その効果が恐るべきものである科学的で繊細な方法」を用いて。

一人の医師が、死に瀕した一人の患者に「催眠術」をかける。死の瞬間に眼の前にあらわれ出でる光景を、詳細に報告させるために。顕在意識と潜在意識の狭間で、あるいは、顕在意識と潜在意識が一致する瞬間に、患者は「死」を通して世界のはじまり、宇宙のはじまりをその眼にする。森羅万象あらゆるものは「神」からはじまったのだ。しかし、その「神」は一神教的な世界を統べる人格神ではない。「神」とは宇宙の根源にして意識の根源に存在する、それ以上分割することが不可能な「物質」、あらゆるものに浸透しあらゆるものに形を与える力としての「物質」だった。患者は医師にそう告げる。

ポーは、「催眠術の啓示」がもたらしてくれたヴィジョンを、『ユリイカ』でさらに発展させる（ボードレールによるポーの翻訳も「催眠術の啓示」にはじまり『ユリイカ』で一つの完結を迎えることを意図していた）。宇宙の根源に存在する「神」としての物質。その単純さの極にある物質は、引力と斥力としてのみ存在する。引き合う力と反発し合う力によって原初の「物質」が展開し、収縮する。それとともに宇宙が生まれ、滅び去る。宇宙の発生を問うことは意識の発生、すなわち「想像力」の発生を問うことであった。未知なる詩の言葉、新たなる詩の言葉も、その「想像力」によって地上に生み落とされる。

ボードレールが最後にまとめたポーに関する批評、「エドガー・ポーに関する新たな覚書」の核心は、その「想像力」論にある。ボードレールは、老いていると同時に若くもあるアメリカに対する両義的な想いを吐露し、「現代生活の画家」と同じく「ダンディ」（現代人）に匹敵する「野生人」による世界認識について述べ、そしてポーにとっては「想像力」（イマジネーション）こそが諸能力の女王だったと論じ、こう続けていく――「〈想像力〉とは、哲学的な諸方法の外側に立って、まずなによりも諸事物の内的で秘められた関係性、照応《コレスポンダンス》と類似《アナロジー》の諸関係を知覚する、ほとんど神的な一つの能力である」。ボードレールにとって、宇宙が発生してくる起源の場所にして意識が発生してくる起源の場所に位置づけられる想像力は、「照応」の力と「類似」の力によって、さらにはその二つの力が交錯する地点に、形づくられるものだった。

ボードレールは、「照応」をスウェーデンに生まれた神秘家エマヌエル・スウェーデンボルグから、「類似」をフランスに生まれた空想的社会主義者シャルル・フーリエから借用する。

スウェーデンボルグは仮死状態に陥るとともに、内的な霊界を経めぐる。内的な霊界には霊的な太陽が光輝き、そこから両性具有の――二人でひと組の――光の天使たちが生まれてくる。天使たちは無数の光の「度合い」をもつことによって「多」であるとともに、霊的な光を「分有」しているということによって「一」でもある。人間の持つ内的な世界と外的な世界は互いに「照応《コレスポンダンス》」し合っている。スウェーデンボルグが残した霊界遍歴の書、『天界と地獄』はボードレールの詩篇「旅」の末尾に記された〈天国〉と〈地獄〉と響き合う。その象徴の〈地獄〉を彷徨した記録という意味で、ランボーが残した『地獄の一季節』を捉えることも不当ではあるまい。

フーリエは、この世界に存在するあらゆるものは「引力」――「情念」の引力、すなわち性愛の力――によって互いに惹かれ合い、反発し合っているという。その力は、物質というミクロな世界から宇宙というマクロな世界まで「類似《アナロジー》」によって貫かれている。内的な宇宙（インナースペース）

と外的な宇宙（アウタースペース）は「照応」し、ミクロコスモス（極小世界）とマクロコスモス（極大世界）は「類似」している。

内と外の間、極小と極大の間、その中間地帯に生まれてくるのが双方の世界、双方の宇宙を一つに結び合わせる「象徴」としての言葉だった。ポーは文学作品として、「象徴」を生み出す「想像力」の働きを見事に描き出した。ボードレールは、さらに自らの体験として「象徴」を生み出す「想像力」の開花を報告する。想像力の持つ「照応」と「類似」の力が十全に発揮されるためには、人間的な条件が乗り越えられなければならない。人間的な「私」（自我）が完膚なきまでに粉砕されなければならない。内と外の区別、極小と極大の区別が廃棄されなければならない。ボードレールは、自我が跡形もなく滅び去るとともにさまざまな「象徴」が乱舞しはじめる領域を、ハシッシュがもたらしてくれる「陶酔」の体験として描ききる。

ボードレールは、おそらくは二十歳前後からハシッシュに親しみ、その体験を、詩であり小説でありエッセイでもある「散文詩」としてまとめていった。あらゆる区別を無化してしまう「陶酔」の体験は、あらゆるジャンルを無化してしまう新たな表現としてしか可能にならなかった。

『人工楽園』（一八六〇年）ではじめて形が整えられた「ハシッシュの詩」に記録された「陶酔」のはじまり（Ⅳ「人＝神」）――「そこでは、こちらに向かってきた最初の物《オブジェ》が象徴となって語るのだ。フーリエとスウェーデンボルグが、一方は類似によって、一方は照応によって、あなたの視線に這い入ってくる植物や動物に受肉［化身］し、声によって教える代わりに形態や色彩によってあなたを教導することを」。内的な想像力の世界で、物質は「象徴《シンボル》」（サンボル）となり、動物や植物に化身し、形態や色彩と入り混じる。

ボードレールは、またこうも言っている。想像力の世界では、人間と物《オブジエ》が一つに融け合い、音響は色彩に、色彩は音響に変化＝変身する。美術批評家から文芸批評家へ転身しつつあった時期に書かれた「葡萄酒とハシッシュ」（一八五一年）に記された「陶酔」のクライマックス（Ⅳ「ハシッシュ」）――「幻覚がはじまる。外界に存在する物《オブジエ》たちが怪物じみた外観を帯びる。これまでとはまったく未知の形態をまとって、その物たちがあなたの前に姿をあらわす。さらに物たちの形が歪み（デフォルム）、形が変容し（トランスフォルム）、ついには物《オブジエ》たちがあなたという存在の内部に侵入し、あるいは、あなたが物たちの内部に侵入する。最も奇妙な両義的表現の数々、最も説明不可能な観念的置換の数々が生起する。諸々の音の響きは一つの形態になり、諸々の形態は一つの音の響きになる」。

ボードレールは、自身の「陶酔」の体験と批評によって見出した「想像力」の働きを、一つの美しい詩篇に結晶化させる。そしてボードレールは、その詩篇を音楽批評、「リヒャルト・ヴァーグナーと『タンホイザー』のパリ公演」（一八六一年）の中心に据える。ボードレールがこの音楽批評の大部分を書き上げたとき、いまだヴァーグナーによる舞台そのものは観ていなかった。想像力によって理想の舞台を創り上げ、その核心を一篇の詩に託したのである。「照応《コレスポンダンス》」と題され、『悪の華』に収められるとともに、いまだ現実には存在していない夢の舞台、総合芸術の夢を「象徴」した一篇の詩――。

〈自然〉は一つの神殿、それを支える生きている柱は時として、曖昧なささやきを洩らすがままである。
人は、象徴の森を横切り、そのなかを歩んでいく
そのとき森は、親密な眼差しをもって人を見守っている

遠くから互いに入り混じる長い木霊のように
暗く、深い一つの統一のなかで
夜のような、光のような広い統一のなかで
諸々の香り、色彩、音響は互いに照応し合う。

ここから、近代の「批評」がはじまるのである。

＊

われわれはいまだに、ボードレールからはじまった近代の「批評」がたどり着くはずの終局の場所まで歩みきっていない。ボードレールが実現を夢見た「象徴」の舞台は、ステファヌ・マラルメ（一八四二―九八）の手によって表現の極北まで、宇宙全体をそのなかに封じ込めた一冊の「書物」という形にまで抽象化され、昇華された。マラルメの書物は「上演」されなければならなかった。疑いもなく、そこに象徴主義の文学の一つの達成がある。同時にそれは文学の終焉と見分けがつかないものではあったが……。マラルメによれば、〈霊的な宇宙〉を封じ込めた〈霊的な楽器〉としての「書物」が鳴り響くのは、すべてが消滅してしまった「無」の地平に他ならなかった。文学の達成はその消滅とともに訪れる。マラルメの「書物」は、マラルメ自身を含め、誰一人として物理的に読むことができない。「象徴」は生まれるやいなや「無」へと消滅してしまう。

　ボードレールが提起した「陶酔」という批評の方法を、一つの表現の論理にまで高めたのは、マラルメではない。マラルメに、その「精神」によってアナキストであったと称された若き天才詩人アルチュール・ランボー（一八五四―九一）によってであった。マラルメは、ランボーに対して両義的な態度をとり続けていた。ランボーの営為を「芸術の歴史における独創的《ユニーク》な冒険」であったと記すが、すぐさまその「冒険」は「子供の冒険」であったとつけ加える――「未来に頼ることなく、嵐が吹き荒れるように、しかし凜とした宿命を、存在するいとまもないほどの時間で使い尽くしてしまった、文学という翼に激烈に、またあまりにも早熟なうちに打たれてしまった子供の冒険」（「アルチュール・ランボー」）と。

　結局のところ、マラルメは、象徴主義の文学運動にランボーが占める位置について、こう述べるしかなかった。ボードレールに端を発し、自分たちが推し進めている文学運動にとって、ランボーは無視することができない「重要」な存在ではあるが、結果としては、ただ行きずりの「通行人」に過ぎなかった、と。しかしながら、小林秀雄の批評、吉本隆明の批評、柄谷行人の批評が接合されなければならないのは、ランボーという行きずりの「通行人」の方、未来に頼る術を持たなかった「子供の冒険」の方である。

　おそらくは、ボードレールの「照応」と「類似」の詩法に震撼させられたランボーは、その上に立って、自らの詩法を、いわゆる二通の「見者の手紙」としてまとめる。万物が「照応」し合い、万物が「類似」によってつながり合う世界を生きるためには、「見者」にならなければならない。パリ・コミューンを、その身をもって体験した十七歳のランボーは、シャルルヴィルの高等中学校《コレージュ》の教師であったジョルジュ・イザンバールに宛てて一通目の「見者の手紙」を書く。「いま、私は放蕩無頼の限りを尽くしています。なぜなのか？　私は詩人になりたいのです、自ら〈見者〉たらんと努めています」。そして続ける。「重要なのは、あらゆる感覚の錯乱［dérèglement］によって未知なるものに至ることです」。「錯乱」は調子を狂わすことであり、狂気に陥ることでもある。「未知なるもの」（inconnu）は、これもまたボードレールが詩篇「旅」の末尾に記した言葉そのものである。

イザンバールの友人であるポール・ドメニーに宛てた二通目の「見者の手紙」によって「未知なるもの」に至るための「錯乱」の内容がより明確になる――「詩人は、あらゆる感覚の、長い時間にわたり、無限に広大な、そして論理にかなった錯乱によって見者になるのです」。ランボーがここで述べている「錯乱」は、狂気と論理を両立させる方法なのである。狂気を論理的に解剖し、論理を未知なるものに通じるための狂気として生きる。そのとき「私」は「私」ならざるものへと変容を遂げる。「私」とは一人の「他者」なのです、とは二つの手紙に共通して見られる表現である。ドメニー宛の二通目の「見者の手紙」でランボーはその「他者」の内実をも詳しく語る。見者である「他者」とは、偉大な病者であり、偉大な罪人であり、偉大な呪われ人であり、さらには至高の〈知者〉（学者）でさえある。

見者は人類に責任を持つばかりでなく、動物たちにさえ責任を持つ。そして「彼方」の世界から形態あるものをもたらすばかりでなく、形態をもたないものさえも、もたらす。形態のあるものには形態を与え、形態のないものには、形態がないという形態を与える。そして、一つの言語を見出す。その言語は、魂から魂へと向かい、諸々の匂い、音響、色彩を縮約してもつ。こうした言語が見出された未来は、唯物論的なものになるだろう。さらに見者は女性を隷属状態から解放して、女性そのものにさえなる（文中ではそこまで明言していないが、そう読み解くことも充分に可能であると思われる）。女性もまた未知なるものを見出すであろう。

ランボーは、この二通の「見者の手紙」の方法論を引き継いだ詩的言語の実践、『地獄の一季節』で、自らを古代の血腥い時代を生きた「野生人」の血を引く者として位置づける。社会の外側を生きる「野生人」の末裔たる見者＝詩人は、母音のそれぞれに固有の色彩を見出し、海と混じり合う太陽、太陽と混じり合う海のなかに永遠を見出す。見者とは、あらゆる秩序の外側、「彼方」の世界を見て、戻って来た人間なのだ。外とは、さまざまな「もの《オブジェ》」が、さまざまな感覚が、一つに入り混じる場所である。その場所にたどり着いたとき、一人の大人の男性は女性へと変身し、動物へと変身し、植物へと変身し、「物質」へと変身し、さらには形なき何ものかへと変身する。そうした変容の場を、論理的かつ唯物論的に探究しなければならない。ボードレールもランボーも、来たるべき詩人＝批評家の可能性を、なによりもまず子供たちのなかに、あるいはいまだ文明化されていない野生人たちのなかに、見出していた。未知なる、新たな詩の言葉とは、野生人たちが執り行う祝祭や祭儀の際に唱えられる呪文のようなものなのかもしれない。ボードレールもランボーも、そう記していた。

小林秀雄、吉本隆明、柄谷行人は柳田國男の営為に並々ならない関心を抱き、柳田國男とともにランボーを、あるいはマルクスを論じていた。柳田國男は自らの新しい学たる「民俗学」の中心に、「彼方」の世界に開かれた存在である女性と子供を位置づけていた。女性と子供によって、「彼方」の世界との交通が保たれていた野生の世界の残骸を列島の現代に探っていた。列島の内側から列島の外側へ、また列島の外側から内側へ。

「批評」という営為にいまだ可能性があるとしたら、さまざまなジャンルを超えて、そうした起源の場所を、論理的かつ唯物論的に探っていくことに尽きるであろう。

［付記］ボードレール、マラルメ、ランボーの著作からの引用は既訳を参照しながら、今回、新たに訳出したものである。そのため、一部字義通りではなく言葉を補った部分がある。

後記

本書、『迷宮と宇宙』は三つのパートからなる。

「I」にまとめられた六篇は、「迷宮と宇宙」というタイトルのもと、雑誌『すばる』二〇一〇年一月号、三月号、五月号、八月号、十月号、十二月号に連載されたものである。五月号に掲載された「肉体の叛乱」と八月号に掲載された「人魚の嘆き」の順番を入れ替え、「人魚の嘆き」のサブタイトルを「谷崎潤一郎の大正」から「谷崎潤一郎の「母」」に変更した。いずれも後に『すばる』の編集長をつとめられる清田央軌さんに担当いただいた。ほぼ隔月というゆるやかなペースで、一つの主題を充分な時間をかけて自由に論じていくことが可能になった。私が少年時代から愛読していた著者たちの作品を取り上げることができ、いま読み返してみても幸福感に満ちた例外的な仕事になっている。清田さんの寛容と献身に感謝したい。また、連載の第一回目にあたる「二つの『死者の書』」は、ちょうどそのとき、北京日本学研究センターで主任教授をつとめられていた竹内信夫氏に招かれ、長期滞在していた北京のホテルで書き始め、書き終えた。私にとって「外」から日本を捉え直す得難い機会となった。

なお、この連載のうち谷崎論と三島論は、今回の単行本化以前にその一部を書き直し、「表現のゼロ地点へ」という文学論のなかに組み入れ、雑誌『文學界』の二〇一二年七月号に掲載の上、拙著『祝祭の書物　表現のゼロをめぐって』（文藝春秋、二〇一二年）の後半部に収録されていることをお断りしておきたい。ただし、谷崎論および三島論の完全版として、そのすべてが収録されるのは今回がはじめてのことである。

「Ⅱ」には、「個体発生は系統発生を繰り返す」という特異なテーゼを主張したドイツの進化論者エルンスト・ヘッケルの「記憶の遺伝」説から大きな影響を受けた四人の文学者をそれぞれ対位法的に論じた二篇の論考からなる。「多様なるものの一元論――ラフカディオ・ハーンと折口信夫」は雑誌『三田文學』二〇一四年秋季号に、「胎児の夢――宮沢賢治と夢野久作」は雑誌『文學界』二〇一四年七月号に掲載された。若松英輔さん（『三田文學』）と丹羽健介さん（『文學界』）に担当いただいた。ハーンの蔵書を富山大学図書館で調べられたこと、久作が生活していた杉山農園跡を訪れ、福岡県立図書館で杉山文庫に収められている久作の草稿類等を調べられたことは、ともに得難い経験であった。「迷宮と宇宙」および「胎児の夢」という表題は、一方は私のオリジナル、もう一方は夢野久作からの借り物ではあるが、ただその二つだけで私が理想とする文学表現の型を指し示してくれるものでもある。文学とは何かと問われたなら、私はこう答える。「胎児の夢」として紡がれた「迷宮と宇宙」である、と。

「Ⅲ」は、やはり雑誌『すばる』二〇一六年二月号に掲載された「批評とは何か」からなる。今回、「照応と類似」というサブタイトルを付した。清田さんから引き継いでくれた吉田威之さんに担当いただいた。「迷宮と宇宙」が小説家としてのポーのもつ多面性で始まるとしたなら、この「批評とは何か」は、そのポーがあらわした多面的な散文作品を英語からフランス語に翻訳することで独自の批評の世界、独創的な文学表現を築き上げたボードレールで終わる。「読む」ことは「書く」ことに転換し、「解釈」（翻訳）は「創作」に転換する（いずれの逆もまた真である）。それが私にとっての真の批評である。ポーとボードレールがそれぞれ実践したことでもあるはずだ。「迷宮と宇宙」という試みに完結をもたらすために書かれた一篇である。

本書『迷宮と宇宙』は私にとって、文芸批評の集大成としてある。ただ全体として、一冊の書物としてまとまるまでに十年近い歳月を経ているので、初期と後期では語彙（たとえばアーラヤ識とアラヤ識）や漢字および仮名の使い分け等に不統一がある。文学観もやはり変化した。しかし、無理に統一をとると書かれた当時の文章の力が損なわれてしまうゆえ、統一は各パート単位での整合性を保つ程度にとどめている。どうかご容赦いただきたい。

最後に、どうしても記しておきたいことがある。本書が一冊の書物となる上で、つねに力強い励ましをいただいたのが「学魔」こと高山宏氏である。そもそもこの試みの文字通りのはじまり、

「二つの『死者の書』」が書かれるきっかけとなった日本ポー学会（詳細は「附記」を確認していただきたい）のシンポジウムでご一緒して以来、光栄なことに、さまざまな場にお呼びいただいた。そのたびごとにポーと篤胤からはじまる「迷宮と宇宙」はお前なりのマニエリスム文学論だ、これをしっかりと一冊にまとめるようにと過分なお言葉をいただき続けた。高山氏の励ましがなければ、本書は成り立たなかった。あらためて厚く御礼申し上げたい。

羽鳥書店の羽鳥和芳さんと編集担当の矢吹有鼓さんにも、数年にわたって、一冊の書物としての完成を粘り強く待っていただいた。あらためて深くお詫び申し上げるとともに、言葉にすることができないほど大きな感謝の気持ちを捧げたい。本当にありがとうございました。

二〇一九年八月の終わりに

安藤　礼二

迷宮と宇宙

二〇一九年一一月一八日　初版

著者　安藤礼二

装幀　白井敬尚形成事務所
発行者　羽鳥和芳
発行所　株式会社　羽鳥書店
一一三—〇〇二二
東京都文京区千駄木一—二二—三〇
ザ・ヒルハウス五〇二
電話番号　〇三—三八二三—九三一九［編集］
〇三—三八二三—九三二〇［営業］
ファックス　〇三—三八二三—九三二一
http://www.hatorishoten.co.jp/

印刷所　株式会社　精興社
製本所　牧製本印刷　株式会社

ISBN 978-4-904702-80-2　Printed in Japan

安藤礼二（あんどう　れいじ）
一九六七年、東京都生まれ
文芸評論家、多摩美術大学美術学部教授、東京大学大学院総合文化研究科客員教授

主要著書
『神々の闘争　折口信夫論』（講談社、二〇〇四年）芸術選奨文部科学大臣賞
『近代論　危機の時代のアルシーヴ』（NTT出版、二〇〇八年）
『光の曼陀羅　日本文学論』（講談社、二〇〇八年）大江健三郎賞・伊藤整文学賞
『霊獣「死者の書」完結篇』（新潮社、二〇〇九年）
『場所と産霊　近代日本思想史』（講談社、二〇一〇年）
『たそがれの国』（筑摩書房、二〇一〇年）
『祝祭の書物　表現のゼロをめぐって』（文藝春秋、二〇一二年）
『折口信夫の青春』（富岡多恵子との共著、ぷねうま舎、二〇一三年）
『折口信夫』（講談社、二〇一四年）角川財団学芸賞・サントリー学芸賞
『大拙』（講談社、二〇一八年）
『列島祝祭論』（作品社、二〇一九年）

人名索引

あ 行

か 行

さ 行

た 行

な 行

は 行

ま 行

や 行

ら 行

わ 行

文献一覧

※本文で引用・参照された文献を掲げる．ボードレール，マラルメ，ランボー，ラフカディオ・ハーンなど既訳をもとに新たに訳出したものは除く．

荒俣宏編『平田篤胤が解く 稲生物怪録』（角川書店，2003）
アルトー，アルトナン『演劇とその分身』安堂信也訳（白水社，1996）
――『ヘリオガバルス　または戴冠せるアナーキスト』多田智満子訳（白水Uブックス，1986）
『アルトー後期集成I』宇野邦一訳（河出書房新社，2007）所収「タラウマラの地で見た光景」
石井輝男『石井輝男映画魂』（ワイズ出版，1992）
石井正己『遠野物語の誕生』（ちくま学芸文庫，2005）
泉鏡花『草迷宮』（岩波文庫，1985）
伊藤里和『夢想の深遠　夢野久作論』（沖積舎，2012）
稲垣足穂『キタ マキニカリスII』（河出文庫，1986）所収「随筆キタ・マキニカリス」
――『稲生家＝化物コンクール』（人間と歴史社，1990）所収「懐しの七月」「山ン本五郎左衛門只今退散仕る」「稲生家＝化物コンクール」
井上隆史『豊穣なる仮面　三島由紀夫』（新潮社，2009）
岩本由輝『もう一つの遠野物語［追補版］』（刀水書房，1994）
江戸川乱歩『孤島の鬼』（創元推理文庫，1987）
『江戸川乱歩 日本探偵小説事典』新保博久・山前讓編（河出書房新社，1996）所収「E氏との一夕」（江戸川乱歩と稲垣足穂との対話）
『江戸川乱歩集』（日本探偵小説全集2，創元推理文庫，1984）所収「パノラマ島奇譚」
『江戸川乱歩全集』全30冊（光文社文庫，2003-06），「『パノラマ島奇談』 わが小説」（2巻）「鏡地獄」「踊る一寸法師」（3巻）
小川紳介著／山根貞男編『映画を獲る』（筑摩書房，1993）
小澤奈美恵「アルンハイムの庭から永劫回帰の宇宙へ――E・A・ポー論」『立正大学教養学部紀要』23号（1990）
折口信夫『死者の書』（釈迢空）（角川書店，1947），解説「山越しの阿弥陀像の画因」
『新版 折口信夫全集』全37巻・別巻3巻（中央公論新社，1995-2002），「古代研究 民俗学篇1」（2巻）「詩語としての日本語」「言語情調論」（12巻）「平田国学の伝統」（20巻）「山越しの阿弥陀像の画因」（32巻）

柄谷行人『マルクスその可能性の中心』（講談社，1978，講談社学術文庫 1990）
狩々博士『ドグラ・マグラの夢　覚醒する夢野久作』（三一書房，1971）
『川端康成・三島由紀夫 往復書簡』（新潮文庫，2000）
グールド，スーティーブン・J『個体発生と系統発生　進化の観念史と発生学の最前線』仁木帝都・渡辺政隆訳（工作舎，1987）
栗原敦『宮沢賢治　透明な軌道の上から』（新宿書房，1992）
——「宮沢賢治の「大乗起信論」」『賢治研究』107 号（宮沢賢治研究会，2009）
『小泉八雲事典』平川祐弘監修（恒文社，2000）
国立歴史民俗博物館（図録）『明治維新と平田国学』（2004）
小林輝冶「『草迷宮』の構造　毬唄幻視譚」『鏡花研究』5 号（1980）
小林秀雄『X への手紙・私小説論』（新潮文庫，改版 2004）所収「様々なる意匠」
——『本居宣長』（新潮文庫，1992）
小谷野敦『谷崎潤一郎伝　堂々たる人生』（中央公論新社，2006）
今東光『十二階崩壊』（中央公論社，1978）
澁澤龍彥『胡桃の中の世界』（河出文庫，1984）
——『思考の紋章学』（河出文庫，1985，新装新版 2007）所収「ランプの廻転」「文庫版あとがき」
——『高丘親王航海記』（文春文庫，1990）
——『偏愛的作家論』（河出文庫，1997）所収「『パノラマ島奇談』解説」
——『三島由紀夫おぼえがき』（中公文庫，1986）所収「タルホの世界」（三島由紀夫との対談）「鏡花の魅力」
澁澤龍彥編『M・W・スワーンベリ』（河出書房新社，1976）
『澁澤龍彥』河出書房新社編集部編「新文芸読本」シリーズ（1993）所収，中野美代子「球体のものがたり」
『澁澤龍彥全集』全 22 巻・別巻 2（河出書房新社，1993-95），「高丘親王航海記」解題 松山俊太郎（22 巻）
『澁澤龍彥翻訳全集 10』（河出書房新社，1997）所収「ヘリオガバルス」
島地大等「大乗起信論開題」『国訳大蔵経』論部第 5 巻（国民文庫刊行会，1921）
スエデンボルグ（スウェーデンボルグ）著／鈴木貞太郎（大拙）訳『天界と地獄』（英国倫敦スエデンボルグ協会，1910）
『スウェーデンボルグを読み解く』日本スウェーデンボルグ協会 JSA 編（春風社，2007）
杉田直治郎『真如親王伝研究』（吉川弘文館，1965）
杉本好伸編『稲生物怪録絵巻集成』（国書刊行会，2004），「解説」

鈴木大拙『大乗仏教概論』佐々木閑訳（岩波書店，2004，岩波文庫 2016）
『鈴木大拙全集』全 40 巻（岩波書店，増補新版 2000-03），「天界と地獄」（23 巻）
鈴木健司『宮沢賢治　幻想空間の構造』（蒼丘書林，1994）
セール，ミッシェル『ヘルメスⅠ　コミュニケーション』豊田彰・青木研二訳（法政大学出版局，1985）所収「〈驚異の旅〉の斜行法」
ダーサ，フィランジ『瑞派佛教学』大原嘉吉訳（博文堂・文陽堂，1893 年）
高桑法子「『草迷宮』論　鏡花的想像力の特質をめぐって」『日本文学』32 号（1983）
田中貴子「泉鏡花『草迷宮』と『稲生物怪録』」，鎌田東二編『シリーズ思想の身体　霊の巻』（春秋社，2007）
田中美代子『三島由紀夫　神の影法師』（新潮社，2006）
谷崎潤一郎『金色の死　谷崎潤一郎大正期短篇集』（講談社文芸文庫，2005）
――『人魚の嘆き・魔術師』（中公文庫，1978）
――『吉野葛・盲目物語』（新潮文庫，1951）所収「吉野葛」（注解 細江光）
谷崎潤一郎著／千葉俊二編『潤一郎ラビリンス』全 16 巻（中公文庫，1998-99），「母を恋ふる記」（5 巻）「ハッサン・カンの妖術」「西湖の月」「天鵞絨の夢」（6 巻）「鮫人」（9 巻）「アヱ・マリア」「活動写真の現在と将来」（11 巻）「肉塊」（15 巻）
『谷崎潤一郎集』（新潮日本文学 6，新潮社，1970），「解説」
『谷崎先生の書簡　ある出版社社長への手紙を読む［増補改訂版］』水上勉・千葉俊二編（中央公論新社，2008）
種村季弘『土方巽の方へ』（河出書房新社，2001）所収「肉体の反乱――土方巽と『鎌鼬』」
田部隆次『小泉八雲』（早稲田大学出版部，1914）「「小泉八雲伝」の序」西田幾多郎
千葉俊二『谷崎潤一郎　狐とマゾヒズム』（小沢書店，1994）
『辻潤全集 3』（五月書房，1982）所収「惰眠洞妄語」
デュシャン，マルセル，聞き手：ピエール・カバンヌ『デュシャンは語る』岩佐鉄男・小林康夫訳（ちくま学芸文庫，1999）
寺村摩耶子「タルホの鞄」『ユリイカ』臨時増刊号「総特集 稲垣足穂」（2006）
中澤明日香「三島由紀夫「曼陀羅物語」の本文について」『国文白百合』31 号（2000）
長田幹彦『霊界五十年』（大法輪閣，1959）
新島進「ヴェルヌとルーセル，その人造美女たち」，巽孝之・荻野アンナ編『人造美女は可能か？』（慶應義塾大学出版会，2006）
――「遅れてきた前衛　ルーセルを通したヴェルヌ再読」『水声通信』27 号（2008）
ニーチェ『如是経　序品』登張信一郎（竹風）訳（星文館書店，1921）

『新版 西田幾多郎全集』全24巻（岩波書店，2002-09），「上田弥生の思出の記」（10巻）
西原大輔『谷崎潤一郎とオリエンタリズム　大正日本の中国幻想』（中央公論新社，2003）
『蓮田善明全集』（島津書房，1989）所収「預言と回想（六）」
「浜松中納言物語」（校注 松尾聰），『日本古典文学大系 第77』（岩波書店，1964）
『林富士馬評論文学全集』（勉誠社，1995）
原子朗『定本 宮澤賢治語彙辞典』（筑摩書房，2013）
東雅夫編『稲生モノノケ大全 陰之巻』（毎日新聞社，2003）
東雅夫編『文豪怪談傑作選』（ちくま文庫），『柳田國男集 幽冥談』（2007），『三島由紀夫集 雛の宿』（2007）所収「小説とはなにか」，『折口信夫集 神の嫁』（2009）
土方巽『病める舞姫』（白水社，1983）
『土方巽全集〔普及版〕I』（河出書房新社，2005）所収「犬の静脈に嫉妬することから」
平田篤胤『霊の真柱』子安宣邦校注（岩波文庫，1998）
フーコー，ミシェル『レーモン・ルーセル』豊崎光一訳（法政大学出版局，1975）所収「付録II」（P・ジャネ「恍惚の心理的諸特徴」）
ブラヴァツキー，H・P『霊智学解説』E・S・スティーブン，宇高兵作訳（博文館，1910）
フラハティ，フランシス・H『ある映画作家の旅　ロバート・フラハティ物語』小川紳介訳（みすず書房，1994）
ブルトン，アンドレ『シュルレアリスム宣言・溶ける魚』巖谷國士訳（岩波文庫，1992）所収「シュルレアリスム宣言」
――――『ナジャ』巖谷國士訳（岩波文庫，2003）
ベルクソン，アンリ『創造的進化』竹内信夫訳（白水社，2013）
ベンヤミン，ヴァルター『暴力批判論』野村修編訳（岩波文庫，2014）所収「翻訳者の課題」
ポー，エドガー・アラン『ユリイカ』八木俊雄訳（岩波文庫，2008）
『ポオ小説全集』全4冊（創元推理文庫，1974）所収，「ナンタケット島出身のアーサー・ゴードン・ピムの物語」（2巻）大西尹明訳，「催眠術の啓示」（3巻）小泉一郎訳，「アルンハイムの地所」（4巻）松村達雄訳
細江光『谷崎潤一郎 深層のレトリック』（和泉書院，2004）
松山俊太郎『綺想礼賛』（国書刊行会，2010）所収「三島さんと唯識説」

『マラルメ全集1　詩・イジチュール』（筑摩書房，2010）所収「イジチュール」渡辺守章訳・解題
三品理絵「〈草叢〉のつくり出すもの　『草迷宮』試論」『国文学研究ノート』29号（1995）
――「鏡花文学における自然と意匠の背景　『草迷宮』の同時代的文脈をめぐって」『神戸大学文学部紀要』（2001）
三島由紀夫『金閣寺』（新潮文庫，1960）
――『作家論』（中央公論社，1970）所収「尾崎紅葉・泉鏡花」
――『豊饒の海（一）春の雪』『豊饒の海（二）奔馬』『豊饒の海（三）暁の寺』『豊饒の海（四）天人五衰』（新潮文庫，1977）
――『裸体と衣裳』（新潮文庫，1983）
『決定版 三島由紀夫全集』全42巻／補巻1・別巻1（新潮社，2000-06）所収，「「豊饒の海」創作ノート」「「春の雪」創作ノート」（14巻）「曼荼羅物語」（16巻）「ジャン・ジュネ」（28巻）「折口信夫氏の思ひ出」（29巻）「夢と人生」（33巻）「「豊饒の海」について」「文化防衛論」（35巻），東健に宛てた手紙（38巻）
水野葉舟著／横山茂雄編『遠野物語の周辺』（国書刊行会，2001）
『南方熊楠 土宜法竜 往復書簡』（八坂書房，1990）
『南方熊楠全集』全10巻・別巻2（平凡社，1971-75），「ミイラについて」（3巻），2巻解説「こちら側の問題」益田勝実
『宮沢賢治全集』全10冊（ちくま文庫，1986-95），「春と修羅」（1巻）解説 天沢退二郎
『新校本 宮澤賢治全集』全19冊（全16巻・別巻1）（筑摩書房，1995-2009）
『柳田國男全集』全32冊（ちくま文庫，1989-91），「幽冥談」（31巻）
山口益『般若思想史』（法蔵館，1951）
『夢野久作全集』全11冊（ちくま文庫，1991-92），「ドグラ・マグラ」（9巻）「能とは何か」（11巻）
吉本隆明『ハイ・イメージ論III』（福武書店，1994）所収「舞踏論」
――『悲劇の解読』（筑摩書房，1979，ちくま学芸文庫1997）
――『言語にとって美とはなにか』（勁草書房，1965，角川文庫1982）
ルーセル，レーモン『アフリカの印象』岡谷公二訳（平凡社ライブラリー，2007）
レリス，ミシェル『レーモン・ルーセル――無垢な人』岡谷公二訳（ペヨトル工房，1991）所収，付録「レーモン・ルーセル「私はいかにして或る種の本を書いたか」」
渡部直己『泉鏡花論 幻影の杼機』（作品社，1996）［『言葉と奇蹟　泉鏡花・谷崎潤一郎・中上健次』（作品社，2013）］